公安三袁咏公安

诗歌精选专集

张世昌　注评
龚道柱　编著

武汉理工大学出版社

图书在版编目（CIP）数据

公安三袁咏公安 / 龚道柱编著；张世昌注评. -- 武汉 ：武汉理工大学出版社，2025. 4.

ISBN 978-7-5629-7351-5

Ⅰ. I222.748

中国国家版本馆 CIP 数据核字第 2025V1P526 号

责任编辑：胡璇小惠　梁思璇

责任校对：王　旭

装帧设计：艺欣纸语

排　　版：武汉恒昇印务有限公司

出版发行：武汉理工大学出版社

社　　址：武汉市洪山区珞狮路 122 号

邮　　编：430070

网　　址：http://www.wutp.com.cn

经　　销：各地新华书店

印　　刷：武汉精一佳印刷有限公司

开　　本：710mm×1000mm　1/16

印　　张：17.5

字　　数：176 千字

版　　次：2025 年 4 月第 1 版

印　　次：2025 年 4 月第 1 次印刷

定　　价：150.00 元

凡购本书，如有缺页、倒页、脱页等印装质量问题，请向出版社市场营销中心调换。

本社购书热线电话 ：027-87391631 87523148 87165708（传真）

曾任村支书的龚道柱先生，以满腔热情和艰辛努力编选这本《公安三袁咏公安》，是为心血之作，张世昌先生的注释与评析也颇为专业准确。难得的是，龚道柱先生的书法端正沉练，为本书增色不少。三袁乃公安历史之骄傲、中国文坛之翘楚。这本书，让我们集中地读到了三袁对公安的美艳描绘，对故乡的深挚感情。此书填补了三袁研究的空白，值得一读！

著名作家，鲁迅文学奖获得者　陈应松

呙林鹏摄影作品《公安三袁》

二〇二三年六月，作者七十寿辰，在好友卓圣之先生书赠的寿联前，与妻子唐美兰女士合影

国画　袁宏道诗意《初夏同惟学、惟长舅尊游二圣禅林检藏有述（其一）》

前　言

三袁诗文名扬海内外，三袁兄弟吟咏家乡的诗歌更是情真意切且脍炙人口。但是，在以三袁为骄傲的公安县境内，居然找不到一本三袁兄弟吟咏家乡的诗歌作品专集，此诚憾事。于是，我不度德量力，欲努力弥补书市这点滴之不足。经多年酝酿和近三年的具体实施，编著出这部诗歌作品专集。这主要源于我对公安三袁诗文的热爱和崇拜。我深知我的文化、书法水平有限，难登大雅之堂，但这并不妨碍我用这一传统文化形式书写自己的感受。所以，我以公安乡贤张世昌先生主编的《历代诗人咏公安》一书为蓝本，将其中三袁咏公安的诗 98 首（袁宗道 16 首、袁宏道 52 首、袁中道 30 首）单列出来，全部用毛笔书写一遍，并在每幅作品后面附上释文和张世昌先生的注评。释文和注评采用规范汉字，横排版，并将字体加粗加大，方便读者阅读，以期更好地传播三袁诗文。

我初识三袁始于民间传说。青少年时期我经常听周围的老人讲，我们龚姓是不乱派（辈分排行）的，因为有明朝袁天官为我们龚氏家族拟定了“京谱”。袁天官是一个什么样的人？他为什么要为龚姓拟定“京谱”？我一直想追寻这个前辈口口相传的历史。公安县良好的历史文化氛围，让我对公安三袁逐步加深了解。原来三袁兄弟命运多舛，在最小的兄弟袁中道仅五岁时，母亲龚氏因病去世，三袁的外公龚大器和外祖母赵氏更加疼爱这三个失去了母爱的外孙子，对他们无微不至。我的家乡——公安县金狮大垸谷昇里成了袁氏三兄弟第二个成长的摇篮。正如《三袁传》作者李寿和先生所言："袁氏本家只是养育了三袁，而母舅龚家则促使他们踏上了成名之路。"① 所以，袁宏道成名后为感恩母舅龚家而拟定"京谱"则不足为奇了。

先有唐诗三百首，后有公安四百咏。张世昌先生主编的《历代诗人咏公安》是历代文人墨客吟咏公安的诗歌总集，为公安的历史文化增光添彩。其中，以公安三袁为代表的诗人吟咏家乡公安的诗歌，无论是写景状物、抒情议论，还是关乎国家社稷、家庭邻里、朋友酬答，都给我们留下了明晚期的公安令人印象深刻的历史画卷，读之令人感慨万千！宋有苏氏三父子，明有袁氏三兄弟，五百年间两代才。我为公安出了三袁这样的杰出人物而自豪！

我敬仰三袁。离开工作岗位后，我用大把的时间对有关三袁的文学读物进行恶补。我用蚂蚁啃骨头的方式研读《袁宏道游记笺评》等三袁的小品、散文、诗歌之类的书籍，往往废寝忘食，就是为了深入了解乡贤三袁。我用毛笔反复书

---

①李寿和：《三袁传》，北京：知识出版社，1991 年，第 9 页。

写三袁诗歌，就是为了景仰凭吊先辈三袁。我将精选出来的三袁吟咏家乡公安的诗歌作品编排成专集，就是为了抛砖引玉，唤起广大读者对三袁诗歌的好奇心和求知欲，咀嚼诗中的内涵菁华，走进三袁的内心世界。诗中许多栩栩如生的历史画卷跃然纸上——

老大袁宗道笔下的南平社记录了公安文史上的一段佳话，其成员 6 人，结社时，年龄最大的方伯公（即三袁外祖父龚大器）70 余岁，年龄最小的是袁中道，只有 23 岁。龚氏三父子、袁氏三兄弟中，有 4 个进士、1 个举人、1 个秀才，可谓人才荟萃，少长咸集。袁宗道用诗对社内各个人物的身世、性格特点、才华气质做了生动的描绘，如见其人。

老二袁宏道笔下的二圣寺，耸立于长江之滨，高阁泠泠，苍枝矫矫，怪石枯藤，灵花异草……还有他笔下的十里柳浪，风柳鬖鬖，绿波掩映，值得与之神游！他不仅是一位痴情山水的风流才子，更是一位强调抒写“性灵”、率真自然、敢于直言痛心国事的热血男儿。在柳浪湖隐居期间，他目睹了太监陈奉任湖广矿税使，常率其党羽巡视公安县，以勘矿为名，肆意毁没田庄，打家劫舍，伤害人命，横征暴敛，给百姓带来的种种灾难。袁宏道做出了愤怒的控诉：“自从貂虎横行后，十室金钱九室空。”“才闻摊税征渔户，又说抽丁报老翁。”“吁嗟天公待民何其薄！野人扶白觅沟壑。”……这些愤懑的呐喊声无疑给腐朽的晚明政权敲响了丧钟！

老三袁中道历经了与老大、老二的生离死别，其悼亡的诗歌内容凄凉而哀婉。万历二十八年（1600）九月，袁宗道客死京都任所；万历三十八年（1610）九月，袁宏道病逝于沙市砚北楼。两位兄长的英年早逝对于小弟中道而言犹如剜心。悠悠思念化为行行诗句，字字泣血，读之令人肝肠寸断！两位先贤过早离世令人惋惜。晚明朝政风雨飘摇，战祸四起。天启二年（1622），时任南京礼部主事的袁中道，迫不得已离开南京，北风吹水撼孤城，送子南归百感生……

总之，三袁诗歌是一坛陈年老酒，须得细斟细品。晚学后辈，何能一笔一画以概之？

编者

2024 年元月撰于武昌南湖

序

2023年年底，挚友龚道柱先生肩扛手提数卷书稿来到我在沙湖之滨的栖所，说是要编著《公安三袁咏公安》的诗歌作品专集，前来征求我的意见。在我的印象中，公安三袁诗文虽然名扬海内外，许多三袁的仰慕者也用三袁诗文创作过一些书法作品，但真正意义上将三袁咏公安的诗歌作品编辑成专集，并且用毛笔书写一遍，这种想法，鄙人虽曾有打算，但至今尚未兑现。未曾想，这一想法竟然被一位名不见经传、文化层次并不是很高、书法水准也属票友的乡村老干部所实现。浏览着一幅幅用三袁咏公安的诗写成的书法作品，我自觉汗颜。

晚明文学在中国文学史上的地位离不开以袁氏三兄弟为代表的“公安派”所做出的杰出贡献，这已是不易之论，此不赘言。由三袁倡导的“独抒性灵，不拘格套”的文学创作主张，致使晚明诗坛革新思潮打上了时代烙印。在三袁的诗歌中，有一部分涉及吟咏家乡湖北公安县的诗，或写景、或思乡、或寄友、或抒怀、或针砭时弊，或唱和酬答，读之令人倍感亲切。三十余年前，乡贤张世昌先生编纂《历代诗人咏公安》，其中精选注评袁氏三兄弟吟咏公安的诗歌获得佳评。该书启发了龚道柱先生，他以之为蓝本，从中拈来，创作编辑成《公安三袁咏公安》这一精选诗歌作品专集，为接续传承公安三袁文化，功莫大焉！

据龚道柱先生所述编著此书动机，他自幼成长在受三袁文化熏陶滋养的环境里，对“袁天官”（公安县狮子口镇谷升寺村，当地人代代口口相传的对三袁兄弟的尊称）由好奇到崇敬，三袁的故事、传说、诗歌，久而久之浸入骨髓脾胃，若神魂附体，随时移岁替而发酵。他担任村支部书记廿余年，长年与农耕、农业、农民打交道，闲暇之余，以文学、书画为习，其目的是从中找到三袁的影子，获得精神上的愉悦和享受。正是精神上有信仰、有支撑、有能量，他治村有方，被授予公安县“十佳农村党支部书记”荣誉称号。

龚道柱先生从三袁咏公安诗中既获得了传统文化的滋养哺育，又获得了人生哲理的启迪。尤其是袁氏与龚氏先辈们构联的姻亲关系，在五百年后仍然赓续文化薪火，绵绵相传。

据龚道柱先生介绍，龚氏家族的谱系被称为“京谱”，此乃袁宏道为感恩母舅家庭姻亲厚爱而拟定。原来，三袁兄弟的祖父袁大化与其外祖父龚大器为知遇故交，三袁之母龚氏嫁给三袁兄弟之父袁士谕后，在袁中道仅五岁时病故。母舅龚氏家对年幼的三袁兄弟多施教育关爱，为三袁学问精进给予鼎力支持。可见，被称为“一母三进士，南北两天官”的三袁，其功成名就的背景是离不开母舅龚氏家族的呵护与厚爱的。因而，作为龚氏后裔的龚道柱先生，内心深处潜藏的是对龚、袁两家先辈联姻、患难与共、全力以赴哺育后代的家风懿德的无限敬仰，这也是他编著此书的深层动力。

故而，龚道柱先生寄情于斯，字里行间多了一份他对地方先贤与家族先辈“高山仰止，景行行止”的敬爱，点画笔触中多了一份对“独抒性灵，不拘格套”的公安三袁文化的钟爱，谋篇布白中多了一份对“终年惟搦管，辛苦是书生”，但“耕读传家久，诗书继世长”的家风家训的挚爱。既然书写不以显身扬名为求，不计于点画工拙之间，我手写我心，意在笔先，心手双畅，何陋之有?

鄙人好友崔寒柏君闻之，慷慨为此书题写书名，遂修美美与共之文业，无他所求，惟乐之其乐也!

是为序。

田耕之

甲辰龙年新正初五于京郊

目　录

袁宗道（十六首）

袁宗道（1560—1600），明代著名文学家，字伯修，号石浦，公安（今属湖北）人。万历十四年（1586）进士，授庶吉士，进编修，官至右春坊右庶子，卒于任所，后赠礼部右侍郎。在文学上与弟宏道、中道并称公安“三袁”，主张“文章贵达”，反对模拟复古，力排前后“七子”“文必秦汉，诗必盛唐”之说，是“公安派”首开风气的主将。因推崇白居易、苏轼，名其书斋为“白苏斋”。著有《白苏斋类集》。

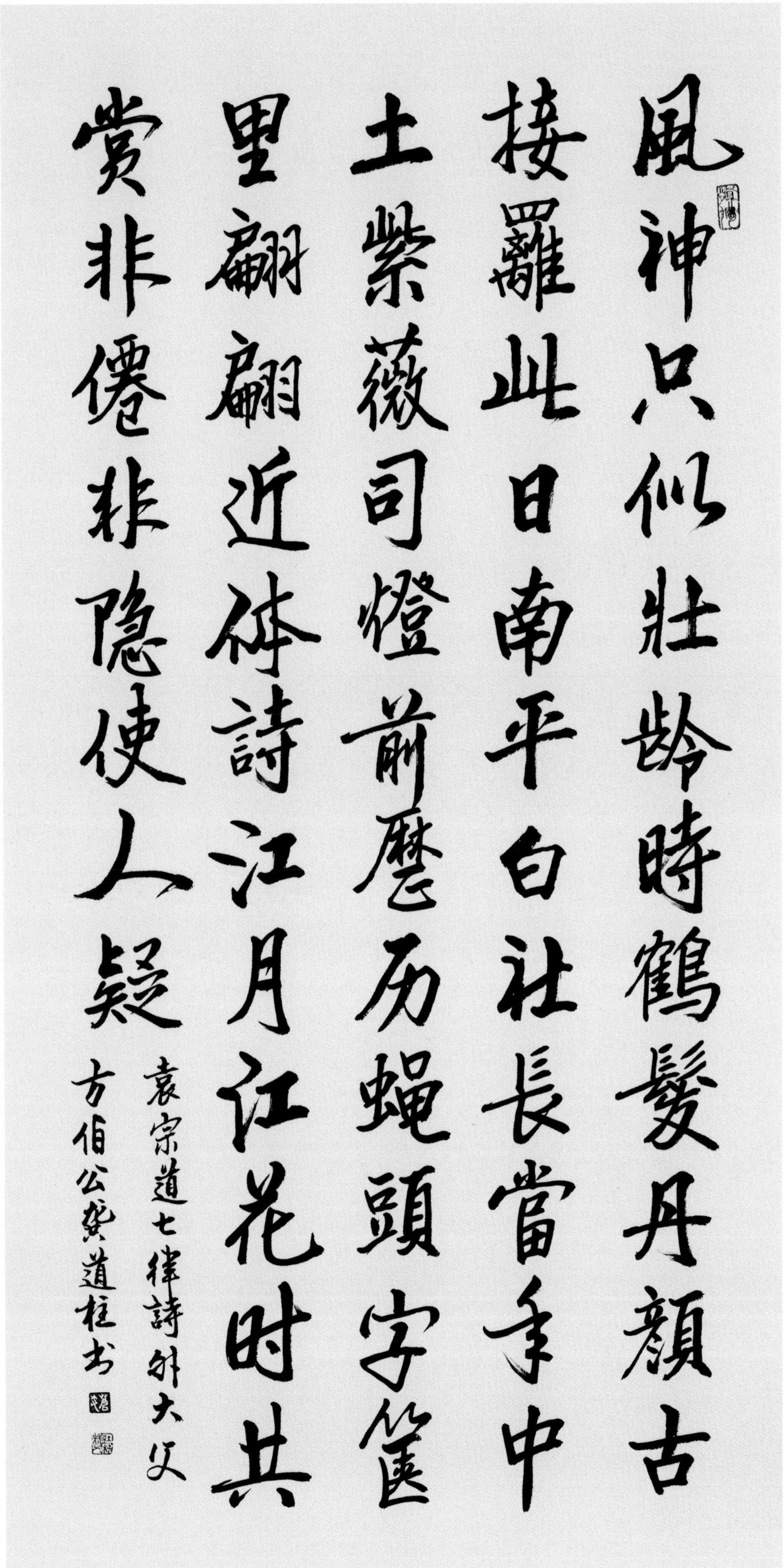
風神只似壯齡時鶴髮丹顏古
接羅此日南平白社長當年中
土紫薇司燈前歷历蝇頭字篋
里翩翩近体詩江月江花时共
賞非僊非隱使人疑
袁宗道七律詩外大父
方伯公袁道桂书

南平社六人各一首

（诗人本人除外，实为五首）

外大父方伯公[①]

风神只似壮龄时[②]，　鹤发丹颜古接䍦[③]。
此日南平白社长[④]，　当年中土紫薇司[⑤]。
灯前历历蝇头字，　箧里翩翩近体诗。
江月江花时共赏，　非仙非隐使人疑。

【注释】

①外大父方伯公：外大父，指外祖父龚大器。因其官至河南布政使，故称方伯公。②风神：风采神韵。③古接䍦（lí）：古代一种头巾。④白社长：白社指某些社团，此指南平社。龚大器辞官回乡后与诸子诸外孙唱和，被推为社长，故称。⑤中土：即中国，此指中央政权机关。紫薇司：唐宋以来称中书令为紫微令，明代废中书省，于六部各设主事，龚曾授刑部主事，故称。薇，亦作“微”。

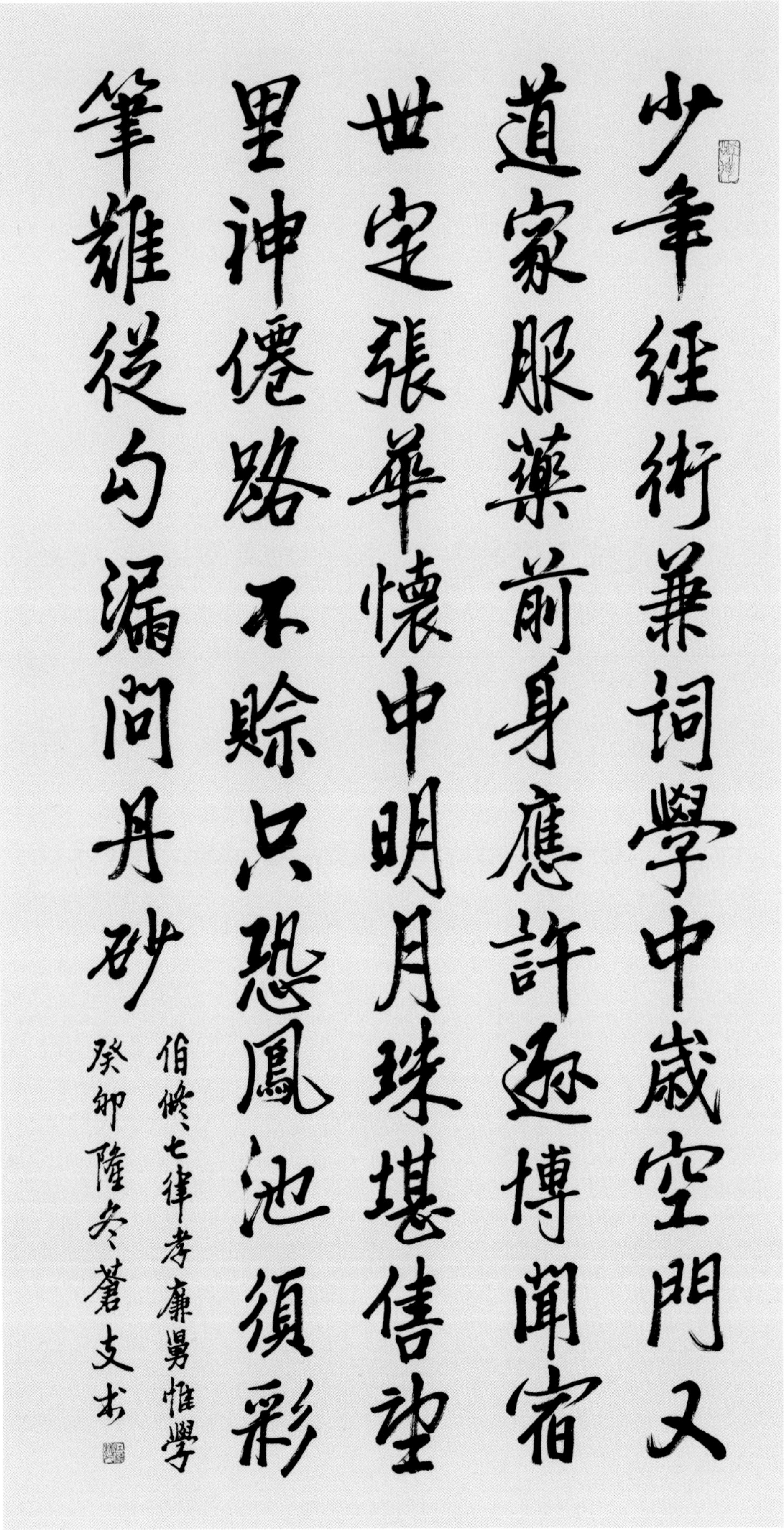
少年經術兼詞學中歲空門又
道家服藥前身應許遜博聞宿
世定張華懷中明月珠堪售望
里神仙路不賒只恐鳳池須彩
筆難從勾漏問丹砂
伯修七律孝廉舅惟學
癸卯隆冬蒼支书

孝廉舅惟学[1]

少年经术兼词学[2]，　中岁空门又道家[3]。
服药前身应许逊[4]，　博闻宿世定张华[5]。
怀中明月珠堪售[6]，　望里神仙路不赊[7]。
只恐凤池须彩笔[8]，　难从勾漏问丹砂[9]。

【注释】

①孝廉：本为汉代选举官吏的两种官名，即孝子和廉洁之士。明代俗称举人为孝廉。惟学：龚大器之次子，举人，曾任山东嘉祥县县令，“公安派”文学家。②经术：犹经学，即治理五经四书之学。③空门：泛指佛法。大乘以观空为入门，故称。④许逊：传说中的仙人，相传为晋朝道士，汝南（今属河南省）人，学道于吴猛，后举孝廉，曾为旌阳县令。感晋室纷乱，弃官东归，周游江湖，后举家四十二口拔宅飞升。世称许真君或许旌阳。⑤张华：晋范阳（今属河北省）人，强记默识，博学多闻，当时推为第一。⑥明月珠：因珠光晶莹似月光，故名，此喻才学。⑦不赊：不远。⑧凤池：凤凰池之简称，本是禁苑中池沼，魏晋南北朝设中书省于禁苑，接近皇帝，故称中书省为凤凰池。⑨勾漏：山名，在今广西省北流市东北，有山峰耸立如林，溶洞勾曲穿漏，故名，为道家所传三十六小洞天的第二十二洞天。也作“勾屚”“句屚”。《晋书·葛洪传》：“以年老，欲炼丹以祈遐寿，闻交阯出丹，求为句屚令。”后多以勾漏为乞丹成道之所在。

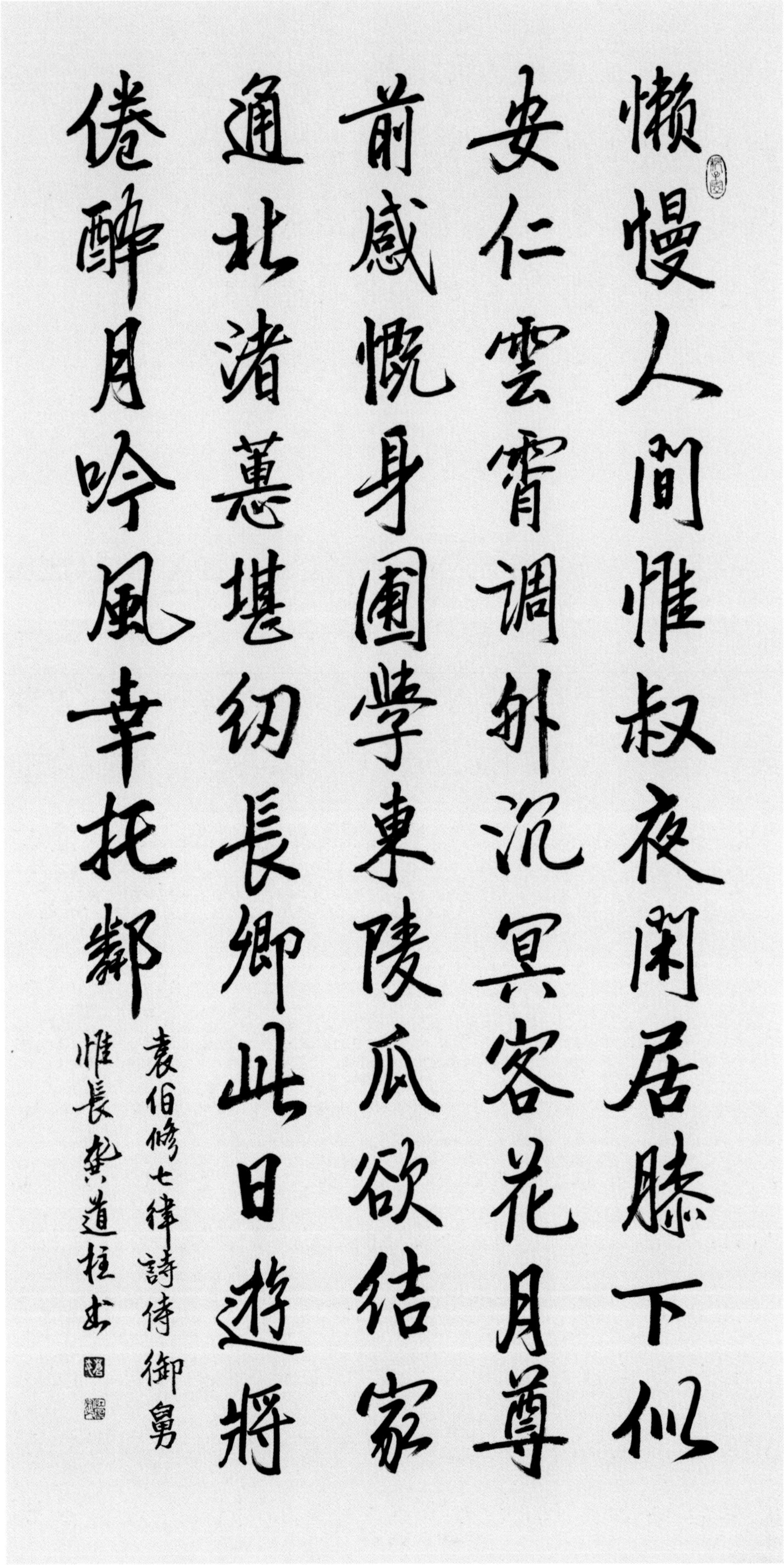
懒慢人間惟叔夜闲居膝下似
安仁雲霄调外沉冥客花月尊
前感慨身圃學東陵瓜欲结家
通北渚蕙堪纫長郷此日遊將
倦醉月吟風幸托鄰
袁伯修七律詩侍御舅
惟長龚道桂书

侍御舅惟长①

懒慢人间惟叔夜②，　闲居膝下似安仁③。
云霄调外沉冥客④，　花月尊前感慨身⑤。
圃学东陵瓜欲结⑥，　家通北渚蕙堪纫⑦。
长卿此日游将倦⑧，　醉月吟风幸托邻⑨。

【注释】

①惟长：龚大器之三子，进士，授行人，改福建道御史。②叔夜：即嵇康。《晋书·嵇康传》有康“土木形骸，不自藻饰”，“康尝采药游山泽，会其得意，忽焉忘反”。此以嵇康之疏简比拟惟长。③安仁：指潘安仁，即潘岳。《晋书·潘岳传》：岳“征补博士，未召，以母疾辄去官免”。此以潘岳之孝侍比拟惟长。④云霄调：高远之调，喻指官高位显之路。沉冥客：指幽居隐匿之人。喻惟长始授行人，取御史，而终遭贬抑，家居至老。⑤花月：泛指美好的景色和时光。句意谓每当良辰美景，把酒而益增感慨。⑥东陵：东陵侯，名邵平，秦亡后为民，隐居长安城，种瓜为业，相传所种之瓜瓜味甜美，号为邵平瓜，此以比拟惟长的隐居生活。⑦北渚：指靠近洞庭湖北岸的小洲。《楚辞·九歌·湘君》：“鼂骋骛兮江皋，夕弭节兮北渚。”蕙堪纫：蕙，香草；纫，缝连起来作为饰物。《楚辞·离骚》：“岂维纫夫蕙茝？”此喻修养美德。⑧长卿：司马相如，蜀郡成都（今属四川省）人，长卿

乃其字。《史记·司马相如列传》有“长卿久宦游不遂”“长卿故倦游”等句。⑨醉月吟风幸托邻：意谓有幸在一起对月向风而吟，相以为乐。

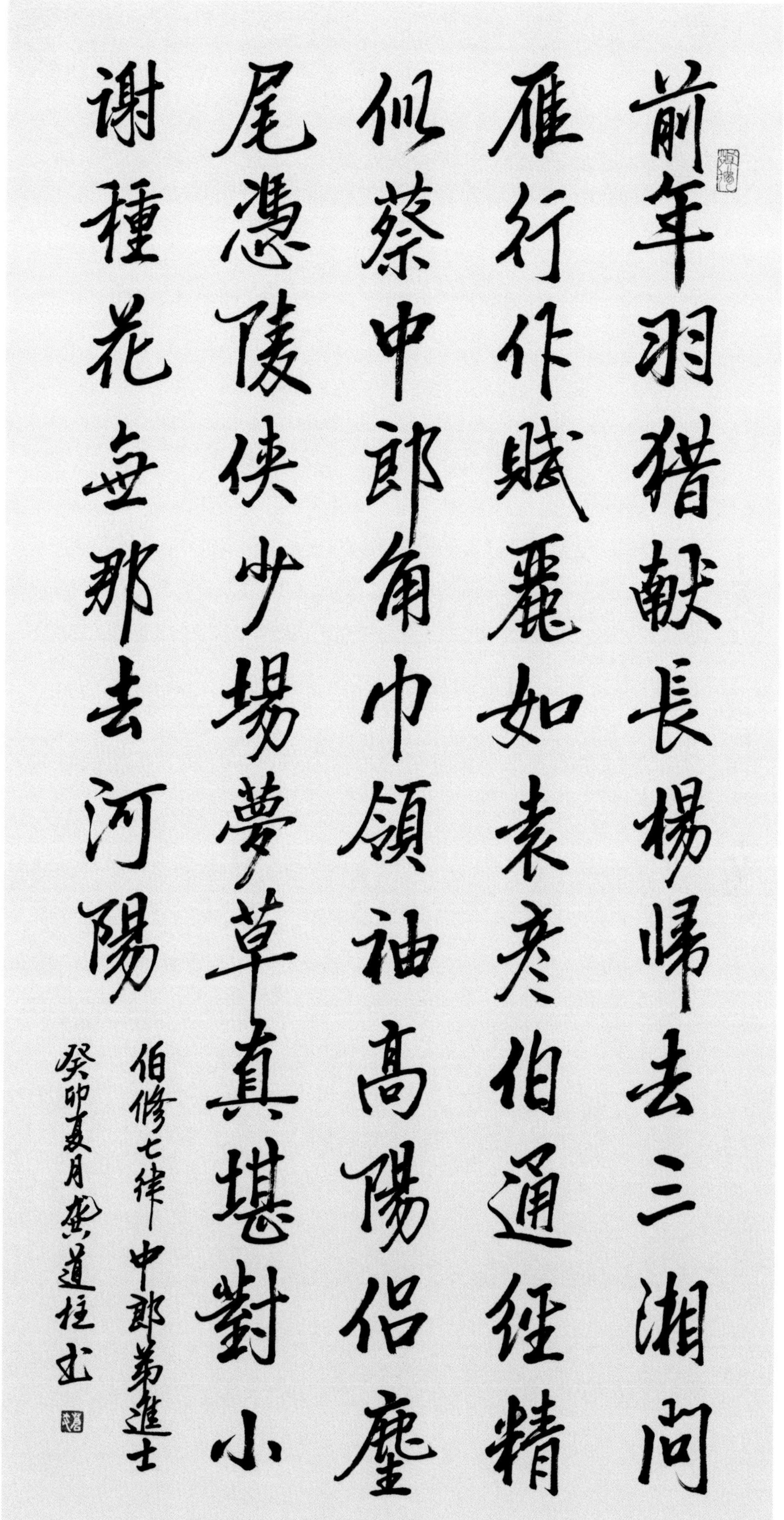
前年羽獵獻長楊歸去三湘問
雁行作賦麗如袁虎伯通經精
似蔡中郎角巾領袖高陽侶麈
尾憑陵俠少場夢草真堪對小
謝種花無那去河陽
伯修七律 中郎弟進士
癸卯夏月

中郎弟进士[①]

前年羽猎献长杨[②]，　归去三湘问雁行[③]。
作赋丽如袁彦伯[④]，　通经精似蔡中郎[⑤]。
角巾领袖高阳侣[⑥]，　麈尾凭陵侠少场[⑦]。
梦草真堪对小谢[⑧]，　种花无那去河阳[⑨]。

【注释】

①中郎：袁宏道字，万历二十年（1592）进士。②前年羽猎献长杨：用西汉杨雄献《羽猎赋》《长杨赋》的故事喻中郎应进士试得中。③三湘：一说湘水发源与漓水合流后称漓湘，中游与潇水合流后称潇湘，下游与蒸水合流后称蒸湘，总称“三湘”。一说湘阴为上湘，湘潭为中湘，湘乡为下湘，合称“三湘”。近代一般用作湘东、湘西、湘南三地区的总称，泛指湖南全省。此代指家乡公安，因公安靠近洞庭湖区。诗人在《挽周老师九首》其四亦言“吾家湘水曲”。雁行：喻兄弟辈。④袁彦伯：指东晋史学家袁宏，彦伯乃其字。宏擅长辞赋，其《东征赋》《北征赋》尤为人所称道。此喻中郎之才。⑤蔡中郎：东汉文学家蔡邕，字伯喈，曾官左中郎将，故称。蔡通经史、音律，曾与杨赐等奏定“六经”文字，立碑太学门外。此喻中郎之学。⑥角巾：古代隐士冠饰，此代指隐士。高阳侣：晋山涛之子山简，字季伦，永嘉三年（309）出任征南将军，镇襄阳。当时四方乱起，王威不振，

山简却优游卒岁，惟酒是耽，常到高阳池游乐。当时儿歌云：“山公出何许，往至高阳池。”此喻中郎风流出众，常为游乐之侣的领袖。⑦麈（zhǔ）尾：此指用麈尾毛制成的拂尘器具。麈，鹿一类的动物。魏晋人喜清谈，常好手持麈尾。侠少：指交接名士、游侠四方的贵族子弟。此喻中郎意气风发，清谈辩说能慑服游侠四方的贵族子弟。⑧梦草：南朝宋诗人谢灵运因梦族弟谢惠连（即小谢），遂写有“池塘梦春草”的著名诗句。此以灵运喻中郎，小谢喻季弟小修。⑨无那：无奈，指中郎出为吴令是屈才。河阳：古县名，即今河南省孟州市西。西晋文学家潘岳出为河阳令，勤于政事，境内多种桃李，人称河阳一县花，或称花县，此比拟中郎出令吴县的政绩。

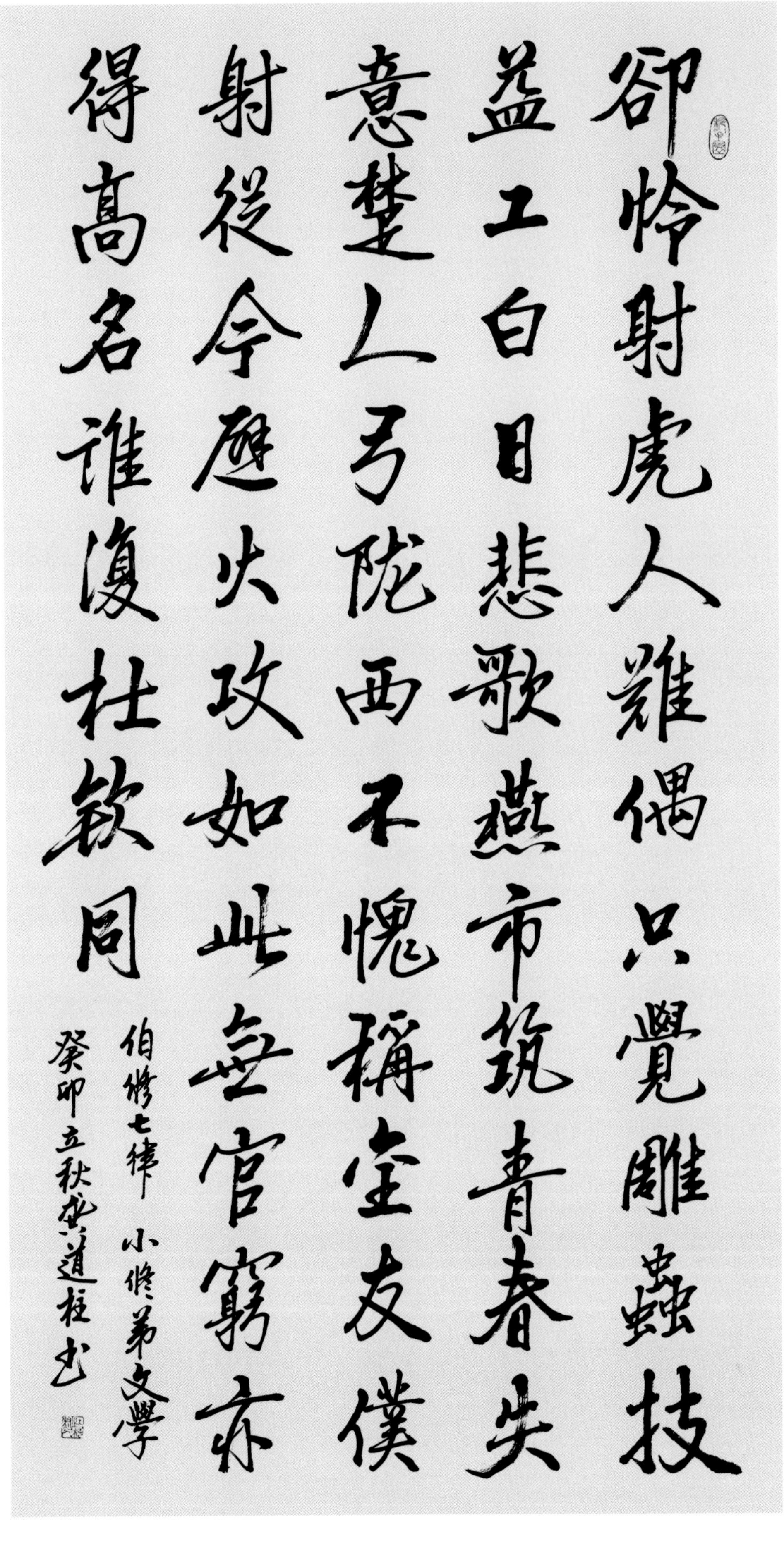
卻憐射虎人難偶
只覺雕蟲技益工
白日悲歌燕市筑
青春失意楚人弓
隴西不愧稱全友
僕射從今歷火攻
如此無官窮亦得
高名誰復杜欽同
伯修七律 小修弟文學
癸卯立秋安道桂書

小修弟文学

却怜射虎人难偶[1]，　只觉雕虫技益工[2]。
白日悲歌燕市筑[3]，　青春失意楚人弓[4]。
陇西不愧称金友[5]，　仆射从今避火攻[6]。
如此无官穷亦得，　高名谁复杜钦同[7]。

【注释】

①射虎：指汉代李广和三国（吴）孙权射虎的故事。《史记·李将军列传》："广所居郡闻有虎，尝自射之。及居右北平射虎，虎腾伤广，广亦竟射杀之。"《三国志·吴书二·吴主传第二》："（建安）二十三年十月，权将如吴，亲乘马射虎于庱亭。马为虎所伤，权投以双戟，虎却废，常从张世击以戈，获之。"后诗文中常用以形容英雄豪气。句意谓小修英雄豪气难得有第二人可与比拟。②雕虫：比喻从事不足道的小技艺，常指写作诗文辞赋，此喻小修诗文艺术水平越来越高。③燕市筑：筑，古代击弦乐器。《史记·刺客列传》："荆轲既至燕，爱燕之狗屠及善击筑者高渐离。荆轲嗜酒，日与狗屠及高渐离饮于燕市，酒酣以往，高渐离击筑，荆轲和而歌于市中，相乐也，已而相泣，旁若无人者。"后以"燕市悲歌"或"燕市筑"表现朋友间的情谊以及抒发惜别的情怀。小修确曾走马塞上，在北京几度客寓。此喻小修好交朋友并笃于朋友间的情谊。④楚人弓：多比喻失而复得之物，

表示对得失的达观态度，此喻小修科场失意而以达观态度待之。《说苑·至公》："楚共王出猎而遗其弓，左右请求之，共王曰：'止，楚人遗弓，楚人得之，又何求焉。'"⑤陇西不愧称金友：此以喻小修不愧为袁氏兄弟的一龙。北魏崔鸿《十六国春秋·前凉·辛攀》："辛攀，字怀远，陇西狄道人也。父鑊，晋尚书郎。兄鉴旷，弟宝迅，皆以才识著名，秦、雍为之谚曰：'三龙一门，金友玉昆。'"⑥仆射（yè）：官名，约同宰相之职，宋以后废。火攻：中医用热性药或灼艾治病的方法。此句意谓即使仆射之高官，小修也不热切追求，避免得病而用火攻之法。⑦高名谁复杜钦同：此喻小修无官而最负高名。《汉书·杜缓》："缓六弟，五人至大官……唯中弟钦官不至而最知名。"

【评析】

万历二十年（1592），南平社的出现实为公安文史上的一段佳话。南平社有成员六人：龚家父子三人，袁氏兄弟三人，其中进士四、举人一、秀才一，可谓人才荟萃。先是龚大器致政归里。这一年诸子诸外孙皆集于里，公与之唱和，于是被推为南平社社长。公年最高，已七十余岁，小修最少，才二十三岁，可谓少长咸集。以上七律五首，按长幼顺序排列，可视为南平社人物组诗。组诗对各个人物的性格特点、才华气质和身世都作了形象的概括。

《外大父方伯公》。因方伯公年岁最高，重点在描绘其风神。虽"鹤发丹颜"，而仍像壮年之时，江月江花争着与大家共赏，决不以年老而稍却，使人觉得不是神仙隐者而似神仙隐者。小修于《龚春所公传》叙：公等人游石洲，至深夜乃归，各分韵纪游，明日黎明，诸人俱以游倦晏起，不得一字，而公当夜即于灯下作绳头细字，于纸上展纪游新诗，直超越诸子诸外孙。这位“当年中土紫薇司”“此日南平白社长”的风神和豪情逸兴已表现得活灵活现。

《孝廉舅惟学》。首联构对便勾勒出了其矛盾的精神状态：既研经术词学，又好空门道家。以下三联皆承此分应。二联用许逊、张华故事，更以“应”“定”叙其天性之所自；三联以“明月珠堪售”“神仙路不赊”赞其研好之所成；四联预言矛盾的最后发展趋势是想“凤池”所须，必“勾漏”难成。此预言果真为后来的事实所证明。

《侍御舅惟长》。惟长懒慢如叔夜，孝悌似安仁，且又能不断修养美德，然“以建言谪磁州判，终兵部郎”（引自清同治本《公安县志・龚大器传》），掩抑不获大用，致使中年绝意仕进，隐居家中，成为“云霄调外沉冥客，花月尊前感慨身”。诗人不平之气、惋惜之情，皆寄寓于此联。所谓“游将倦”实际亦是宦游不遂或被谪贬的委婉说法。所幸现在能相与“醉月吟风”为乐。

《中郎弟进士》。中郎不惟是南平社的佼佼者，亦是迥绝于世的“真英灵男子”。中进士及第，三湘问雁行，只是叙其身份和兄弟关系而已。“丽”“精”则是以极富感情色彩的形容词，充分表现中郎纵横无碍的才气和深湛独到的学识，

“领袖”“凭陵”更是选词精确、生动，使中郎风流倜傥、意气风发、领袖同游、慑服时彦的风姿活现眼前。“梦草”句进一步赞中郎清新自然的诗才，亦顺带赞小修，为下一首《小修弟文学》启路。“种花”句赞中郎从政的治绩，亦表明此诗乃尔后（即中郎令吴之后）的补作。

《小修弟文学》。“射虎”“雕虫”而益之以“难偶”“益工”，诗人爱怜之情自不待说，而小修的慷慨豪气、工妙文词，于篇首便已高标特举。至科场失意，仕途未步，穷而不达，则不露丝毫惋惜之意。“称金友”“避火攻”“谁复杜钦同”则多极力褒扬之声。“楚人弓”精当而含蓄地表达了小修虽失之又得之的身世，岂止达观态度而已。

五首诗的共同特点是用典虽多，但较贴切，不只增加了诗的含蓄性，且更加强了诗的表现力，对仗既富且用得自然。律诗的对仗就一般情况而论，是用于颔联与颈联。如果只一联对仗，即只于颈联对仗。（参考王力《汉语诗律学》）这五首诗有四首三联对仗，即一、四两首是二、三、四联对仗，三、五两首是一、二、三联对仗，第二首则四联皆用对仗，顺乎自然之势。

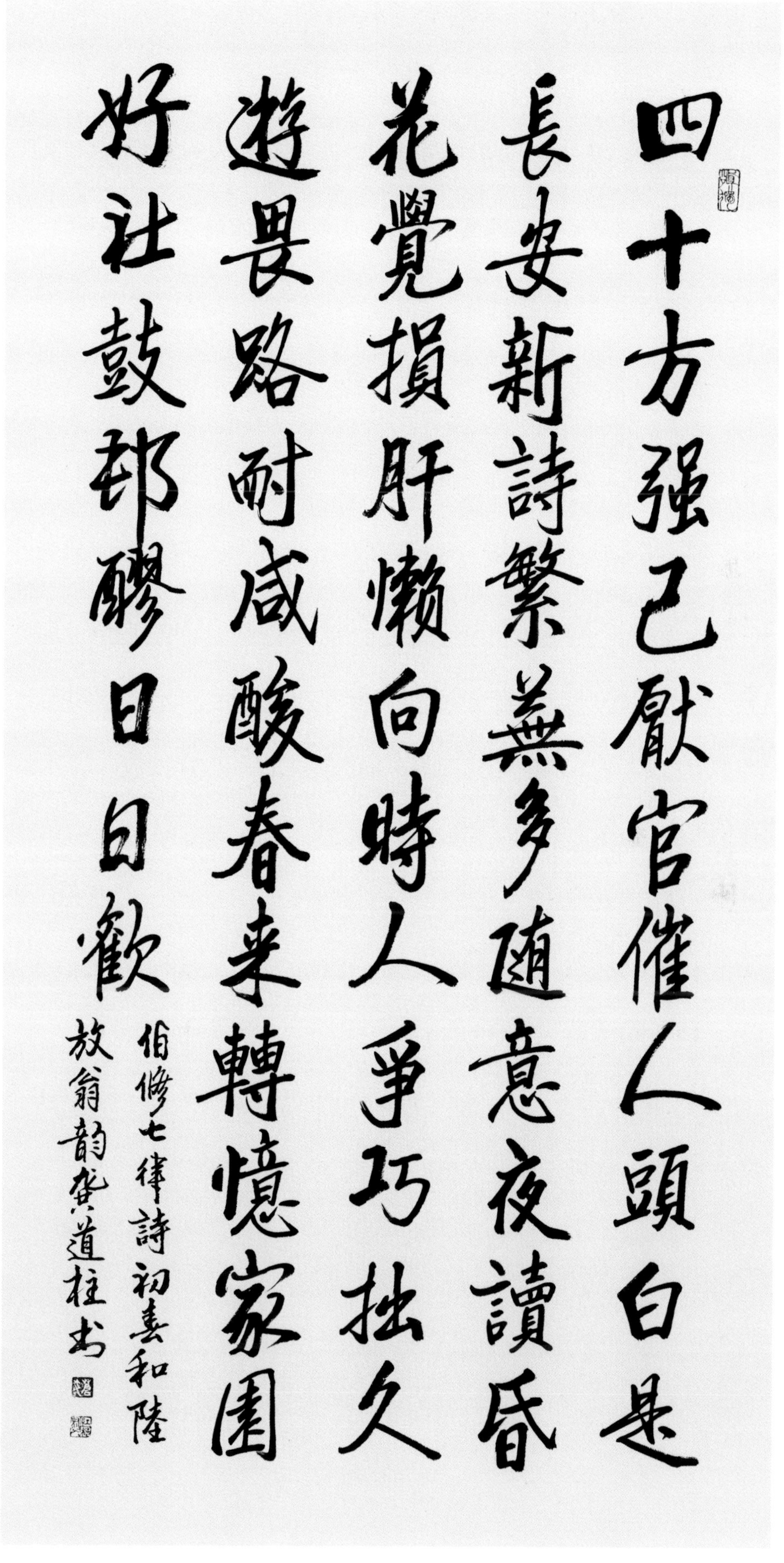
四十方强已猷官催人頭白是
長安新詩繁蕪多隨意夜讀昏
花覺損肝懶向時人爭巧拙久
遊畏路耐鹹酸春來轉憶家園
好社鼓郊醪日日歡
伯修七律詩初春和陸
放翁韻袁宗道柱書

初春和陆放翁韵[①]（二首选其一）

四十方强已厌官，催人头白是长安[②]。
新诗繁芜多随意[③]，夜读昏花觉损肝。
懒向时人争巧拙[④]，久游畏路耐咸酸[⑤]。
春来转忆家园好，社鼓村醪日日欢[⑥]。

【注释】

①所和陆诗为《初春遣兴》，不仅和原诗韵，韵字次序亦与原诗全同。②长安：今西安市，我国古都之一。后人常以此代指本朝京师。③繁芜：繁杂不精。④争巧拙：指在官场上与人勾心斗角争高下。⑤耐咸酸：喻久游可畏的仕途却耐得住那滋味的咸酸。⑥社鼓：社日祭祀所敲的鼓。社日，即春、秋两次群众集会祭祀土神的日子，一般在立春、立秋后的第五个戊日。村醪（láo）：农家自酿的酒。

【评析】

这是诗人在京师任皇太子讲官时所作，诗中强烈地表达了诗人厌弃官场、思念家乡生活的情绪。首联直赋厌官，并道出厌官的原因是容易“催人头白”。颔联承“催人头白”，便任新诗随意，觉夜读损肝，即身体已经衰老，不堪其精思苦想。颈联写官场角逐，宦味咸酸，厌弃情绪十分强烈。尾联由苦涩陡转欢快，一“好”一“欢”，表达了诗人对家乡生活不尽追忆、向往之情。诗中同时反映了诗人好雅静、淡名利的思想。

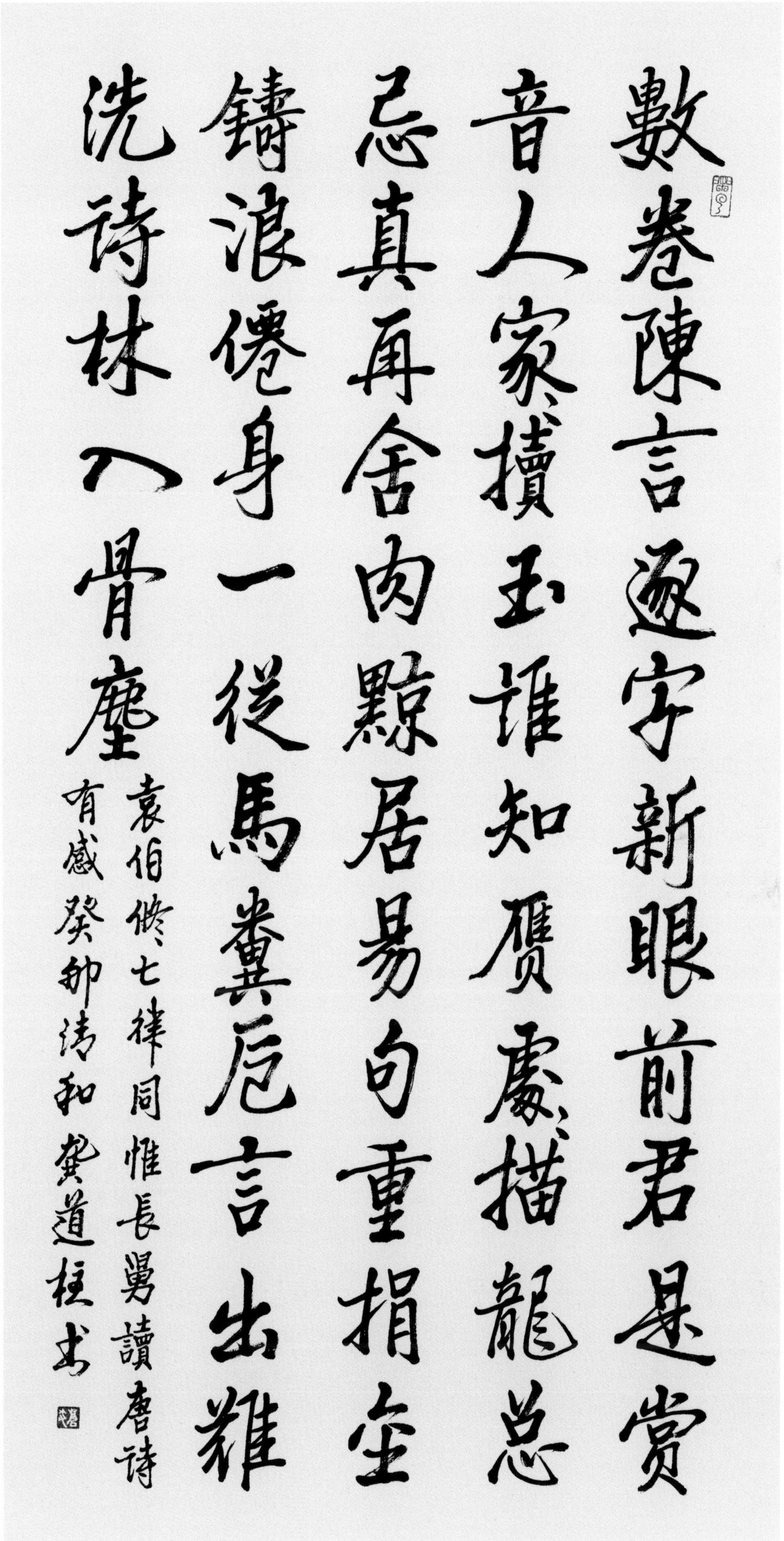
數卷陳言遜字新
眼前君是賞音人
家家擅玉誰知價
處處描龍總忌真
再舍肉黥居易句
重捐金鑄浪僊身
一從馬糞卮言出
難洗詩林入骨塵
袁伯修七律同惟長舅讀唐詩有感
癸卯詩和龔道桂書

同惟长舅读唐诗有感

数卷陈言逐字新①，　眼前君是赏音人。
家家椟玉谁知赝②，　处处描龙总忌真③。
再舍肉黥居易句④，　重捐金铸浪仙身⑤。
一从马粪卮言出⑥，　难洗诗林入骨尘。

【注释】

①“数卷”句：此指唐诗虽卷帙已陈但字字仍有新意。②椟玉：收藏在木匣子里的宝玉。椟用作动词。赝：假的，伪造的。此喻当时复古模拟的作品，全是毫无生气的假古董。③描龙：用“叶公好龙”的故事讥前后“七子”以诗文准唐规汉，一味模拟而不学其精神，即如叶公好龙，却害怕点睛而腾飞之真龙。④黥居易句：句意谓“我”愿像葛清再次献出皮肉以遍刺居易诗句。唐段成式《酉阳杂俎·行诗图》载：“荆州街子葛清，勇不肤挠，自颈以下，遍刺白居易舍人诗……凡刻三十余首，体无完肤，陈至呼为‘白舍人行诗图’也。”⑤铸浪仙身：浪仙，贾岛字。晚唐诗人李洞膜拜贾岛，曾捐铜为贾铸像。句意为“我”愿像李洞重捐铜铸造贾岛的像。⑥马粪卮（zhī）言：后“七子”领袖王世贞著有《艺苑卮言》，该书倡导复古模拟，给诗坛造成极坏的影响，故喻之为马粪。

【评析】

这是一首评论当时诗坛风气的诗。明代中期，前“七子”倡导复古，对冲击此前粉饰太平的台阁体文学确曾有一定积极意义，后来却走上了形式主义道路，致使模拟抄袭成风，诗文生气窒息。这首诗从“公安派”求新创新的共同主张出发，开首即从唐诗中拈出一“新”字总领全篇，并表达甥舅二人求新创新志同道合。然后以具体生动的比喻力破“赝”而不知、“真”却大忌的影响家家处处的模拟鄙习。“再舍肉”“重捐金”，用葛清、李洞的故事表示对唐诗之新的顶礼膜拜。最后折回，慨诗林尘垢一时难以洗清，锐锋利刃直刺复古巢穴。“马粪”一词令读者尤觉痛快。全诗旗帜鲜明，快言畅语，用典融化并赋新意，诚如姚士麟《白苏斋类集序》所评：只见“情情新来，笔笔新赴”，“提人新情，换人新眼”。

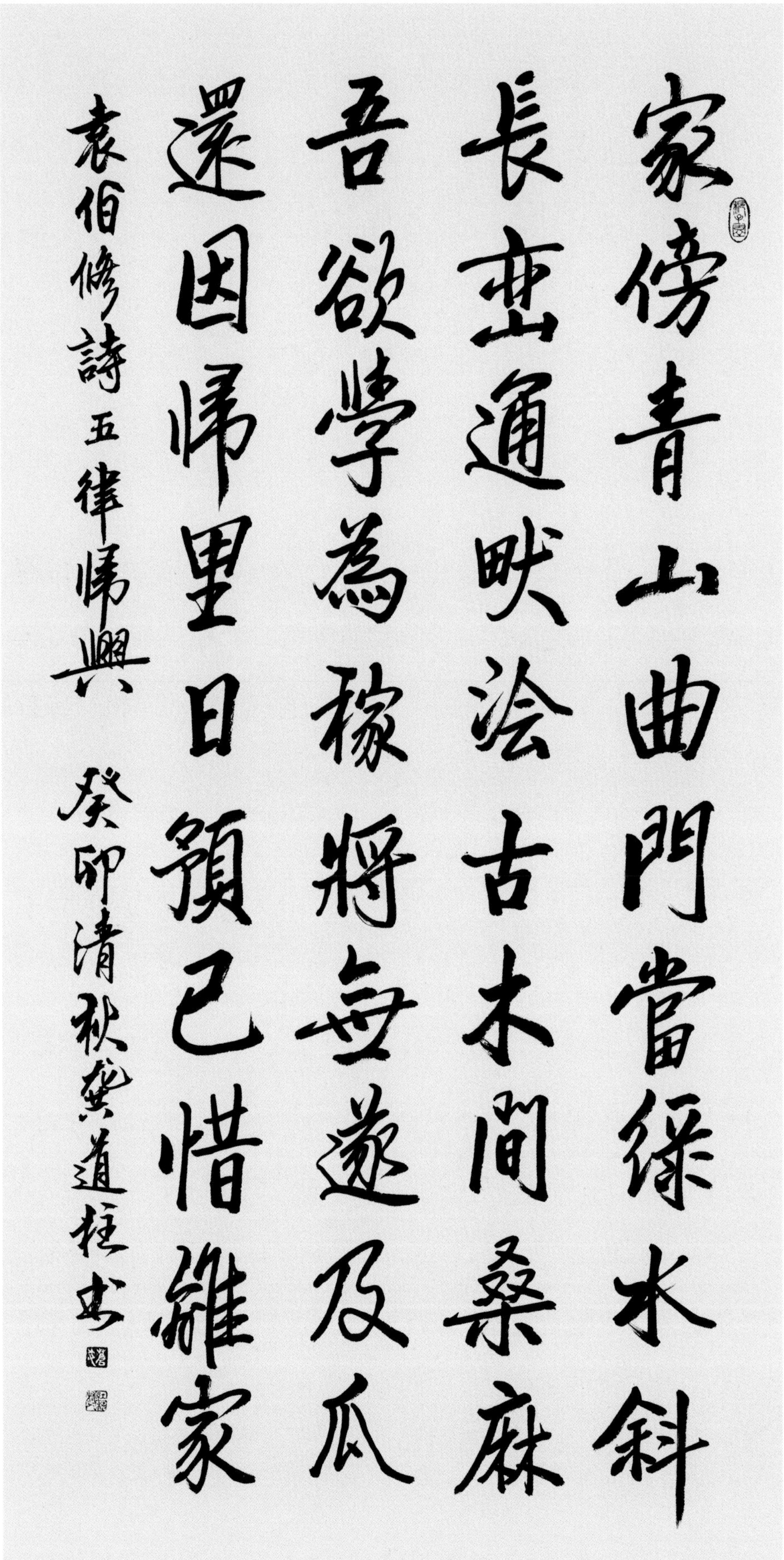
家傍青山曲
門當綠水斜
長堤通畎澮
古木間桑麻
吾欲學爲稼
將無遂及瓜
還因歸里日
頗已惜離家
袁伯修詩五律歸興
癸卯清秋樊道桂書

归　兴

家傍青山曲，　门当绿水斜。

长峦通甽浍[1]，　古木间桑麻。

吾欲学为稼，　将无遂及瓜[2]。

还因归里日，　预已惜离家。

【注释】

①甽浍（quǎnkuài）：田间水沟，泛指溪流、沟渠。②将无：莫非。及瓜：到瓜熟之时，谓前官任职期满，由他人接替。骆宾王《晚度天山有怀京邑》："旅思徒漂梗，归期未及瓜。"

【评析】

这首五律是诗人暂归家园所作。诗写归兴，前四句极力渲染引起归兴的环境。"青山""绿水"给人一种清新愉悦的感觉，"甽浍""桑麻"使人领略到强烈的农村气息，"傍""当""通""间"四个动词更增加了对自己家园清幽、恬静的农村环境的亲切感。后四句抒情。"吾欲学为稼"，诗人不仅留恋自己家园的环境，更是向往起陶渊明"开荒南野际，守拙归园田"的生活；然而任期未满，又即将离家返任，不禁为之深深惋惜。全诗情境融合，挥洒自然。

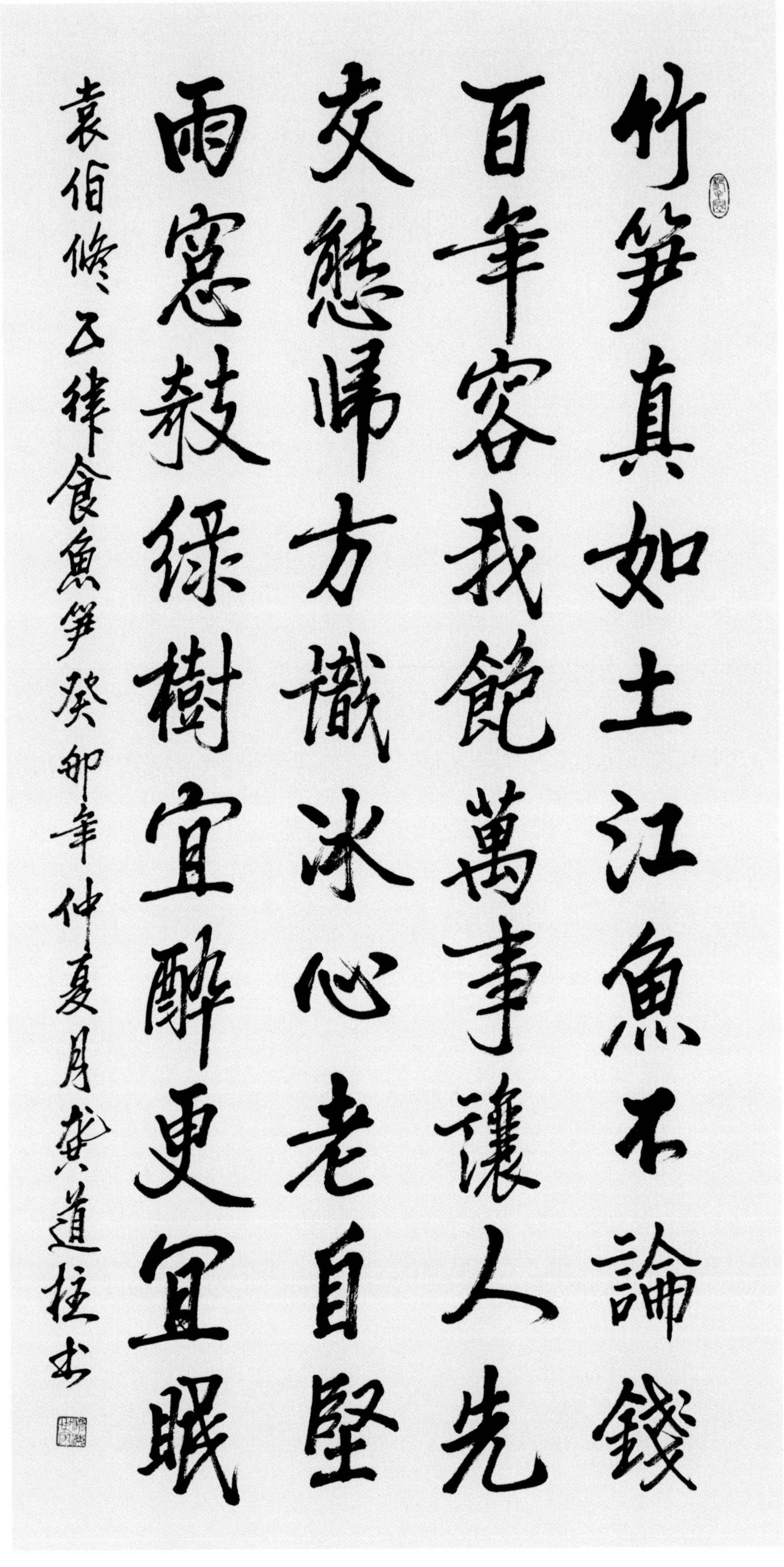
竹筍真如土江魚不論錢
百年容我飽萬事讓人先
支態歸方識冰心老自堅
雨窗鼓綠樹宜醉更宜眠
袁伯修五律食魚筍 癸卯年仲夏月 龔道桂書

食　鱼　笋

竹笋真如土，　江鱼不论钱。
百年容我饱，　万事让人先。
交态归方识，　冰心老自坚①。
雨窗攲绿树②，　宜醉更宜眠。

【注释】

①冰心：喻清白高洁的胸襟。②攲（qī）：倾斜。

【评析】

此诗是诗人暂归公安故里时所作。首联互文，言竹笋、江鱼皆如土一般多，又皆价贱不论钱。公安物产丰饶，由此可见。“容我饱”“让人先”，坦诚地表达了诗人自得其乐、与世无争的人生观。“交态”“冰心”句互为因果，因为官修洁，清贫如洗，故暂归故里，可能因此看到了人情世态的冷淡，然即使已“识”而仍“自坚”。“雨窗攲绿树，宜醉更宜眠”一联收得很平和，结得有余味。此诗所反映的与世无争的人生观虽有其消极的一面，然清白好修的品节，却是每个人应自励敦行的。

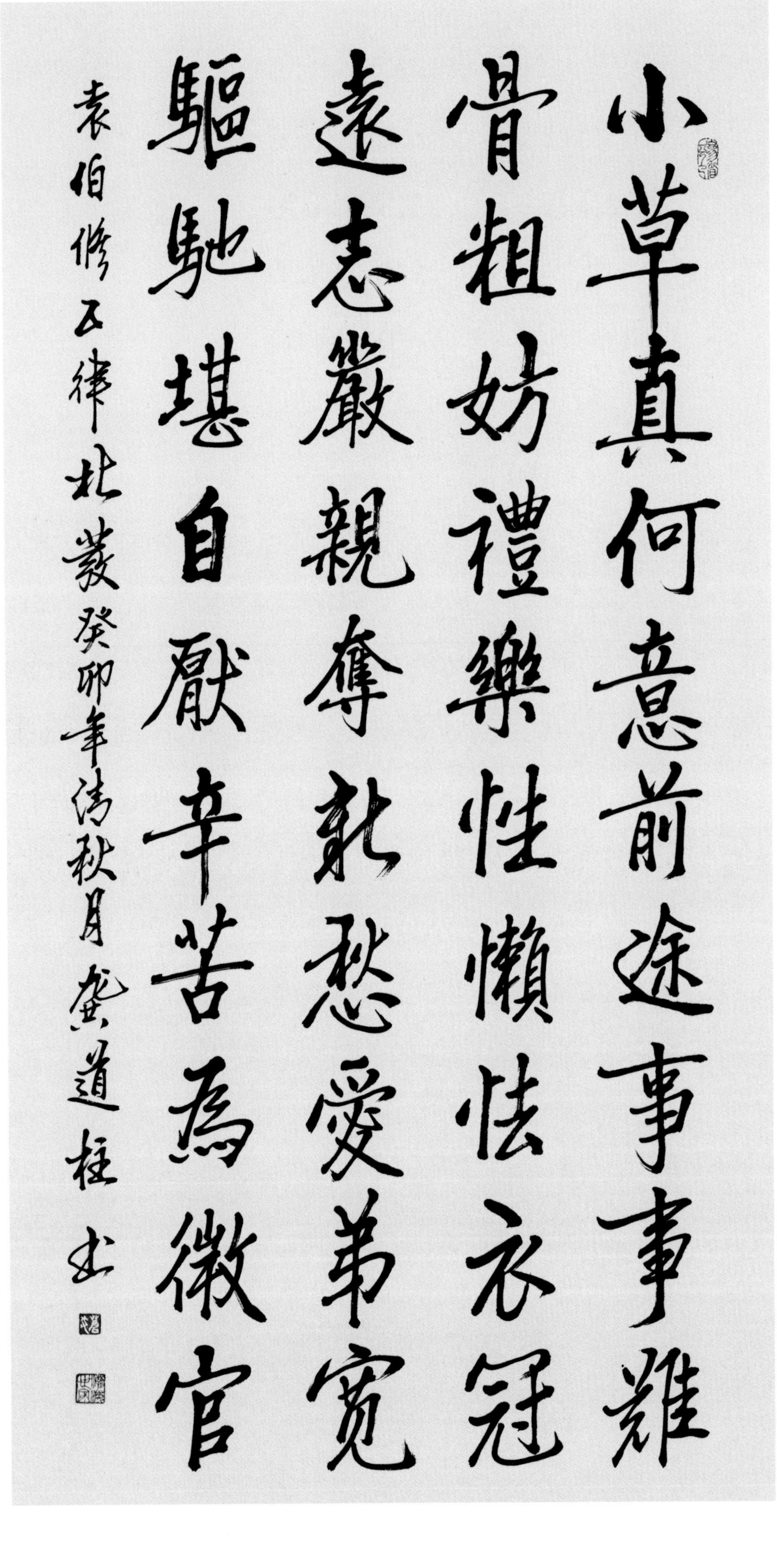
小草真何意前途事事難
骨粗妨禮樂性懶怯衣冠
遠志嚴親奪執愁愛弟寬
驅馳堪自厭辛苦爲微官
袁伯修五律
癸卯年清秋月

北　发

小草真何意，　前途事事难。
骨粗妨礼乐，　性懒怯衣冠。
远志严亲夺，　新愁爱弟宽。
驱驰堪自厌，　辛苦为微官。

【评析】

这首诗是诗人南归后复又北上时所写。诗人自视为渺小的草芥，对今后宦途的奔驰已感到百般不适应，且十分厌倦。特别是自己粗疏、懒慢的性格，难堪官场上那种种礼节应酬。其《早春独坐》里的“迂疏生事简，懒慢见人难”同样流露了这种情绪。既如此，为什么仍复北发？希求归隐之志为严父所不许，强为其难之愁为爱弟所劝说。最后以“驱驰”切题，表现了诗人既厌倦而又无可奈何的心境。全诗句句言情，句句契真而不避忌，此为“公安派”诗歌本色。

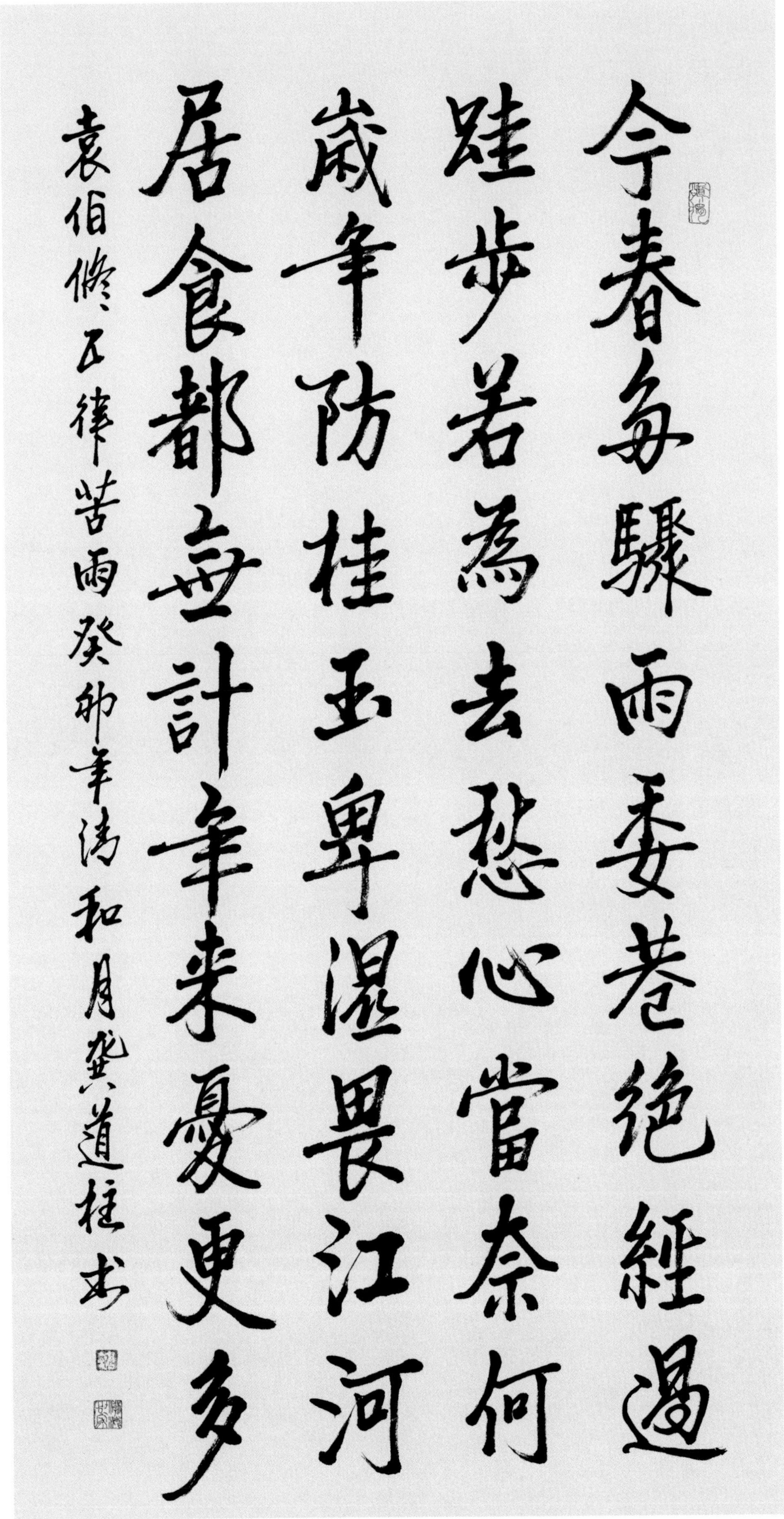
今春每驟雨委巷绝經過
跬步若爲去愁心當奈何
歲年防桂玉卑濕畏江河
居食都無計年来憂更多
袁伯修五律苦雨 癸卯年清和月龔道柱書

苦雨（二首选其二）

今春多骤雨，　委巷绝经过[①]。
跬步若为去[②]，　愁心当奈何。
岁年防桂玉[③]，　卑湿畏江河。
居食都无计，　年来忧更多。

【注释】

①委巷：谓僻陋曲折的小巷，借指民间。过：音 guō。②跬步：半步。③桂玉："桂薪玉粒"的省写。《战国策·楚策三》："苏秦之楚……楚王曰：'寡人闻先生……愿闻其说。'对曰：'楚国之食贵于玉，薪贵于桂，谒者难得见如鬼，王难得见如天帝。今令臣食玉炊桂，因鬼见帝。'"后以"桂薪玉粒"喻柴米昂贵。

【评析】

这首诗写对多雨的忧愁，表现了诗人对家乡人民疾苦的关心。上半部分写因多雨而未至委巷，但可以想象，"跬步若为去"，触目皆是屋漏墙坍、愁眉苦脸的惨淡景象，"愁心当奈何"！流水对一气贯注，写出眼前多雨的愁。下半部分凭经验拟设：春涝如此严重，秋获必然无望，可要防"桂薪玉粒"，公安地势低卑，已不堪骤雨倾泻，当更畏江河泛滥。结尾由"居食都无计"推出"年来忧更多"。忧愁贯串全诗，语言明白如话，感情推进层次清晰可见。

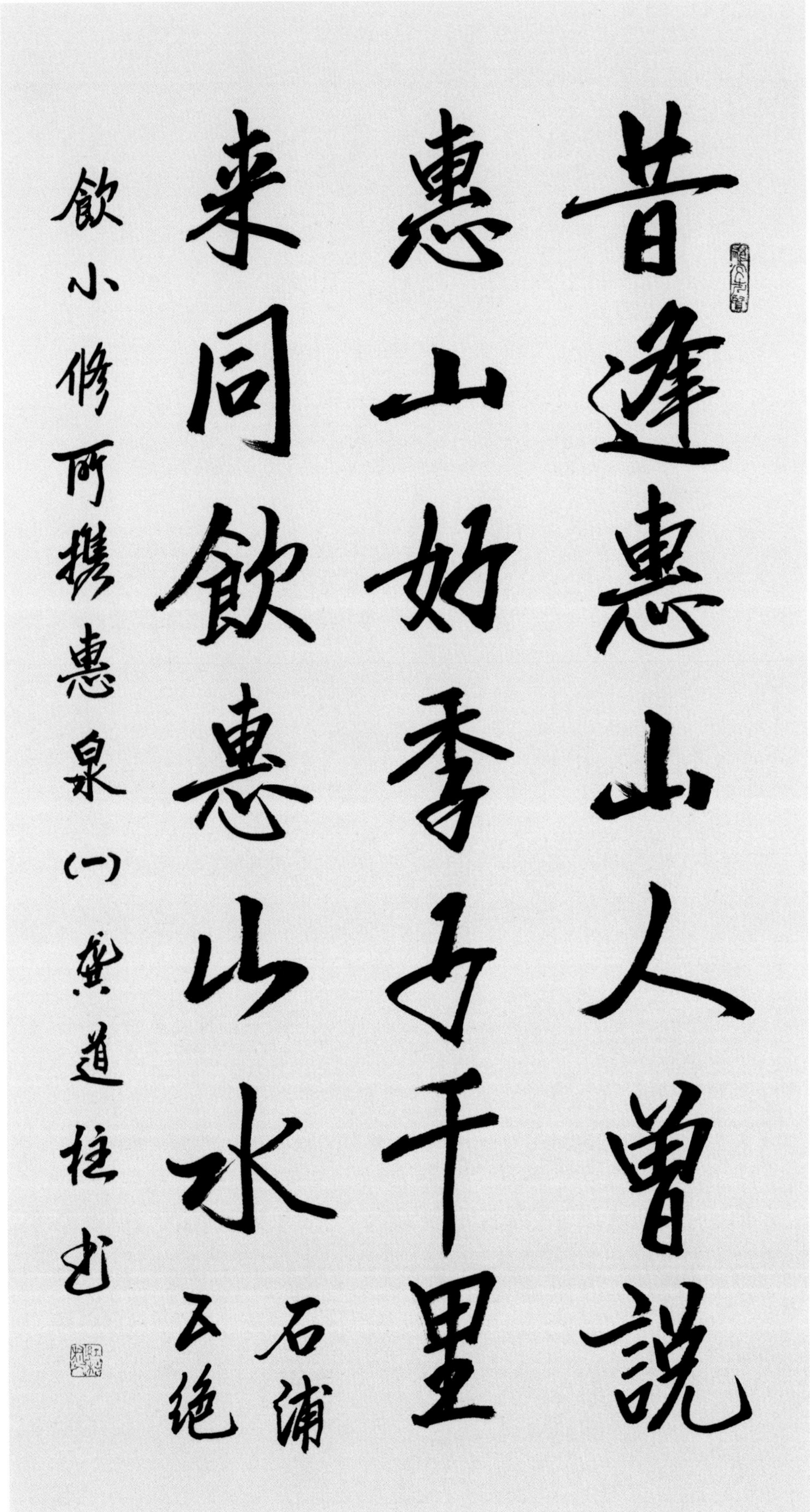
昔逢惠山人曾說
惠山好李子千里
来同飲惠山水
石浦 五绝
飲小修所携惠泉（一） 龚道桂书

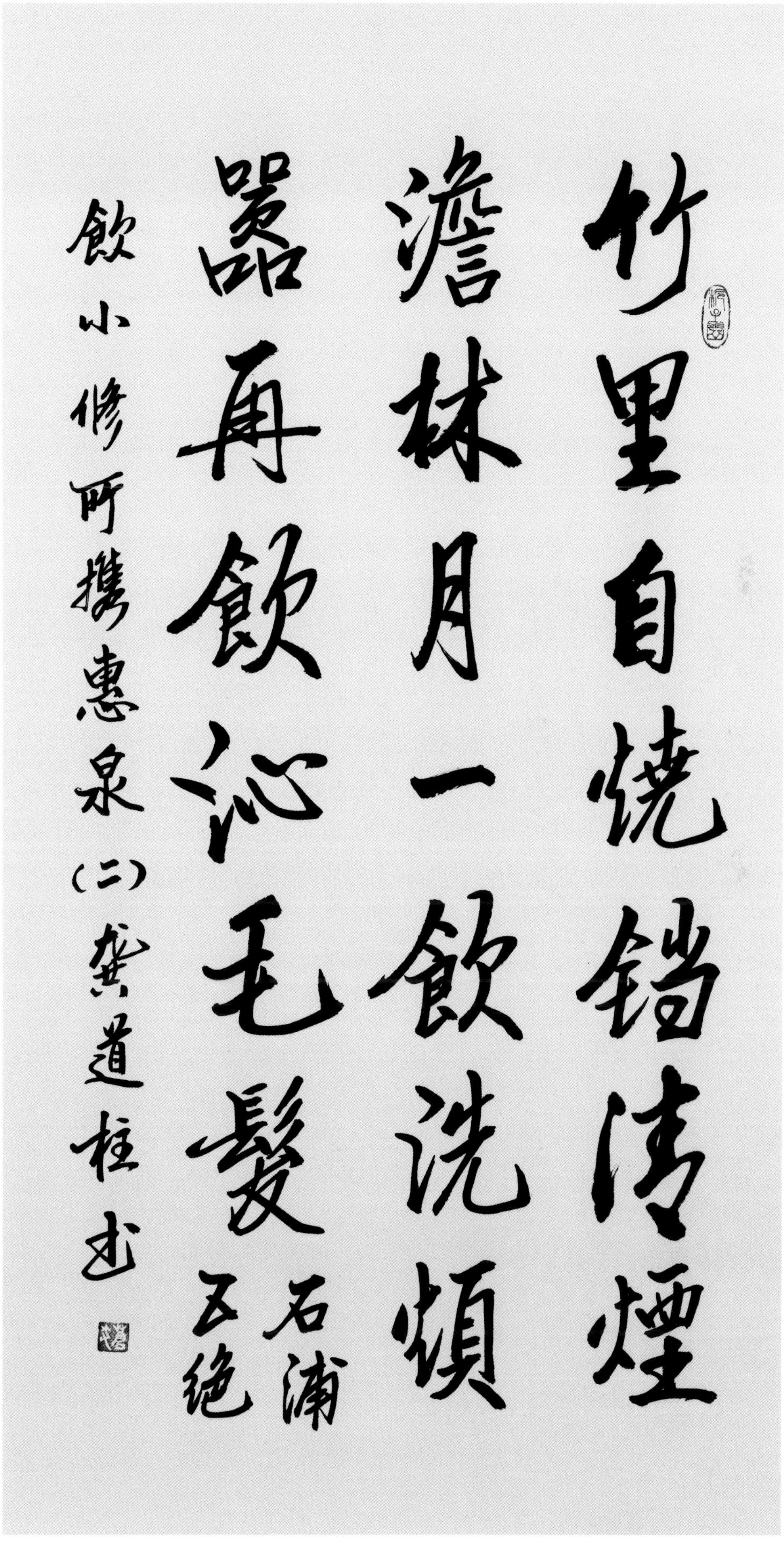
竹里自烧铛清烟
澹林月一饮洗顿
嚣再饮沁毛发
石浦五绝
饮小修所携惠泉（二）龚道桂书

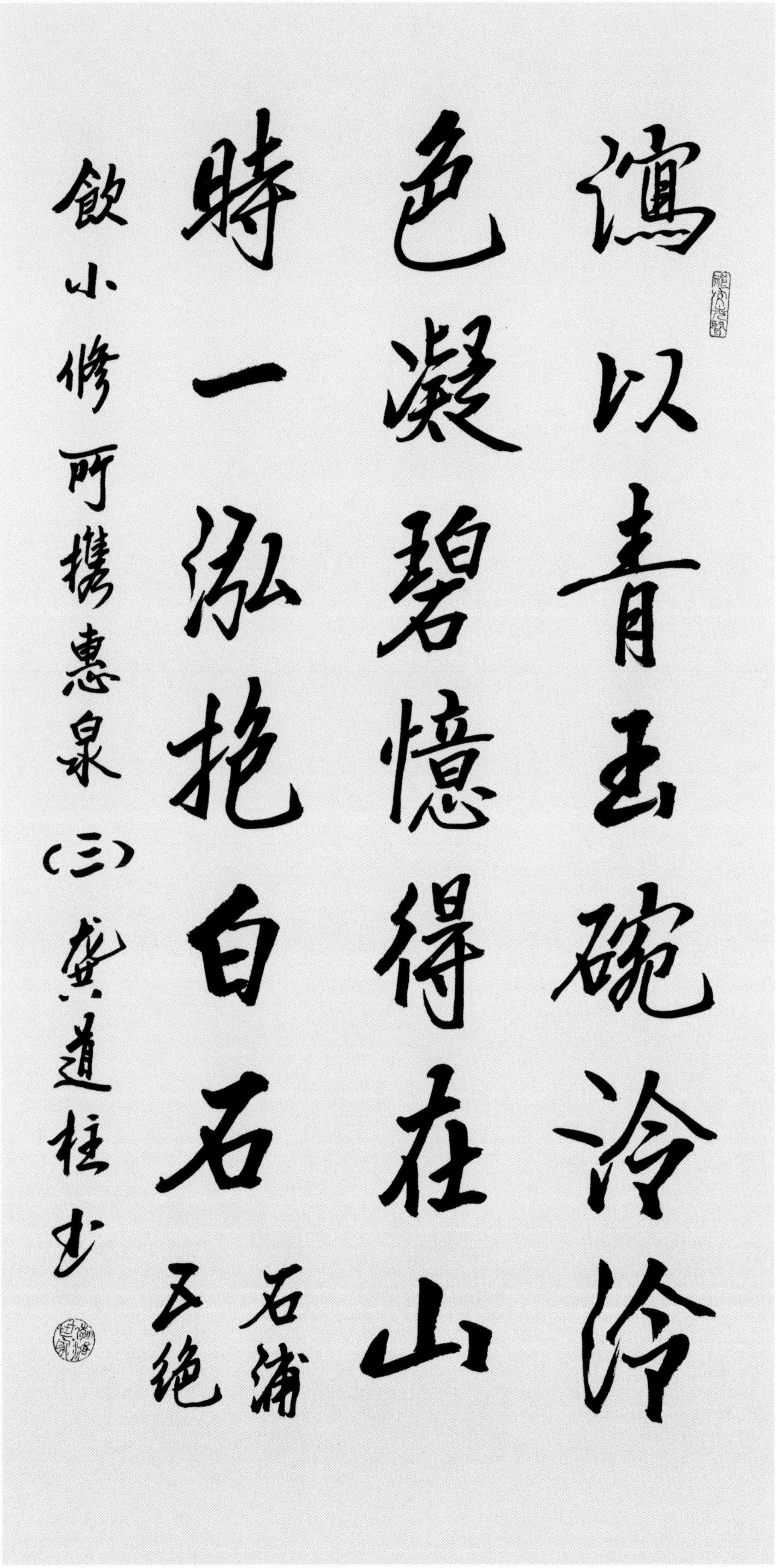
瀉以青玉碗泠泠
色凝碧憶得在山
時一泓抱白石
石浦
五绝
飲小修所攜惠泉（三）盛道桂书

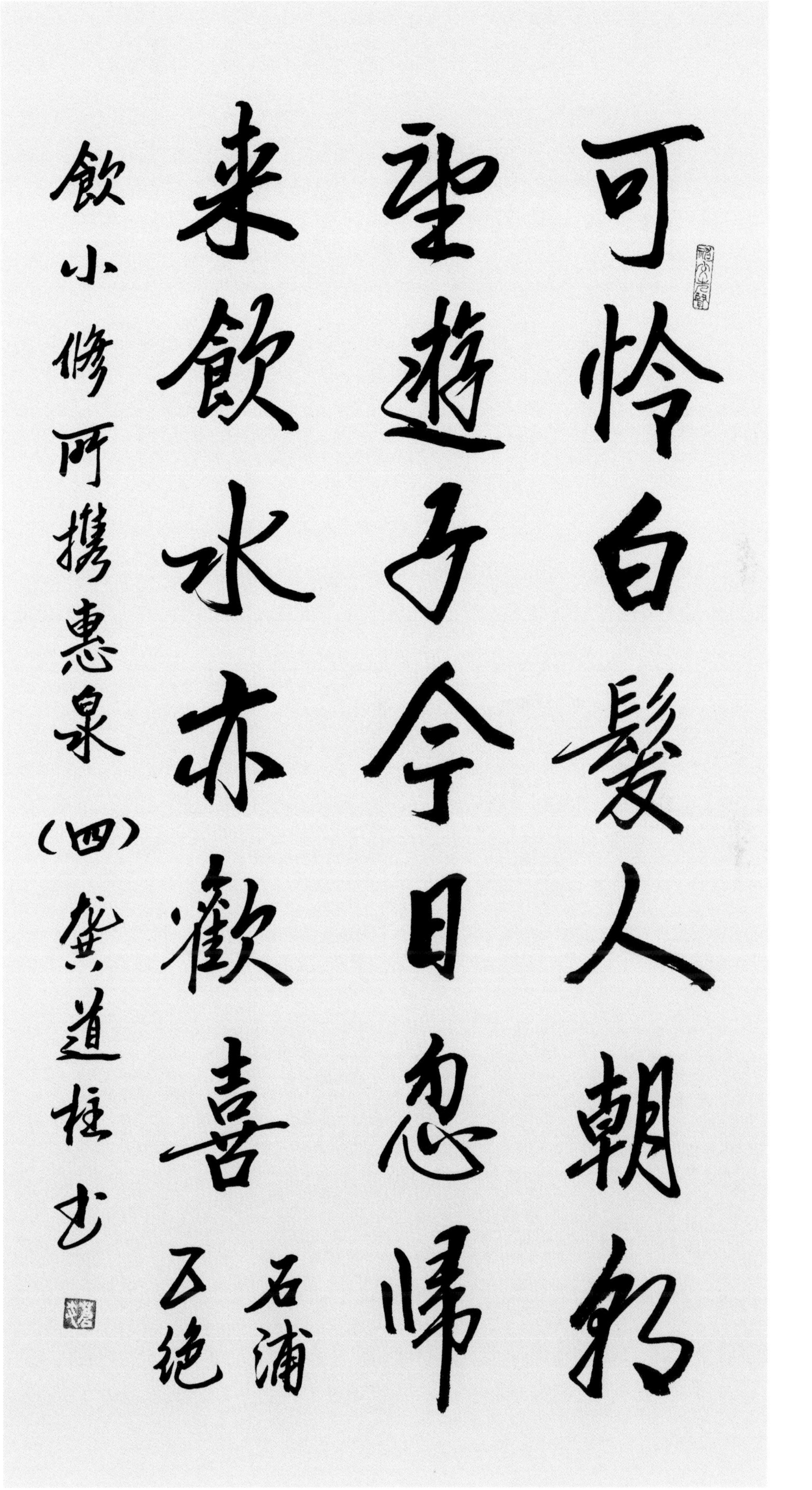
可怜白髮人朝朝
望遊子今日忽歸
来飲水亦歡喜
石浦
五绝
飲小修所攜惠泉（四）龚道桂书

饮小修所携惠泉（四首）

其一

昔逢惠山人①，曾说惠山好。
季子千里来，同饮惠山水。

其二

竹里自烧铛②，清烟澹林月。
一饮洗烦嚣，再饮沁毛发。

其三

泻以青玉碗，泠泠色凝碧③。
忆得在山时，一泓抱白石。

其四

可怜白发人④，朝朝望游子。
今日忽归来，饮水亦欢喜。

【注释】

①惠山：在江苏省无锡市西郊，该山以泉水著名，惠山泉有“天下第二泉”之称。②铛（chēng）：烹茶器。③泠泠（líng）：清凉貌。④白发人：指代年老父母。

【评析】

万历二十三年（1595），小修漫游吴越后携惠泉水归，宗道、宏道恰也回到了公安，父子兄弟得以同饮惠泉水。这组古绝便是诗人以质朴清新的语言、雅淡欣慰的情绪，赞美惠泉水洗烦嚣、沁毛发的特殊作用以及小修千里携泉水与父兄同饮的美举。

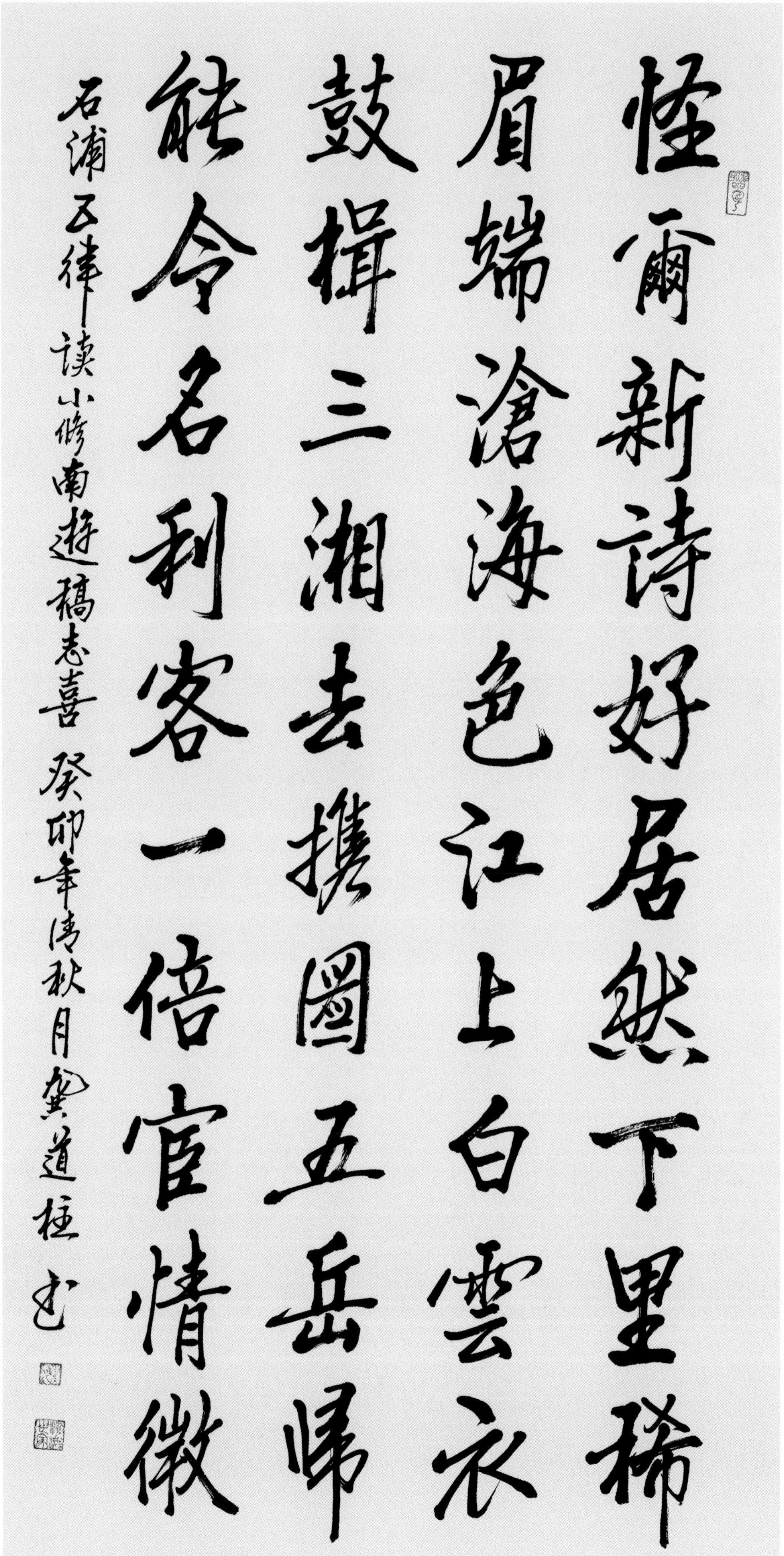
怪爾新詩好居然下里稀
眉端滄海色江上白雲衣
鼓楫三湘去攜圖五岳歸
能令名利客一倍宦情微
石浦五律读小修南游稿志喜
癸卯年清秋月龔道桂书

读小修南游稿志喜[①]（三首选其一）

怪尔新诗好，　　居然《下里》稀。
眉端沧海色，　　江上白云衣。
鼓楫三湘去，　　携图五岳归。
能令名利客，　　一倍宦情微[②]。

【注释】

①小修一生多次旅游，此次南游应在万历二十二年（1594），其所历时间及所游区域，宏道同年诗《三弟回，志喜》（四首）中“送汝才三月，那知西复东……浮湘而涉海，司马之遗风。”“万里将孤舫，长江与太湖。”可资参考。
②倍：通“背”。末联谓小修南游诗能使有名利心的人也失去做官的兴趣。

【评析】

见诗题即知诗意。“怪尔新诗好”冠首，即热情赞扬了小修南游新诗的进步，往下便以这五字生发开去。“眉端”一联形容其刻画山川的神韵；“鼓楫”一联互见，称颂其携回“三湘”“五岳”的图画；“能令”一联高度评价其艺术感染力。此诗的诗人即首先被感染。如此好诗岂复下里巴人可比！此诗笔调清润和雅，诚如钱伯城在《白苏斋类集·前言》所写，“有如春日拂面的轻风”。

袁宏道（五十二首）

袁宏道（1568—1610），明代著名文学家。字中郎，号石公，又号六休，公安（今属湖北）人。万历二十年（1592）进士，历任吴县知县、礼部主事、吏部郎中。宏道与兄宗道、弟中道并称“三袁”，为“公安派”的领袖。在“三袁”中，袁宏道影响最大。其思想受李贽的影响较深，重视小说、戏曲和民歌在文学上的地位；在诗文上反对前后“七子”模拟复古的主张，强调抒写“性灵”，作品真率自然，有部分篇章反映民间疾苦，对当时政治现实有所批判。有《袁中郎全集》。

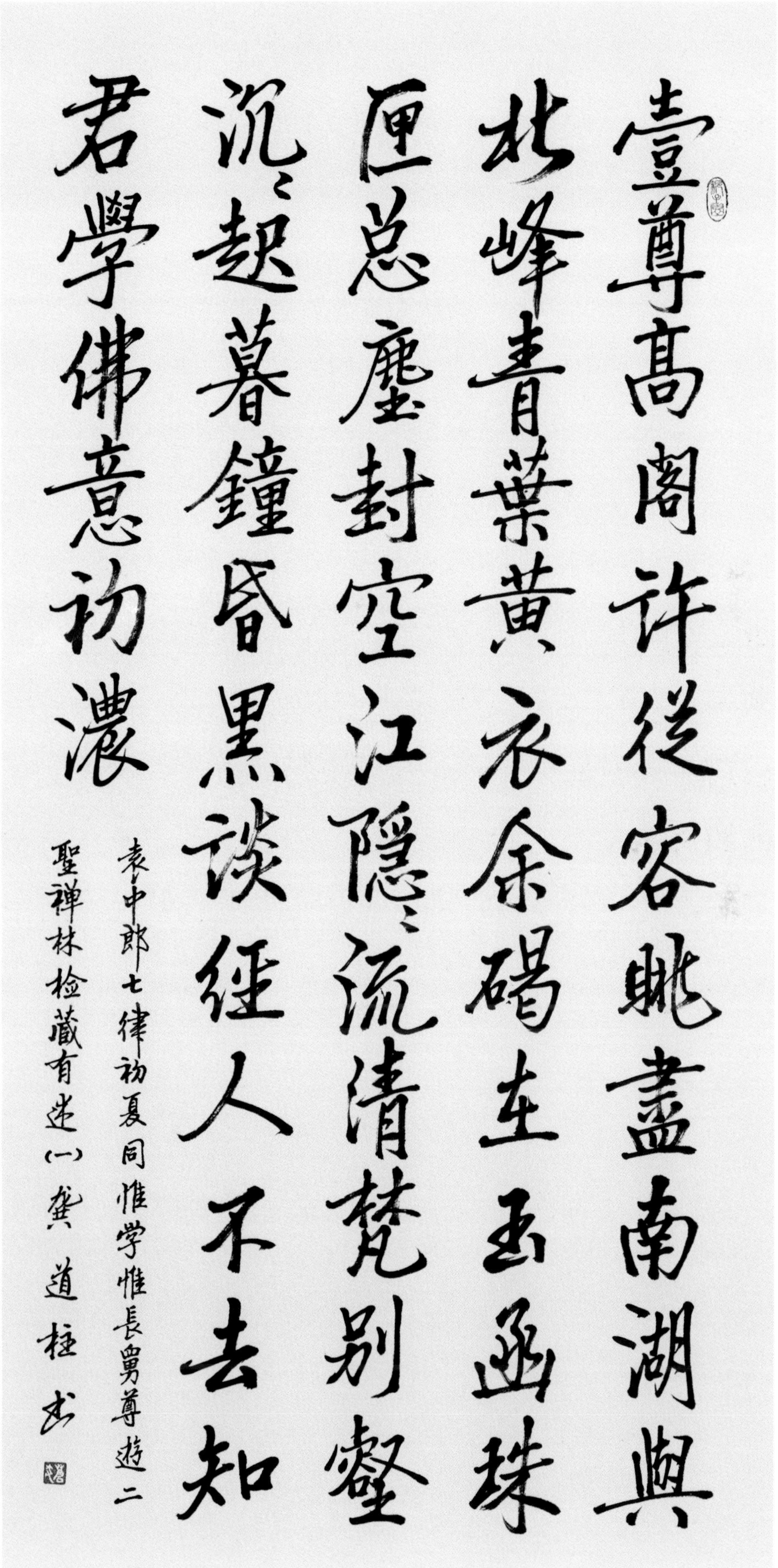
壹尊高閣許從容眺盡南湖與
北峰青葉黄衣余碣立玉函珠
匣總塵封空江隱隱流清梵別磬
沉沉起暮鐘昏黑談經人不去知
君學佛意初濃
袁中郎七律初夏同惟學惟長舅尊遊二
聖禪林檢藏有述(一) 龚道桂书

初夏同惟学、惟长舅尊游二圣禅林检藏有述[1]（四首选其一、其四）

其一

一尊高阁许从容[2]，　眺尽南湖与北峰。
青叶黄衣余碣在[3]，　玉函珠匣总尘封[4]。
空江隐隐流清梵[5]，　别壑沉沉起暮钟。
昏黑谈经人不去，　知君学佛意初浓。

【注释】

①检藏：二圣寺原有正法楼，专以贮藏佛教经典，此所检之藏即指正法楼之藏经。②许从容：应许从容不迫地登上。③余碣（jié）：方首者为碑，圆首者为碣。汉代人碑碣并称。此指镌刻有文字的石碑尚在。④玉函珠匣：指作藏经用的精制匣子。⑤清梵：二圣寺本为佛寺，佛经原用梵语写成，后凡与佛有关的事物皆称梵，故此处把寺旁的江水称为清梵。

【评析】

此诗首起“从容”登阁，“眺尽”南北，从视觉上点出一“高”字。次联写由下而上所见，“余碣在”“总尘封”，颇有寺古经荒之感。三联别开境界，转从听觉上渲染禅林的氛围，以声衬静，甚妙。惟学本“中岁空门又道家”（见袁宗道《孝廉舅惟学》），“我亦冥心求圣果”，故“昏黑谈经人不去”，尾联复收至佛经佛意。章法开合有致，写景生动有韵。

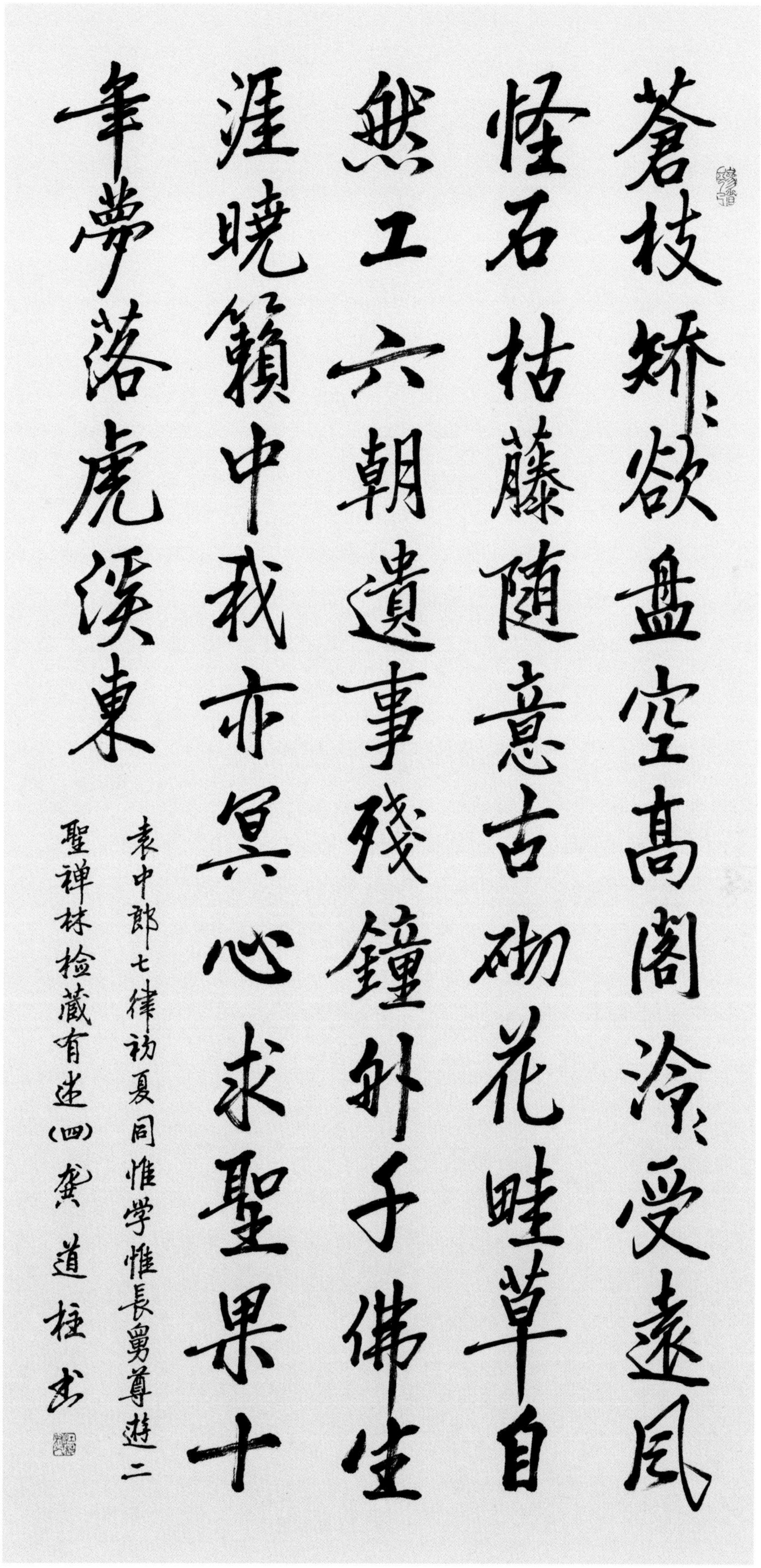
蒼枝矯矯欲盘空高閣泠泠受遠風
怪石枯藤隨意古砌花畦草自
然工六朝遺事殘鐘外千佛生
涯曉籟中我亦冥心求聖果十
年夢落虎溪東
袁中郎七律初夏同惟學惟長舅尊游二
聖禪林檢藏有述（四） 龔道桂書

其四

苍枝矫矫欲盘空，　　高阁泠泠受远风。
怪石枯藤随意古，　　砌花畦草自然工。
六朝遗事残钟外，　　千佛生涯晓籁中。
我亦冥心求圣果①，　十年梦落虎溪东②。

【注释】

①冥心：泯灭俗念，使心境宁静。圣果：佛教修行所达到的圆满境界。因依圣者所得，故称圣果，犹正果。②虎溪：庐山东林寺前有虎溪，又二圣寺处公安县虎渡河东，宏道的老家在虎渡河西，两者互参，喻指向佛之意。

【评析】

这首诗前四句写景。诗人身登高阁，感受殊异。先见苍枝大有盘空之势，远风益增清凉之感；再俯视阁下，自然景物或具有自我审美意识而"随意古"，或赋予天然美学价值而"自然工"，景观古雅、鲜活，且富禅机之味。后四句抒情。人在禅林，心契禅旨，于是觉六朝遗事（即历代的兴亡）都付与残钟之声——缈缈云天之外，想千佛生涯尽置于晓籁——微微仿佛之中，向往禅佛清静寂定之情尽暗蕴其中。"冥心求圣果"，"梦落虎溪东"，最后更明结向佛之意。这首诗的中间两联，锤字炼句，极见功力，写景抒情，出神入化，自成诗中佳句。此诗作于万历十三年（1585），宏道才18岁，便如此才华横溢、触处生姿，宜乎后来成为"公安派"领袖人物。

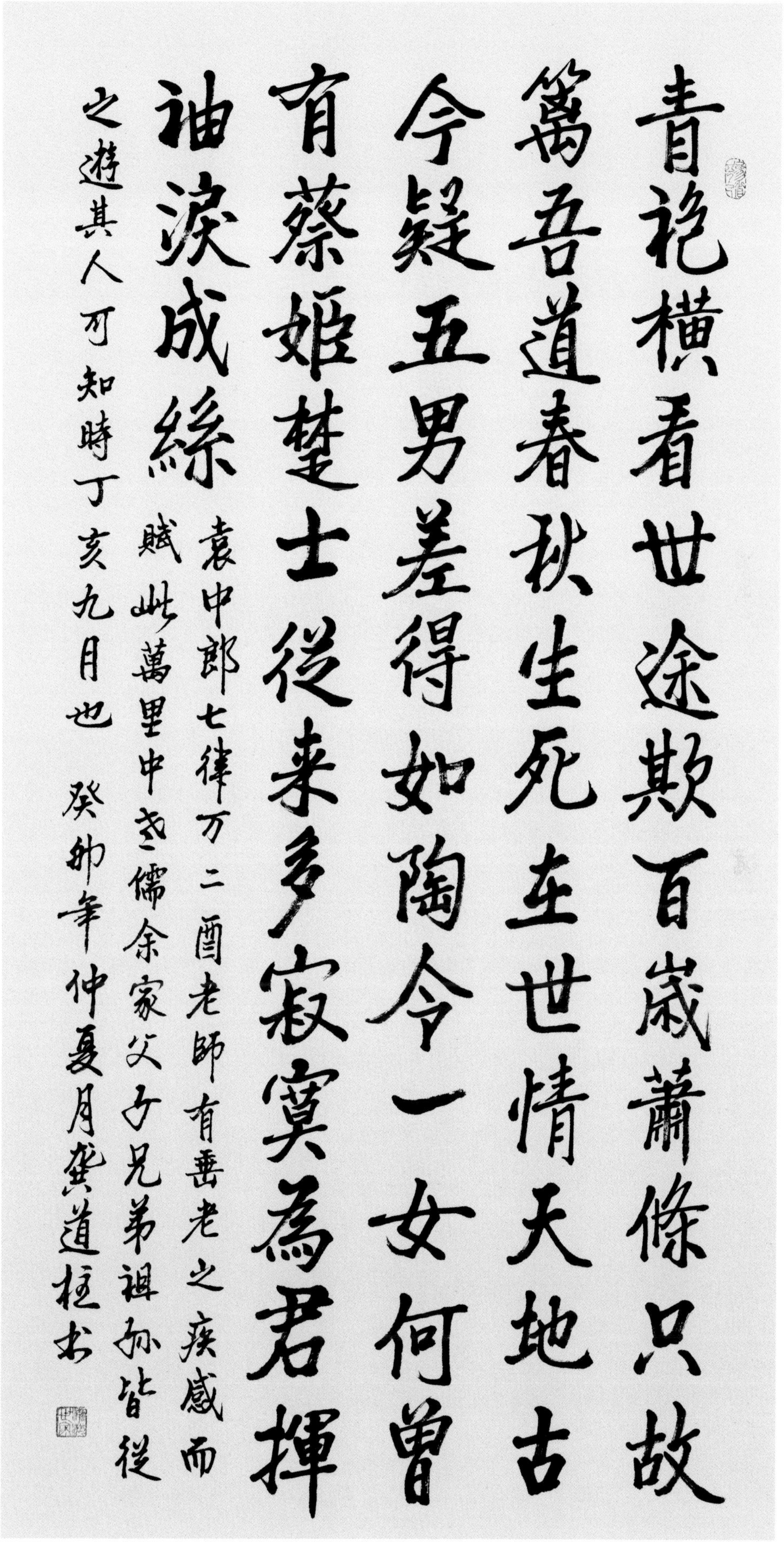
青袍橫看世途欺百歲蕭條只故
篱吾道春秋生死在世情天地古
今疑五男差得如陶令一女何曾
有蔡姬楚士從來多寂寞爲君揮
袖淚成絲
袁中郎七律万二酉老師有喪老之疾感而
賦此萬里中老儒余家父子兄弟祖孙皆從
之遊其人可知時丁亥九月也
癸卯年仲夏月龔道桓书

万二酉老师有垂老之疾，感而赋此。万，里中老儒，余家父子兄弟祖孙皆从之游，其人可知。时丁亥九月也[①]

（二首选其二）

青袍横看世途欺[②]，　百岁萧条只故篱[③]。
吾道春秋生死在[④]，　世情天地古今疑[⑤]。
五男差得如陶令[⑥]，　一女何曾有蔡姬[⑦]。
楚士从来多寂寞[⑧]，　为君挥袖泪成丝。

【注释】

①万二酉：万莹，字时彻，号二酉，公安人，为袁宏道兄弟启蒙老师，少工文词，经史滥熟，旁及阴阳、堪舆、农圃、医术、命禄，且通数学。一试不中，归隐家乡为童子师，穷老而卒。②青袍：儒生服，借指儒生。③只故篱：只是株守故园，学富才赡而未为世所用。④吾道：指儒者之道。春秋：代指人的年岁。句意谓儒者一生，生死全由天命。⑤世情：指万学富才赡而穷老一生的事实。句意谓如此世情，古今来都是令人怀疑的，即太不公平。⑥陶令：即陶渊明。因陶《责子》“虽有五男儿，总不好纸笔”，责其子愚笨，万亦多子，故借以比拟。差得：近似之意。⑦蔡姬：指东汉蔡邕之女蔡文姬。万无女，以“何曾有”蔡姬相比况。⑧楚士：泛指失意之士。

【评析】

宏道对这位学富才赡的老师最了解，也最敬重，首联即以“世途欺”“只故篱”对其穷困一生的境遇表示了深切的同情，二联进而对“吾道”“世情”反差之大深感愤慨，而其所指更为深广，即为封建社会广大具有真才实学而穷困潦倒的知识分子吐不平之气。三联以“五男”近似“陶令”之子、“一女”何有“蔡姬”，叙其具体家境，用典颇为工切。四联又折回多寂寞的“楚士”，诗人更痛心眼前二酉老师的遭遇，不觉潸然泪下。全诗感情由同情而愤慨，而伤心，回环激荡，感人至深。

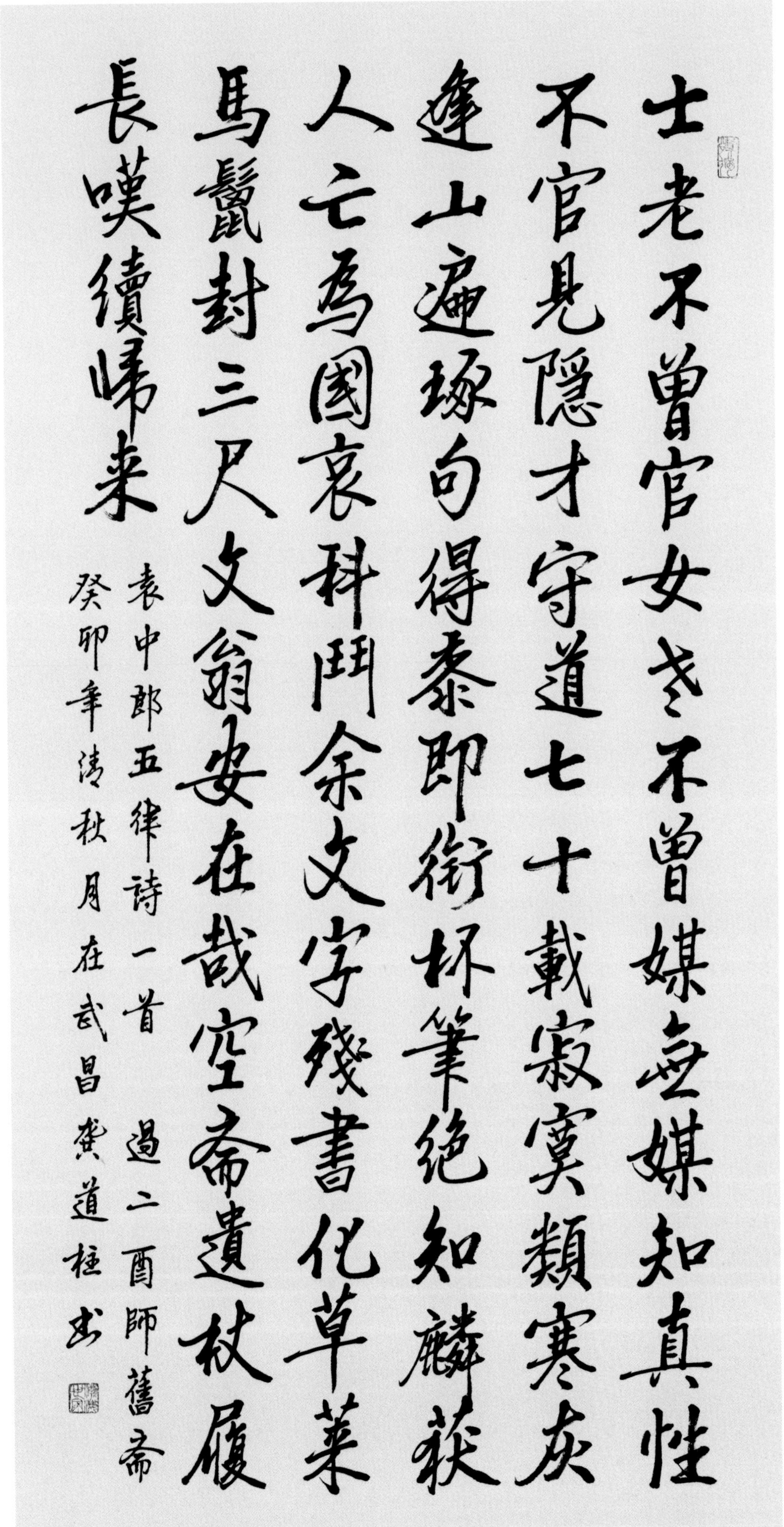
士老不曾官女々不曾媒無媒知真性
不官見隱才守道七十載寂寞類寒灰
逢山遍琢句得黍即銜杯筆绝知麟获
人亡為国哀科斗余文字殘書化草莱
馬鬣封三尺文翁安在哉空斋遺杖履
長嘆續歸来
袁中郎五律詩一首 過二酉師舊斋
癸卯年清秋月在武昌黄道桂书

过二西师旧斋

士老不曾官，　女老不曾媒。
无媒知真性，　不官见隐才。
守道七十载，　寂寞类寒灰。
逢山遍琢句，　得黍即衔杯。
笔绝知麟获①，　人亡为国哀。
科斗余文字②，　残书化草莱。
马鬣封三尺③，　文翁安在哉④？
空斋遗杖履，　长叹续《归来》⑤。

【注释】

①麟获：即获麟。《春秋·鲁哀公十四年》："春，西狩获麟。"杜预注："麟者，仁兽，圣王之嘉瑞也。时无明王，出而遇获。仲尼伤周道之不兴，感嘉瑞之无应，故因《鲁春秋》而修中兴之教，绝笔于获麟之一句，所感而作，固所以为终也。"后以喻指著作之绝笔。②科斗：我国古代字体之一种，以头粗尾细如蝌蚪而得名，此指一般文字。③马鬣（liè）：坟上封土的一种形状，亦指坟墓。④文翁：西汉庐江舒县（今安徽省庐江县西南）人。西汉景帝末为蜀郡守，仁爱好教化，在成都起官学，入学者免除徭役，成绩优秀者为郡县吏。蜀郡自是文风大振，教化大兴。此借以指为乡里所敬重的万二西塾师。⑤《归来》：此乃"魂兮归来"的省写。

《楚辞·招魂》："魂兮归来！反故居些（suò）。"因协灰韵的需要而取"归来"，实为续写《招魂》，以招亡魂的归来。

【评析】

弟子对自己敬重的老师是终生也忘不了的。在写上首感赋之后的两年，宏道过二酉师旧斋，见人去斋空，不胜哀痛，情之所至，又写了这首五古。诗分四节，实为两个层次。第一层写生前，诗人先用比兴手法，以女老"无媒知真性"比况士老"不官见隐才"；然后叙其一生七十载的隐居生活，逢山琢句，得黍衔杯，贫而守道，忘怀得失，自得其乐。无限敬重之意融入字里行间。第二层写死后，笔绝人亡，旧斋空空，余字残书早化为草莱，藜杖布履更触目伤心。文翁安在！吾师安在！哀痛之情浸透遗物空斋。一篇哀悼之词，满纸情至之语。

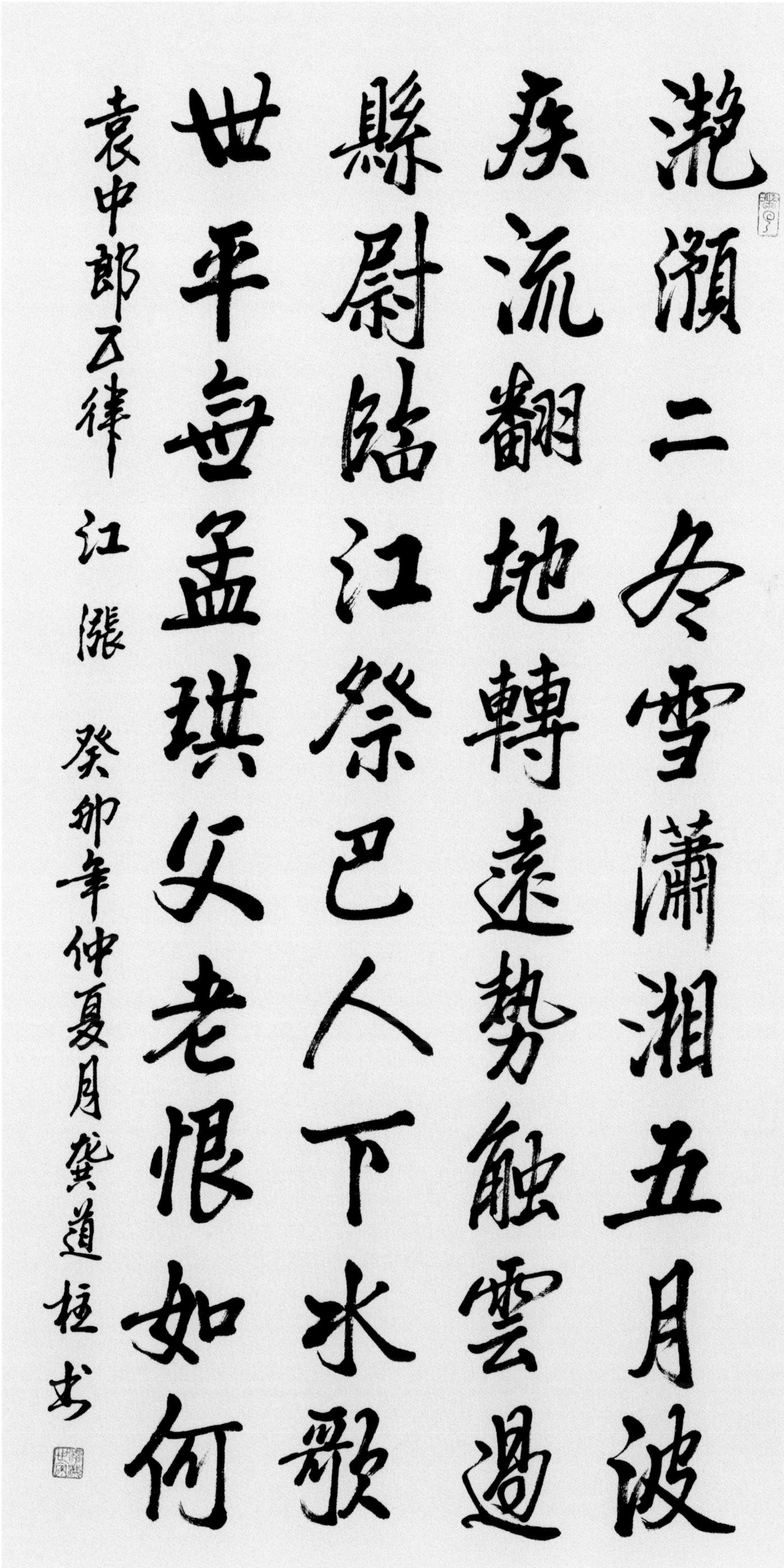
灩澦二冬雪瀟湘五月波
疾流翻地轉遠勢觸雲過
縣尉臨江祭巴人下水歌
世平無孟珙久老恨如何
袁中郎五律 江漲
癸卯年仲夏月龚道桓书

江　涨

滟滪二冬雪①，　潇湘五月波②。
疾流翻地转，　远势触云过。
县尉临江祭，　巴人下水歌③。
世平无孟珙④，　父老恨如何。

【注释】

①滟滪：指长江瞿塘峡口的滟滪堆，在重庆市奉节县东，冬出水二十余丈，夏则没。句意谓滟滪即使二冬水浅，仍水流湍急，翻卷如雪。以此比况“潇湘五月波”的凶狂猖肆。②潇湘：泛指荆江一段，因荆江下至洞庭湖城陵矶。③巴人下水歌：可能借刘禹锡诗，喻地方官吏兴波作浪。《竹枝词》：“瞿塘嘈嘈十二滩，此中道路古来难。长恨人心不如水，等闲平地起波澜。”④孟珙（gǒng）：南宋名将。另据钱伯城笺：“孟珙，宋端平间荆襄都督，以公安当荆江东流之冲，势为泽国，共筑六堤卫之，邑人倚珙为长城。”

【评析】

公安处荆江险段，地势低，堤岸长，公安父老每年皆恐江涨导致堤溃。诗题《江涨》反映诗人在想人民所想。一、二句点明江涨时间，且以滟滪水势相比况，已敲警钟。三、四句描写江涨气势，“翻地转”“触云过”，煞是骇目惊心。五句写祭江，县尉似亦在关心关乎人民生命财产的大事，然祭江何用？六句借“巴人下水歌”含蓄地揭露地方官吏平时侵蚀堤款，无视岁修，实无异于在江中兴波作浪，与临时祭江相对照，讽刺意味极浓。七、八句父老恨“世平无孟珙”，更是对现任地方官吏无视江堤建设的鞭挞，也更反映了诗人在恨人民所恨。由此可知，宏道后来令吴，大力废苛除弊，并非偶然。

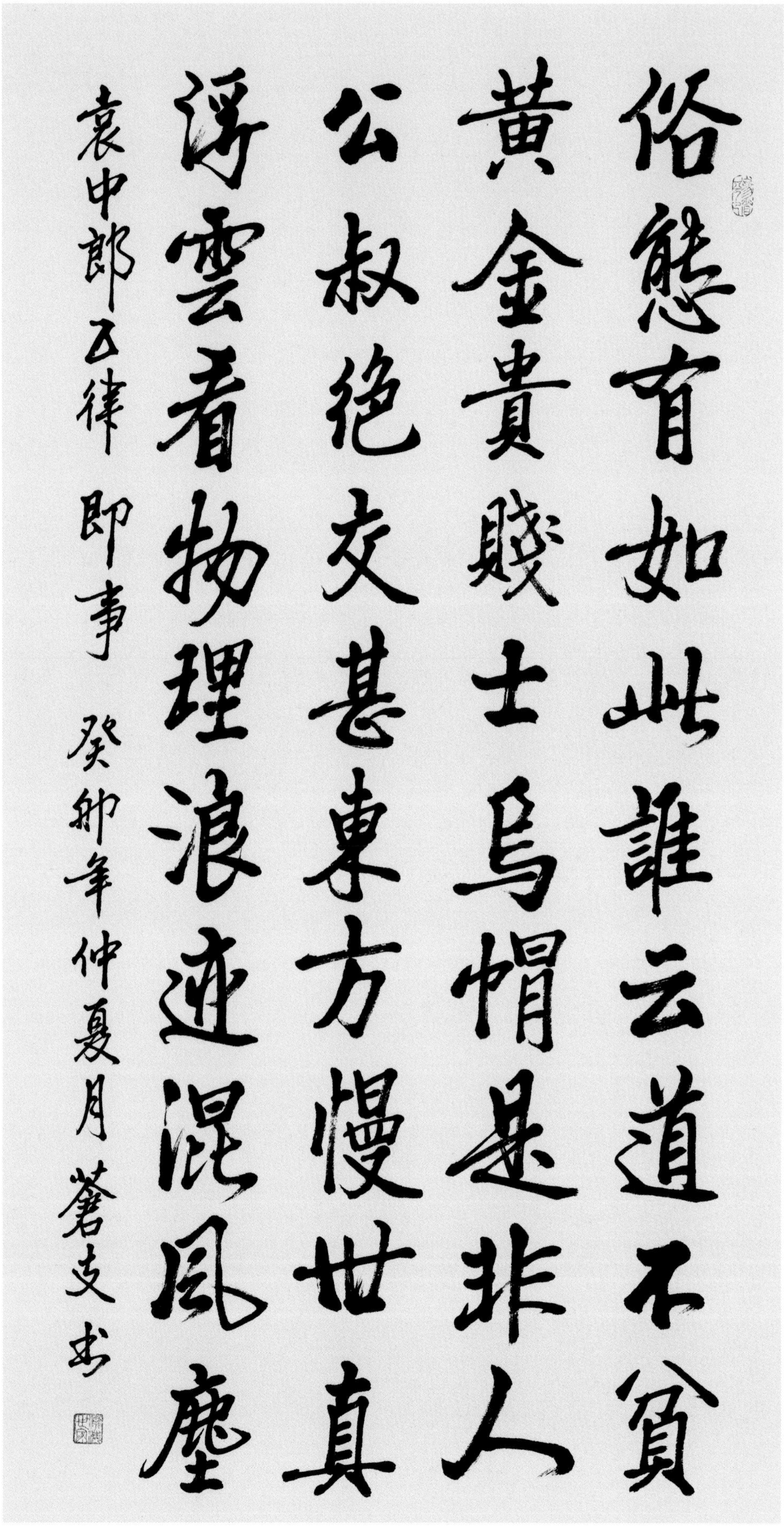
俗態有如此誰云道不貧
黃金貴賤士烏帽是非人
公叔絶交甚東方慢世真
浮雲看物理浪迹混風塵
袁中郎五律 即事
癸卯年仲夏月 蒼支书

即　事

俗态有如此，　谁云道不贫？
黄金贵贱士，　乌帽是非人[①]。
公叔绝交甚[②]，　东方慢世真[③]。
浮云看物理[④]，　浪迹混风尘[⑤]。

【注释】

①乌帽：古代贵者常服，隋唐后多为庶民、隐者之帽。②公叔：乃东汉朱穆字，南阳宛县（今河南省南阳市）人。永兴初为冀州刺史，后拜尚书。他深感时俗污秽，曾作《崇厚论》《绝交论》。③东方：指西汉大臣、文学家东方朔。武帝时待诏金马门，官至太中大夫，以奇计俳辞得亲近，为武帝弄臣。《汉书·东方朔传》赞曰："其滑稽之雄乎！"慢世：玩世不恭，越礼自放。④物理：指事物的常理。⑤风尘：风起尘扬，天地昏浊，比喻世俗的扰攘。

【评析】

这是一首因事感发的愤世嫉俗之作。开篇突兀而起，即欲一吐愤慨之气。俗态如此，道岂不贫？此处的"道"与"俗态"相对，当释为人生信奉的道义、遵循的原则；"贫"则应解作困窘，即被弃置而不顾。接着补叙"如此"：以"金"作标准来区别士之贵或贱，以"帽"为依据来评判人的是或非。在世俗的眼里，社会全是由钱与权在支配，哪还管什么道不道！面对如此“俗态”，诗人一介书生，又能有什么办法呢？于是直抒愤慨：公叔恶世俗而广为绝交，东方朔滑稽而玩世不恭，“我”则只好像看待浮云一样看待事物的常理，只得不拘形迹地混迹在这世俗的扰攘之中。这虽属一种无可奈何的愤慨，然综观全诗，却是对俗态的极端蔑视，也是诗人本人一种朦胧状态的相对平等观念的反映。诗人后来获机会主试陕西乡试，“试官以避嫌，不过搜求”。诗人认为“岂可以一己之功名，忽多士之进取”，于是“通场皆阅，所取士大半得之落卷中”。（引袁中道《珂雪斋集·吏部验封司郎中中郎先生行状》）这便为当时广大应考的士子争回了公道，从而有力地回击了“黄金贵贱士，乌帽是非人”的俗态。

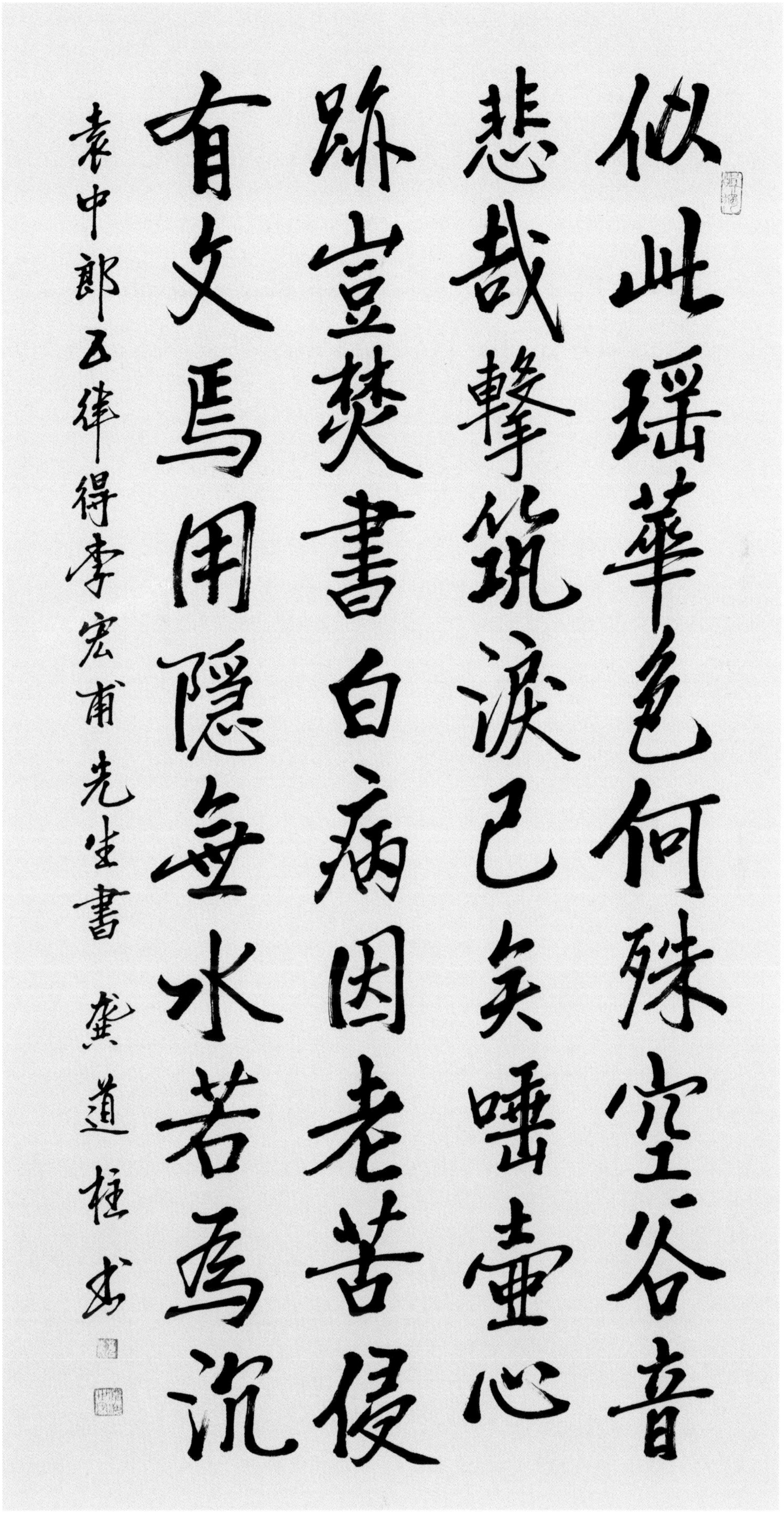
似此瑤華色何殊空谷音
悲哉擊筑淚已矣唾壺心
跡豈焚書白病因老苦侵
有文焉用隱無水若爲沉
袁中郎五律得李宏甫先生書
龔道桓書

得李宏甫先生书[①]

似此瑶华色[②]，　　何殊空谷音[③]。
悲哉击筑泪[④]，　　已矣唾壶心[⑤]。
迹岂《焚书》白[⑥]，　病因老苦侵[⑦]。
有文焉用隐，　　无水若为沉。

【注释】

①李宏甫：即李贽，宏甫为其号。②瑶华：传说中的仙花。屈原《九歌·大司命》：“折疏麻兮瑶华，将以遗兮离居。”洪兴祖补注：“瑶华，麻花也。其色白，故比于瑶。此花香，服食可致长寿，故以为美，将以赠远。”后有人以此喻美玉。③空谷音：即空谷足音之省，句意谓在空山谷里听到人的脚步声，喻难得的事物或言论。④击筑泪：参见袁宗道《小修弟文学》诗注③“燕市筑”。⑤唾壶：旧时痰盂。刘义庆《世说新语·豪爽》：“王处仲（王敦）每酒后，辄咏：‘老骥伏枥，志在千里。烈士暮年，壮心不已。’以如意打唾壶，壶口尽缺。”后用以形容心情忧愤或感情激昂。⑥《焚书》：李贽的重要著作之一，万历十八年（1590）刻于湖北麻城，明末曾两次经官方焚毁。书中议论多违逆正统观念，切中当世学者膏肓。《焚书·自序》：“既中其痼疾，则必欲杀我矣，故欲焚之，言当焚而弃之，不可留也。”故名曰《焚书》。⑦老苦：佛教宣扬人有八苦，即生、老、病、死、

恩爱别离、求不得、怨憎会、忧悲。

【评析】

万历十八年（1590）春，李贽游止公安柞林，伯修偕中郎、小修前往拜访，此为李贽与袁氏兄弟交结之始。夏秋间，李贽返回麻城后给中郎寄所著《焚书》，这首诗便是诗人得读该书之后所作。一、二联以特别鲜泽的瑶华之色、特别清亮的空谷之音，喻特别具有胆识的《焚书》，可谓鲜明生动；用击筑、唾壶故事叙李贽借《焚书》慷慨悲歌，一泄忧愤，更是切贴形象。三、四联叙及《焚书》的诗人，他蔑弃世俗、抨击伪学的心迹尚未尽白于《焚书》；他自号老苦，亦即以老年无朋而为病。他于治乱安危之机，别具手眼，发为议论，快言快语，焉用隐晦；若无此议论的载体（“无水”应视作无文的比喻），那才十分可惜！全诗对李贽及其《焚书》备极倾倒之意。五年后（万历二十三年），诗人任吴县县令与李宏甫书时仍说：“幸床头有《焚书》一部，愁可以破颜，病可以健脾，昏可以醒眼，甚得力。”诗人的思想、文风之受李贽影响，由此可知。

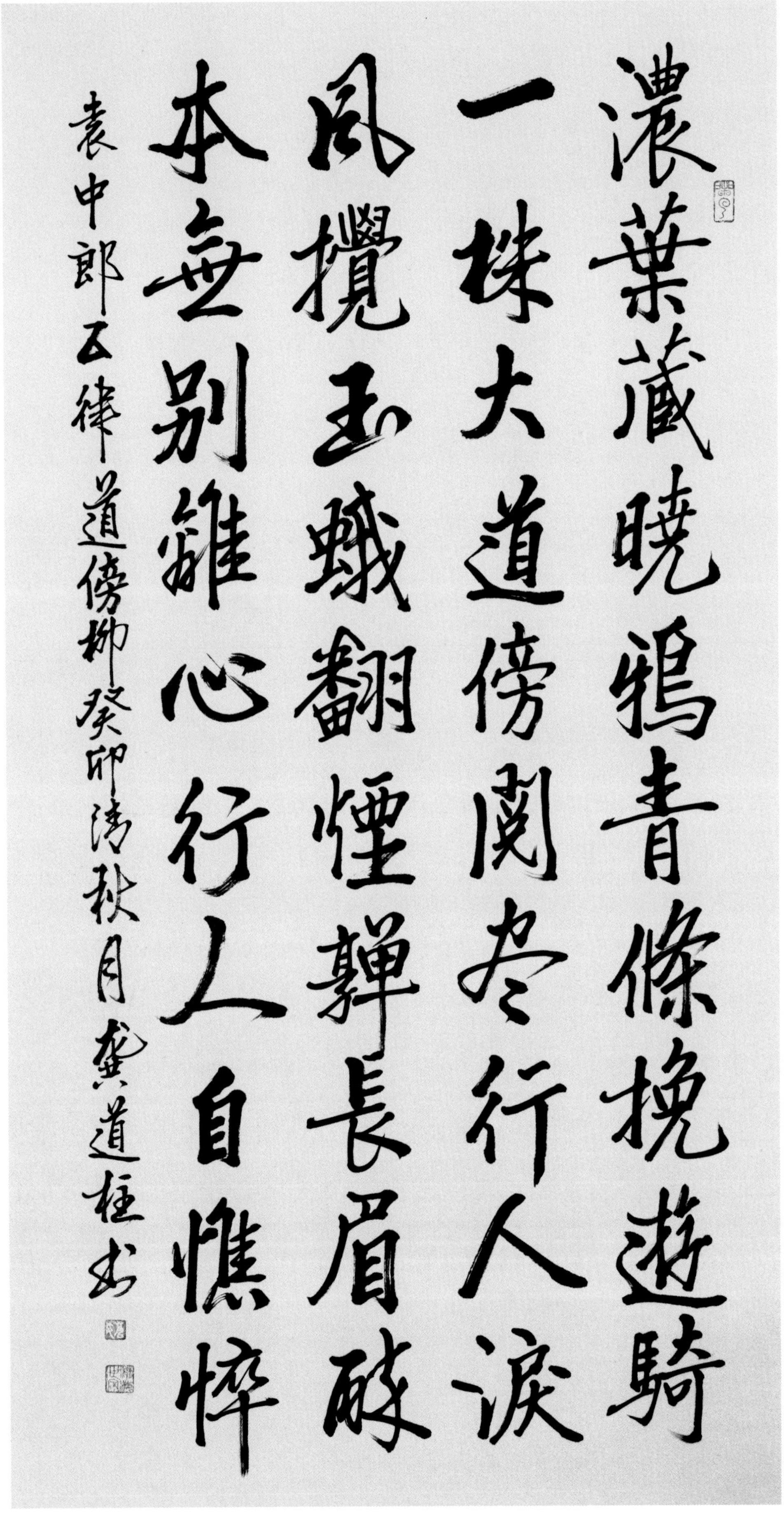
濃葉藏曉鴉青條挽遊騎
一株大道傍閱盡行人淚
風攪玉蛾翻煙彈長眉破
本無別離心行人自憔悴
袁中郎五律道傍柳癸卯清秋月龔道桓書

道 傍 柳

浓叶藏晓鸦，　青条挽游骑[1]。

一株大道傍，　阅尽行人泪。

风搅玉蛾翻，　烟𩑺长眉醉[2]。

本无别离心，　行人自憔悴。

【注释】

①游骑：出游的坐骑或游人的坐骑。②𩑺（duǒ）：下垂。

【评析】

古人诗词中多以柳作为离别的象征，这首五古却另辟蹊径，构思新颖而又切合情景。它所咏的柳，生长道旁，浓叶繁阴，青条长丝，晓鸦喜栖藏其间，游骑常挽系其旁。那些离人别侣打这里经过，“伤见路傍杨柳春，一枝折尽一重新”（施肩吾《折杨柳》），便忍不住别泪纵横。可这道傍柳却风姿翩翩，潇洒自如，在风中翻动蛾眼，在烟里摇曳醉眉，本来是“垂柳万条丝”，哪管它“春来织别离”（戴叔伦《堤上柳》）！什么“行人攀折处，闺妾断肠时”（同上），这些自作多情之举，实在看得太多了。诗中道傍柳的自如自适的旁观者的独特形象鲜明如画。“阅尽”一词既在结构上起贯串上下两层的作用，又切合“道傍”这一特定情景。

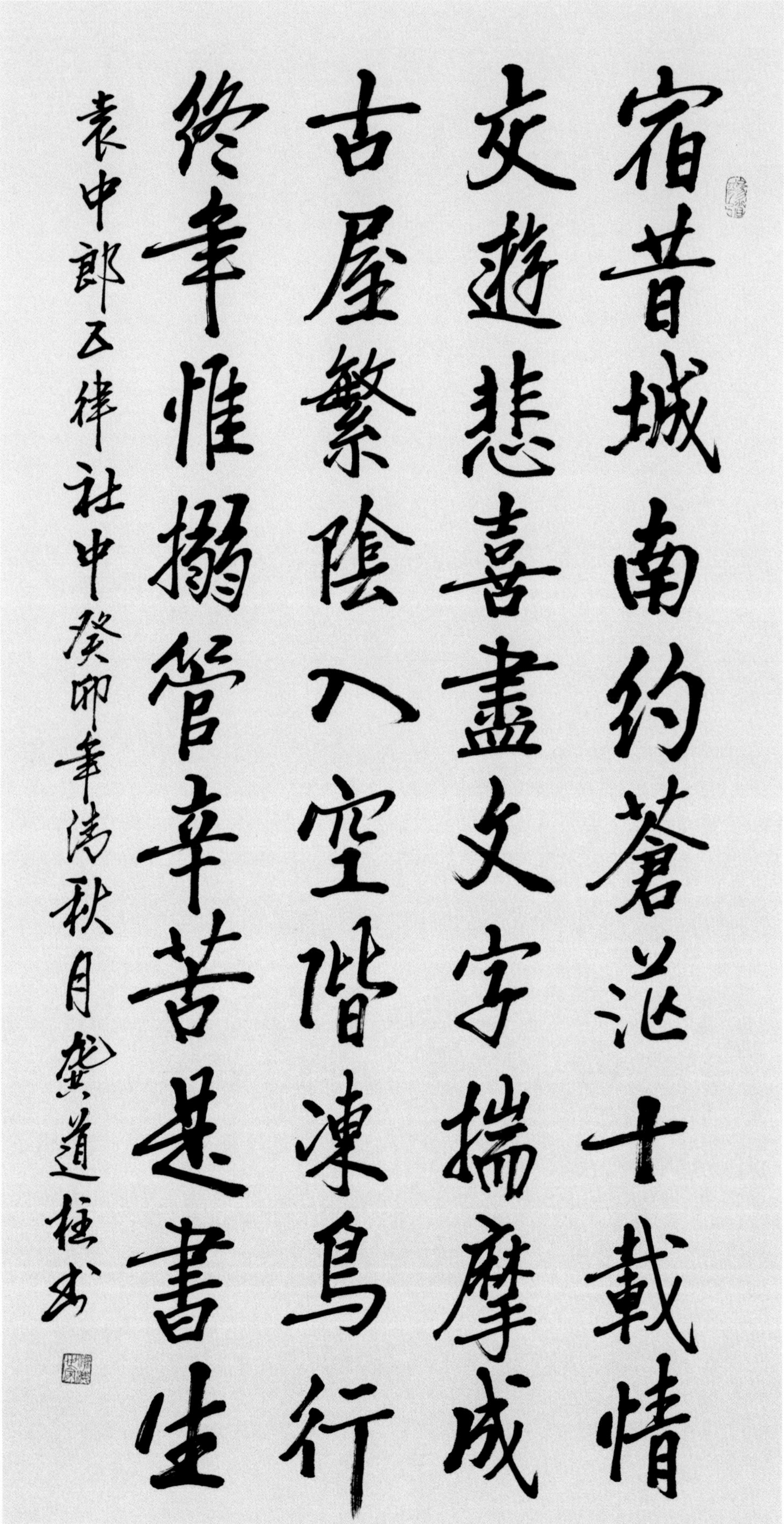
宿昔城南约蒼茫十載情
交遊悲喜盡文字揣摩成
古屋繁陰入空階凍鳥行
終年惟擲管辛苦是書生
袁中郎五律社中癸卯年清秋月賀道極書

社　　中①

宿昔城南约②，　　苍茫十载情③。
交游悲喜尽，　　文字揣摩成。
古屋繁阴入，　　空阶冻鸟行。
终年惟搦管④，　　辛苦是书生。

【注释】

①社中：指其在16岁时于公安县城（梅园）组织城南文社，自任社长。当时“社友年三十以下者，皆师之，奉其约束，不敢犯”（引自袁中道《吏部验封司郎中中郎先生行状》）。②宿昔：往昔。③苍茫：旷远。十载：指城南文社成立已近10年。④搦（nuò）管：握笔。

【评析】

诗人写此诗时已24岁。诗中回忆了约10年前城南文社的情况。“交游”“古屋”两联将当时热烈研讨时艺（即研究习作八股文以备科举考试之用）、闭户潜心读书的情景描绘得十分形象生动，“古屋”一联意象组合新巧，且以动（“入”“行”）衬静，颇见状物才高。尾联作充满感情的咏叹，令人回味不已。

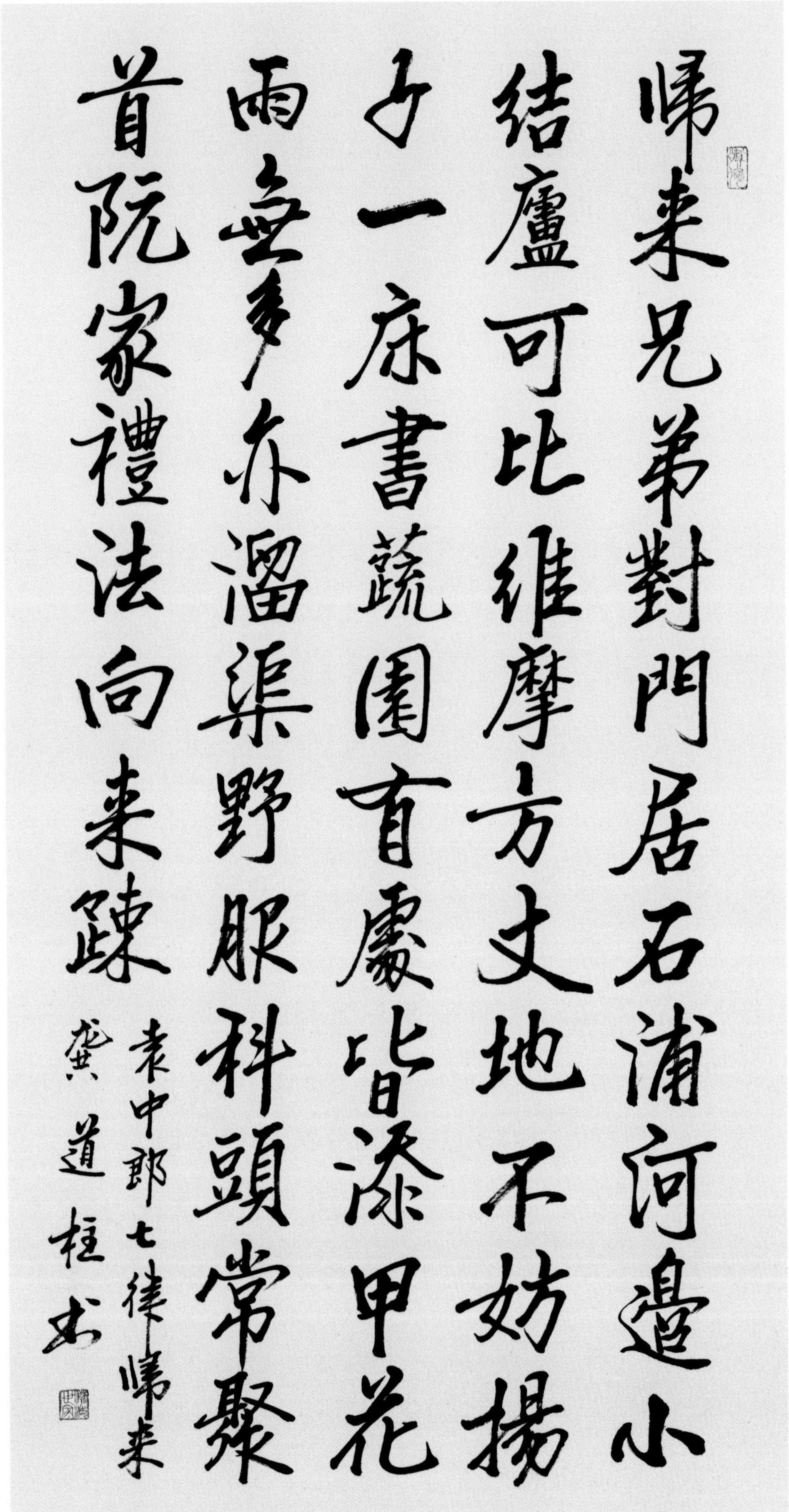
歸来兄弟對門居石浦河邊小
結廬可比維摩方丈地不妨揚
子一床書蔬園旨處皆添甲花
雨無多亦溜渠野服科頭常聚
首阮家禮法向来疎
袁中郎七律歸来
龔道桓书

归　来

归来兄弟对门居，　石浦河边小结庐。
可比维摩方丈地，　不妨扬子一床书。
蔬园有处皆添甲[①]，　花雨无多亦溜渠。
野服科头常聚首[②]，　阮家礼法向来疏。

【注释】

①甲：草木萌芽时的外皮。②科头：不戴冠帽，裸露头髻。

【评析】

万历二十年（1592），宏道进士及第后，与宗道同请告归。当时宗道市一居，与中道宅相邻，住石浦河西；宏道结庐河东，其外祖父龚春所公及诸舅俱居河东西，朝夕聚首，谈禅赋诗为乐。（据袁中道《珂雪斋集·游居杮录》卷八第124则）《归来》便是描写小庐的惬意环境及与兄弟诸舅朝夕相聚的惬意情景。这首诗的艺术特点是借典故以丰富诗的内蕴。“维摩方丈地”乃“维摩丈室”的化用，其室只一丈见方，但其所包容极广。因此，一面比其庐小，一面喻其容广。据《维摩诘所说经·不思议品》载：长者维摩诘现神通力，即时彼佛遣三万二千师子座，高广严净，来入维摩诘室，其室广博，悉包容三万二千师子之座无所妨碍。是则又指兄弟舅甥常聚首，庐虽小而所容极广。“扬子一床书”化用卢照邻《长安古意》“寂寂寥寥扬子居，年年岁岁一床书”，此着“不妨”，即寓指有兄弟舅甥常来谈禅赋诗，不仅不“寂寥”，且充满生气。用“阮家”，不仅取阮籍“不拘礼教”之意，《晋书·阮咸传》载：“咸任达不拘，与叔父籍为竹林之游……咸与籍居道南，诸阮居道北，北阮富而南阮贫。”后因以“阮家”喻指叔侄之居，又以“阮家集”喻指叔侄与友人聚会，凡此，皆切合诗中人事。

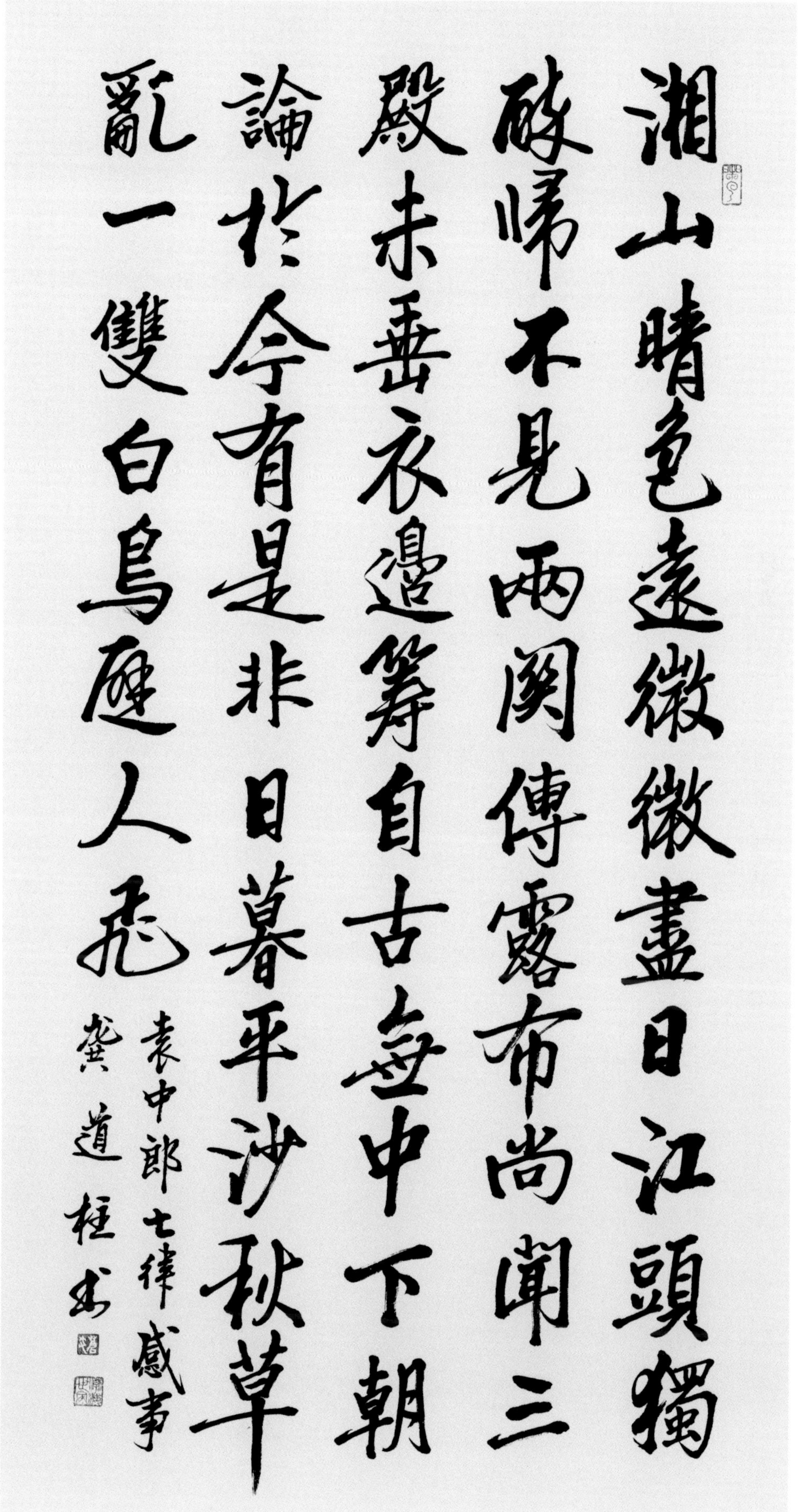
湘山晴色遠微微盡日江頭獨
啟扉不見兩關傳露布尚聞三
殿未垂衣邊籌自古無中下朝
論於今有是非日暮平沙秋草
亂一雙白鳥避人飛
袁中郎七律感事
龔道桂書

感　事

湘山晴色远微微①，　尽日江头独醉归。
不见两关传露布②，　尚闻三殿未垂衣③。
边筹自古无中下④，　朝论于今有是非。
日暮平沙秋草乱，　一双白鸟避人飞。

【注释】

①湘山：应指君山，在洞庭湖中。②两关：指明代在宁夏一带所筑长城的关隘。露布：汉时指不密封的文书，后专指战斗捷报。③三殿：皇宫中的三大殿，此借指皇帝。垂衣：称颂皇帝无为而治之词。《周易·系辞下》："黄帝、尧、舜垂衣裳而天下治，盖取诸《乾》《坤》。"此句谓尚未得而治。④边筹：安边之策。无中下：谓自古以来边防政策就不应有中策、下策，而应当是加强战备真正达到安边目的的上策。

【评析】

万历后期，明王朝内忧外患重重。东南沿海遭日寇侵扰，东北边境因丰臣秀吉（日本）侵朝也不太平，内部起义、兵变、叛乱等事迭起。万历二十年（1592）二月，宁夏发生了哱拜叛乱，边将被杀。朝廷对一些重大问题议论纷纭，尖锐对立。这首七律便是诗人感慨时事、忧及国家安危而发。首起以"尽日江头独醉归"的无可奈何的心情暗示其忧虑之甚，然后以不见露布、尚未垂衣表现其对时事关心之切，"无中下”“有是非”，评朝廷举措未定之现状。最后于秋草蓬乱、白鸟避人之景中寓无限忧虑之情。全诗贯穿一“忧”字，或露激昂之态，或含沉郁之姿，叙事真切，律对严缜。

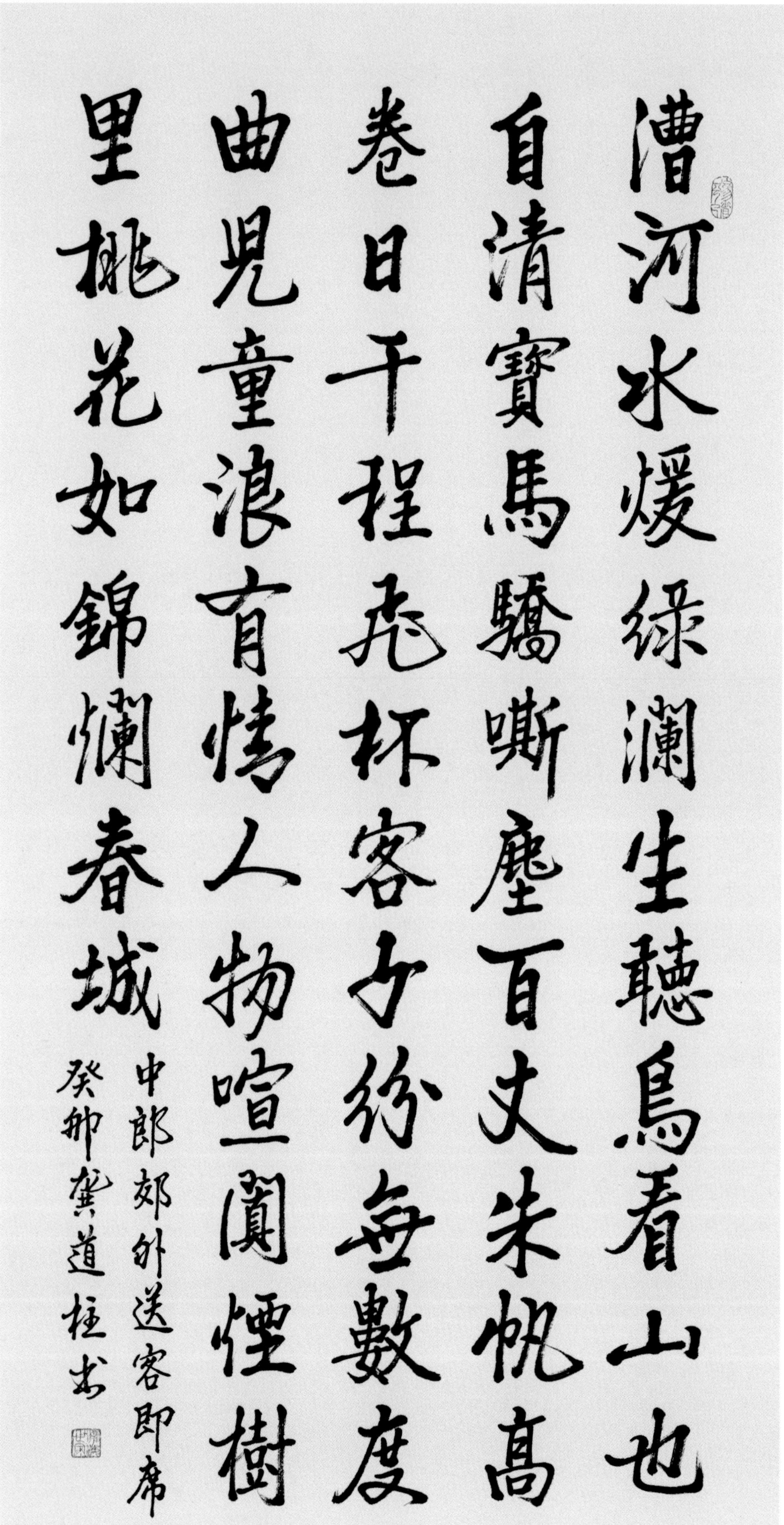
漕河水煖綠瀾生聽鳥看山也
自清寶馬驕嘶塵百丈朱帆高
卷日千程瓦杯客子繞無數度
曲兒童浪有情人物喧闐煙樹
里桃花如錦爛春城
中郎郊外送客即席
癸卯龔道桂書

郊外送客即席[1]

漕河水暖绿澜生[2]，　听鸟看山也自清。
宝马骄嘶尘百丈，　朱帆高卷日千程。
飞杯客子纷无数，　度曲儿童浪有情[3]。
人物喧阗烟树里[4]，　桃花如锦烂春城。

【注释】

①即席：此为当场成诗之意。②漕河：运送粮米的河道，此指长江。③度曲：制曲、作曲，此指按曲谱歌唱。④喧阗：喧哗，热闹。

【评析】

这首诗写春郊送客的场面。水暖花烂，陆上宝马骄嘶，水上朱帆高卷，客子飞杯，儿童歌唱，满眼的春光荡漾，满眼的人物喧阗，无任何离愁别绪的渲染，是一首别具特色的送别诗。所送之客为谁，诗中未作说明，亦无注，但从首联“漕河”的点及和二联“宝马”“朱帆”的气派而看，所送客人当是正春风得意的省漕运官或京漕运官。此种应酬送别，如作涕泗沾襟语，反显造作，有煞风景。

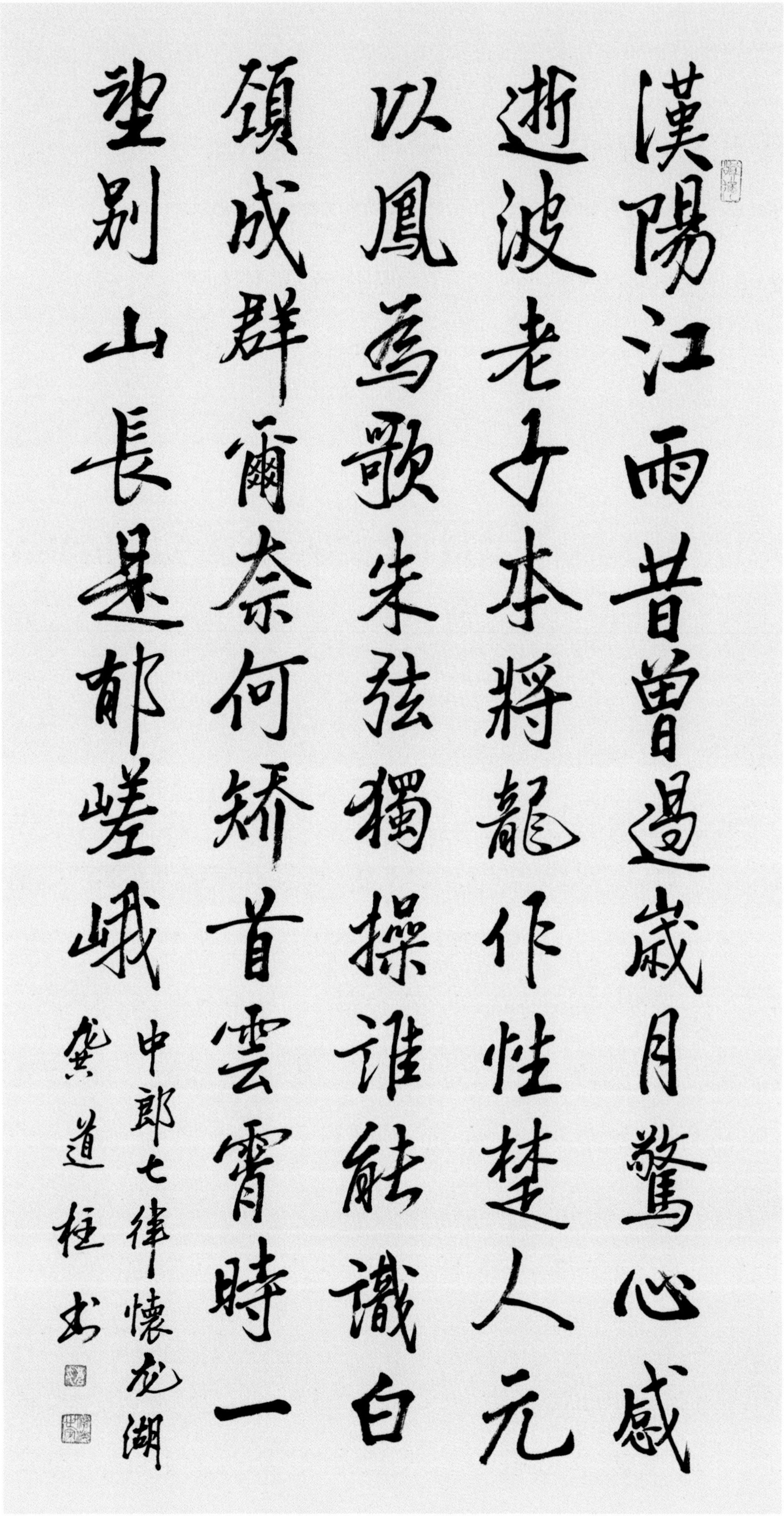
漢陽江雨昔曾過歲月驚心感
逝波老子本將龍作性楚人元
以鳳為歌朱弦獨操誰能識白
頌成群爾奈何矯首雲霄時一
望別山長是郁嵯峨
中郎七律懷龙湖
龚道桂书

怀 龙 湖[1]

汉阳江雨昔曾过[2]，岁月惊心感逝波。
老子本将龙作性[3]，楚人元以凤为歌[4]。
朱弦独操谁能识[5]，白颈成群尔奈何[6]。
矫首云霄时一望，别山长是郁嵯峨[7]。

【注释】

①龙湖：指李贽。李贽长期定居麻城龙湖，友人因以为号。此诗于万历二十一年（1593）在公安作。②汉阳：诗人曾至麻城访李贽而经过汉阳。③老子：春秋时期的思想家李耳，字聃，著有《老子》。龙：此以老子喻李贽。《史记·老子韩非列传》载，孔子问礼于老子后，谓弟子曰："……至于龙吾不能知，其乘风云而上天。吾今日见老子，其犹龙邪！"其后《余凡两度阻雨冲霄观，俱为访龙湖师，戏题壁上》诗亦有"李贽便为今李耳"句。④以凤为歌：此因李贽居楚地而以为喻。《论语·微子》："楚狂接舆歌而过孔子曰：'凤兮凤兮！何德之衰？……今之从政者殆而！'"讥讽孔子不能隐为德衰。⑤朱弦：用熟丝制的琴弦，泛指琴瑟类弦乐器。操：弹奏。此句说明诗人的思想颇具叛逆性。⑥白颈：白颈的乌鸦。《汉书·五行志（中）》："景帝三年十一月，有白颈乌与黑乌群斗楚国吕县，白颈不胜，堕泗水中，死者数千。"此喻当时围攻李贽的一班假道学先生。⑦别山：与众

不同的特异的高山，指李贽隐居的山林。郁嵯峨（cuó’é）：郁郁葱葱，且巍峨高耸。

【评析】

这首七律为怀念李贽而作。宏道曾两次访晤李贽，一是万历十八年（1590）访晤于公安柞林潭，二是万历二十年（1592）专程赴麻城访晤，亦即首联所指“汉阳江雨昔曾过”，时间仅过去一年，便感岁月流逝异常迅速，可见诗人对李龙湖怀念之切。为什么如此怀念？二联“龙作性”“凤为歌”，即表达了对李贽卓识特行的深深感佩。三联“朱弦”“白颈”，表达了诗人对假道学先生诋毁先进思想家的极度蔑视。四联“矫首云霄”“长是郁嵯峨”是高山景行之意。全诗以挺拔笔势为先进思想家李贽谱写了一曲赞歌。

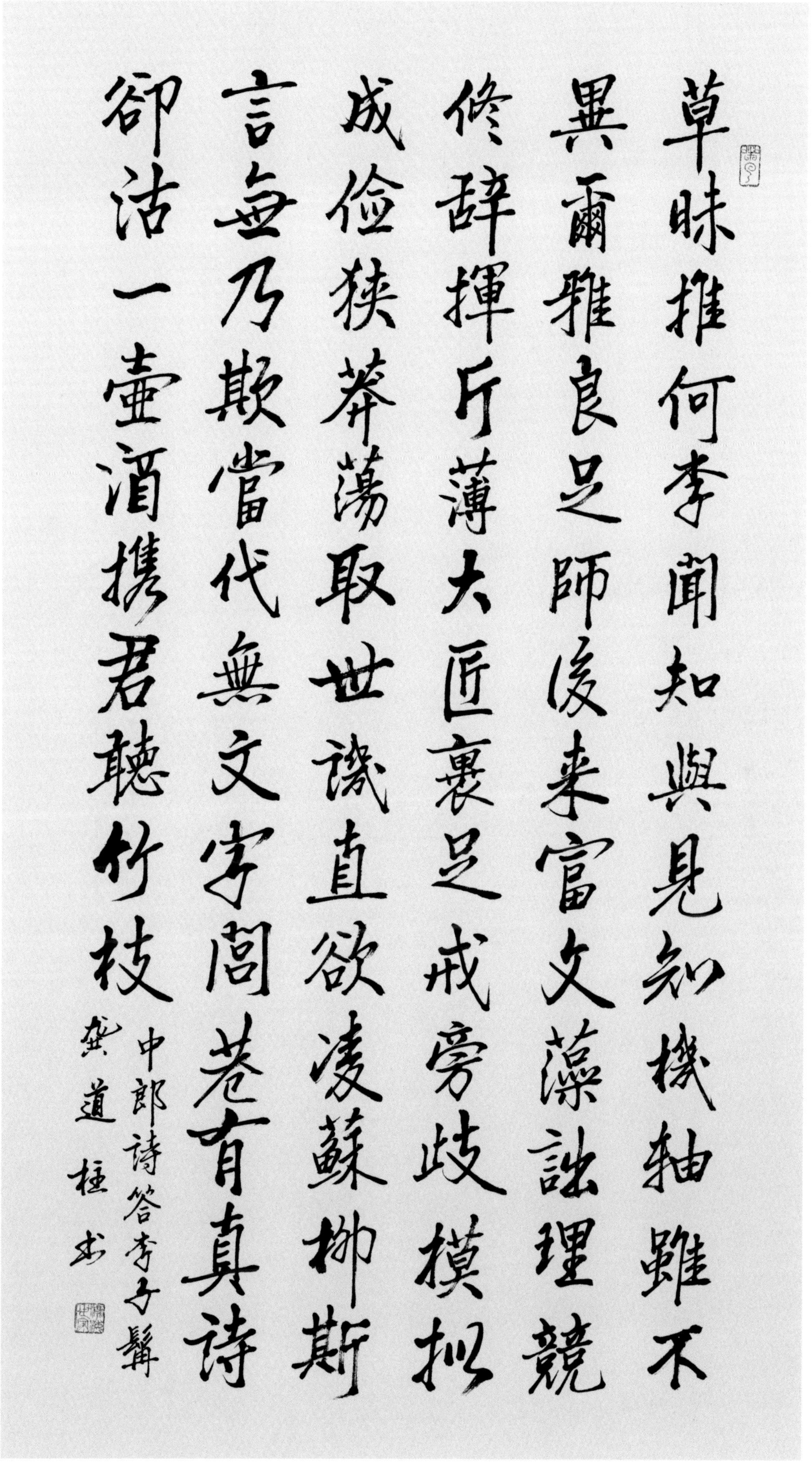
草昧推何李聞知與見知機軸雖不
異爾雅良足師後來富文藻詘理競
修辭揮斥薄大匠裏足戒旁歧模擬
成儉狹莽蕩取世譏直欲凌蘇柳斯
言無乃欺當代無文字閭巷有真詩
卻沽一壺酒攜君聽竹枝
中郎詩答李子髯
龔道桓書

答李子髯[1]（二首选其二）

草昧推何李[2]，　闻知与见知。
机轴虽不异[3]，　尔雅良足师[4]。
后来富文藻，　诎理竞修辞[5]。
挥斤薄大匠[6]，　裹足戒旁歧[7]。
模拟成俭狭[8]，　莽荡取世讥。
直欲凌苏柳[9]，　斯言无乃欺。
当代无文字，　闾巷有真诗。
却沽一壶酒，　携君听《竹枝》[10]。

【注释】

①李子髯：即李学元，字素心，又字元善、存斋，子髯为其号，公安（今属湖北）人，袁宏道妻弟，与宏道少小同学。万历二十八年（1600）举于乡，授晋州知州。工于诗，有《矜情录》，为“公安派”文学家。②草昧：草创、初创之意。《周易·屯卦》：“天造草昧，宜建侯而不宁。”王弼注：“造物之始，始于冥昧，故曰‘草昧’也。”即天地初开时的混沌状态。何李：指明弘治、正德年间前“七子”领袖何景明、李梦阳。他们为了反对歌颂升平的“台阁体”，同倡复古，主张“文必秦汉，诗必盛唐”，从此导致诗坛抄袭模拟成风。③机轴：机谓弩牙，轴谓车轴，喻重要部位。比喻诗文的布局、命意、构思之类。④尔雅：文雅纯正。⑤诎

（qū）理：指内容平庸。诎，钝拙。理，指内容。⑥挥斤：化用《庄子》“匠石运斤”的典故，此以斤（斧）喻笔，谓后来的诗人们挥起笔来直欲逼近（即仿效）盛唐，与巨子相比。⑦裹足：即裹足不前。旁歧：谓岔路、歧途。⑧俭狭：内容贫乏，题材狭窄。⑨凌：凌驾或超越。苏柳：指宋代文学家苏轼和唐代文学家柳宗元。⑩《竹枝》：即《竹枝词》，古代四川东部一带的民歌。唱时以笛鼓伴奏，声调婉转动人。后很多人（如刘禹锡、白居易等）也依调填词。此泛指民歌。

【评析】

这首诗，诗人以惊人的胆识对明弘治、正德以来近百年的诗风作了鸟瞰式总结。诗的起首四句，对前“七子”有草创之功的领袖人物何、李给予了不失分寸的肯定，他们廓清台阁体诗风，首倡复古之论，使当时的文人省悟并学习汉文唐诗的风雅及创作上的机轴。中间八句，对前“七子”因循拘泥于汉唐的复古模拟诗风进行了切中要害的批判。他们“富文藻”“竞修辞”而忽视内容，自视甚高，以模拟之作而比汉唐巨子，把秦汉之文、盛唐之诗奉为极则而不许越雷池半步，殊不知“代有升降，而法不相沿，各极其变，各穷其趣”（见宏道《叙小修诗》）。这样“裹足戒旁歧”，以致把诗文创作引向毫无生气的死胡同，内容贫乏，题材狭窄，语言也装腔作势，为世人所讥，岂不悲哉！他们对秦汉盛唐以后的诗文皆不屑一提，故妄自矜许他们的作品已超越中唐的柳宗元、北宋的苏轼，这真是大言不惭的欺世之谈！后四句虽不无偏激，但复古派影响深远，批判则必求彻底。破中见立，以“当代无文字”给后“七子”末流的创作以最痛快、最彻底的否定，然后标举具有真情实感的民歌，它们不效颦于汉魏，不学步于盛唐，是“无闻无识真人”所作的“真声”。“真”乃诗之本，学真人，发真声，作真诗，才是诗歌发展的广阔道路，故结句写道：“却沽一壶酒，携君听《竹枝》。”品尝民歌真醇感人的滋味，真是意味深长。

这首诗虽为答李子髯问文章事而作，却是“公安派”文学理论情真说、性灵说的滥觞。作此诗第二年宏道出仕吴令后，广交时彦，影响日益扩大，思想日益成熟，便公开亮出了“独抒性灵，不拘格套”的旗帜，从而团结了很多具有进步文学观的诗人，并争取了一部分过去追随附和王李（后“七子”领袖）的名人的舍旧趋新，文学上的一个新派别“公安派”便自然而然地形成了，笼罩明代近百年的复古云雾也随之扫荡而净。

宏道写此诗时年仅27岁，且僻处公安，在文坛上尚属默默无闻之辈。由于深受李贽进步思想的启迪，三次拜晤李贽，特别是第二、第三次，一留住三月，一盘桓十日，他在文学观和思想认识上产生了质的飞跃。正如中道在《吏部验封司郎中中郎先生行状》中所描述的：“先生既见龙湖，始知一向掇拾陈言，株守俗见，死于古人语下，一段精光，不得披露。至是浩浩焉如鸿毛之遇顺风，巨鱼之纵大壑。能为心师，不师于心；能转古人，不为古转。发为语言，一一从胸襟流出，盖天盖地，如象截急流，雷开蛰户，浸浸乎其未有涯也。”宏道也庶几没负李贽“可以担荷此一事耳”的厚望。

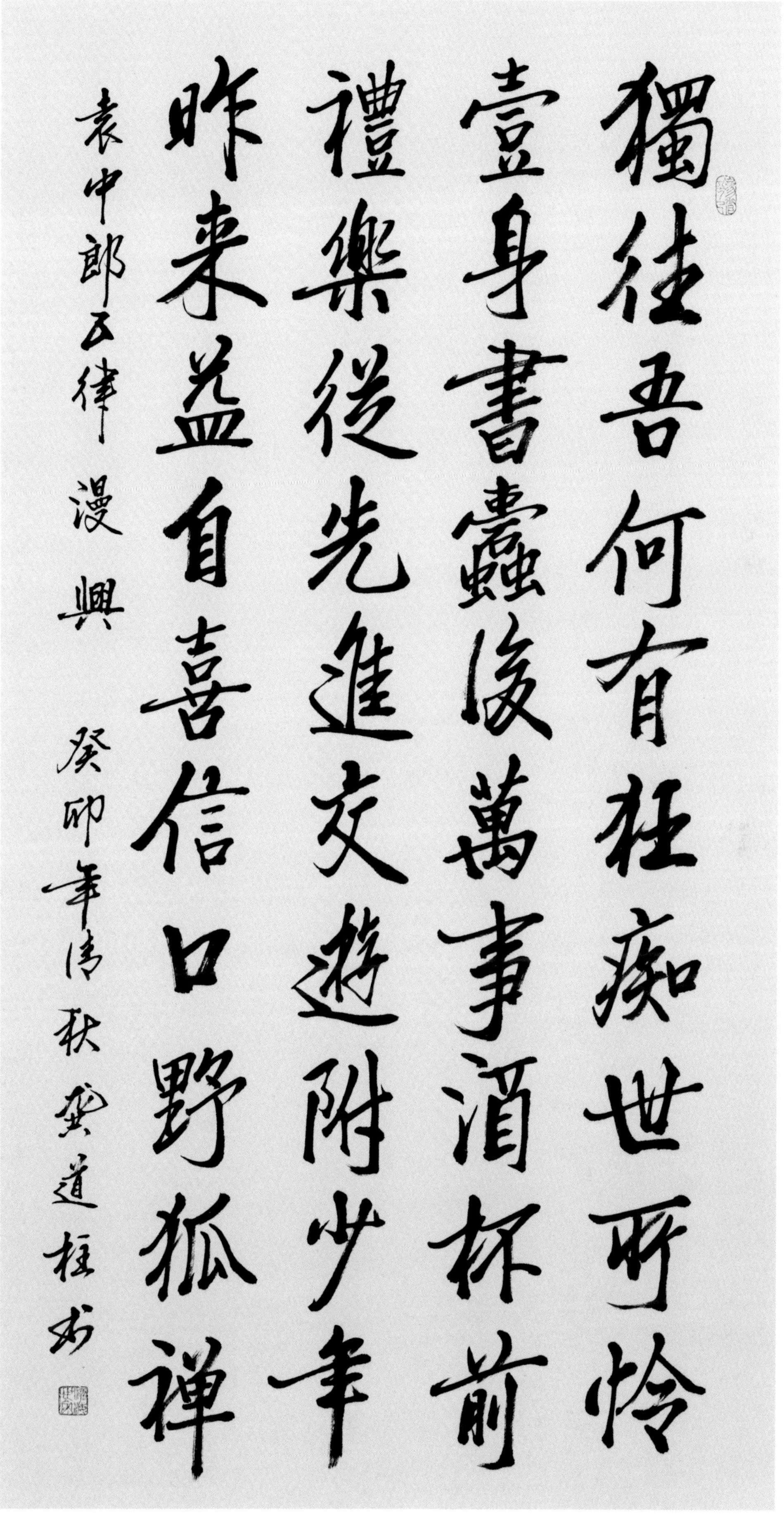
獨往吾何有狂痴世所怜
壹身書蠹後萬事酒杯前
禮樂從先進文遊附少年
昨来益自喜信口野狐禅
袁中郎五律漫興
癸卯年清秋

漫兴（二首选其二）

独往吾何有[①]，　狂痴世所怜[②]。
一身书蠹后[③]，　万事酒杯前。
礼乐从先进[④]，　交游附少年。
昨来益自喜，　信口野狐禅[⑤]。

【注释】

①独往：独往独来，即不受桎梏，要独出己见。②狂痴：癫狂痴呆。谓自己具有冲破传统思想束缚的勇气。③书蠹：蛀书的虫。喻自己嗜书如蠹。④先进：此指先辈。⑤野狐禅：指与前后“七子”不同观点的诗文或言论。

【评析】

这是一首随感式的小诗。首句的“吾何有”和后面的“狂痴”“书蠹”等自谦之词，表现了诗人的自负之情。所谓“书蠹”，联系首联的“独往”见解和冲破传统思想束缚的勇气，可知其意在说自己嗜书又能融化书，从书中辨出真伪，别出新意。后四句叙喜得以从具有先进思想的先辈游，与志趣相投的朋友交，受益匪浅，故能信口道出独抒性灵的言论和诗文。从这首小诗里我们似乎见到了那破旧创新，树起“公安派”旗帜的袁中郎自负自喜并形之于色的风采。

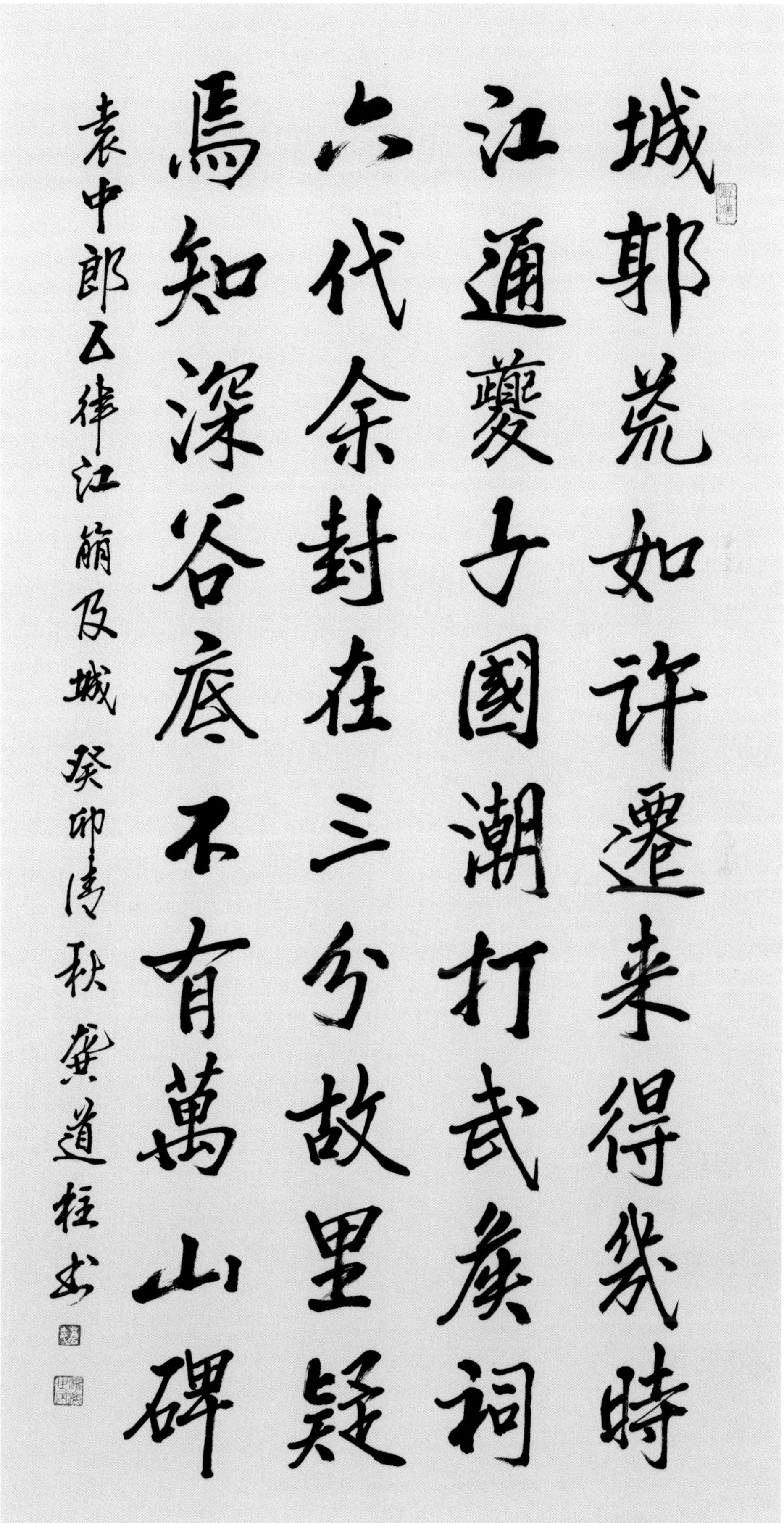
城郭荒如許遷來得幾時
江通夔子國潮打武侯祠
六代余封在三分故里疑
焉知深谷底不有萬山碑

江崩及城[①]

城郭荒如许，　　迁来得几时？
江通夔子国[②]，　　潮打武侯祠[③]。
六代余封在[④]，　　三分故里疑[⑤]。
焉知深谷底，　　不有万山碑[⑥]？

【注释】

①城：即公安县城，原在近北岸江中之二圣洲。南朝宋末年，因二圣洲县城被水冲毁，乃迁江南之油江口（今窑头埠），取名梅园。初未有城，正德五年（1510）筑土城，不久即圮于江。嘉靖五年（1526）才就近筑砖石城墙。②夔子国：建立在今湖北省秭归县的古国，战国时期被楚国所灭。此指长江上游。③武侯祠：原为吕蒙祠，明时（16世纪70年代）被焚，改建为武侯祠，遗址在今公安县黄金口东北。④六代：即六朝，三国的吴，东晋，南朝的宋、齐、梁、陈，均以建康（吴称建业，今江苏省南京市）为都，合称六朝。⑤三分：指魏、蜀、吴三国鼎立、纷争。⑥万山碑：用晋杜预沉牌万山之下事。见《晋书·杜预传》："预好为后世名，常言'高岸为谷，深谷为陵'，刻石为二碑，纪其勋绩，一沈万山之下，一立岘山之上，曰：'焉知此后不为陵谷乎！'"万山，据钱伯城在此诗中所注："即汉皋山，在襄阳县西北。"

【评析】

“今公安所患若腐城而啮堤者，莫如江水。”（引明朝雷思霈《公安县志序》）万历二十二年（1594）宏道家居，目睹江水决堤及城，有感而发。首联突兀发感，公安自汉代建邑以来，因江噬堤崩几经迁徙而荒废如此。次联以“潮打武侯祠”点及此次决堤及城的情景。以下折回叙城郭的变迁，结句“焉知”更见出对已往迁徙的深沉感慨，对未来变化的忧心如焚。

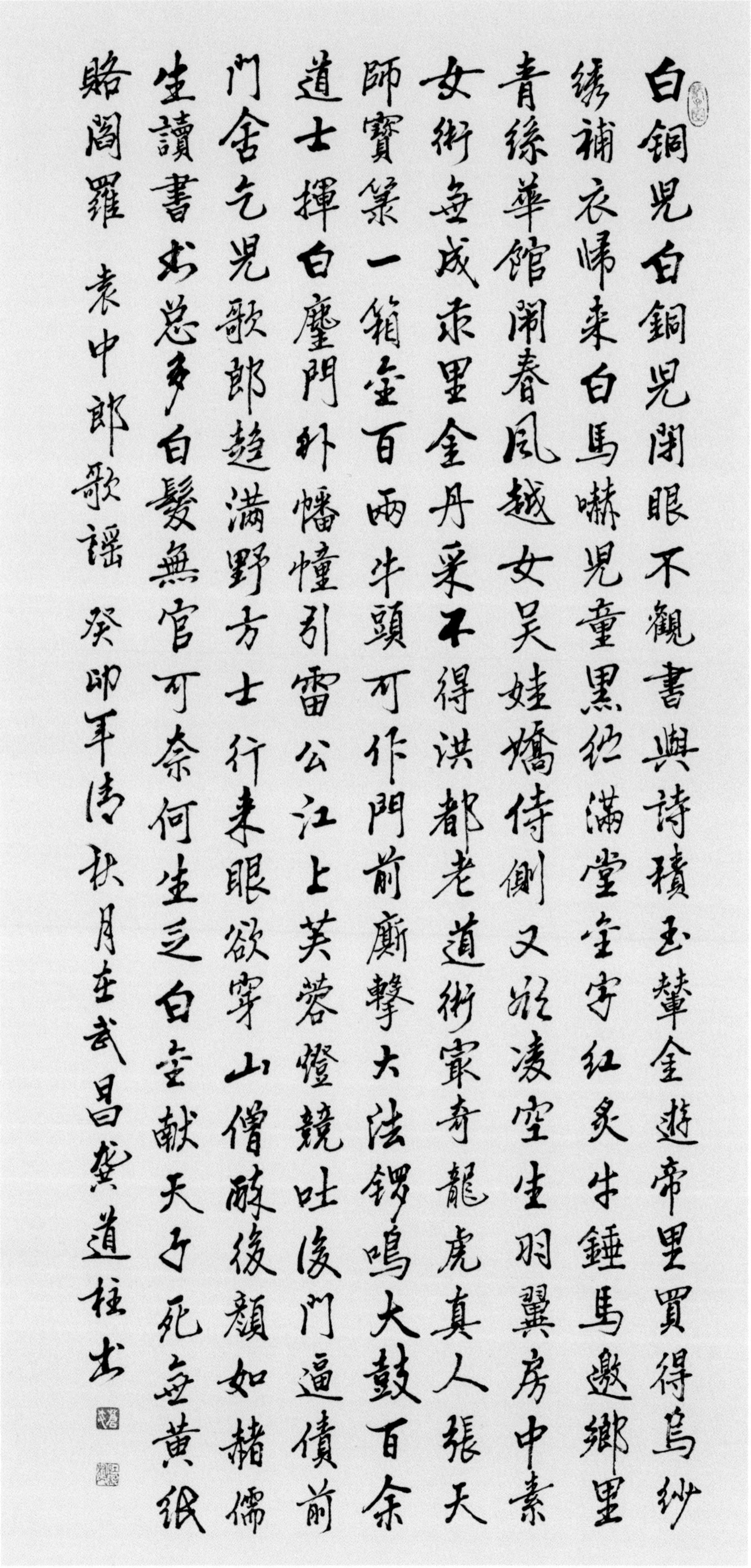
白銅鞮白銅鞮閑眼不觀書與詩積玉輦金遊帝里買得烏紗
綫補衣歸來白馬嚇兒童黑紗滿堂金字紅炙牛鍾馬邀鄉里
青綠華館閑春風越女吳娃嬌侍側又於凌空生羽翼房中素
女術無成求里金丹采不得洪都老道術家奇龍虎真人張天
師寶篆一箱金百兩斗頭可作門前廝擊大法鐃鳴大鼓百余
道士揮白麈門外幡幢引雷公江上芙蓉燈鏡吐後門逼債前
門舍乞兒歌郎趁滿野方士行來眼欲穿山僧酥後顏如赭儒
生讀書术總多白髮無官可奈何生之白金獻天子死無黃紙
賂閻羅 袁中郎歌謡 癸卯年清秋月在武昌龔道柱書

白 铜 儿

白铜儿，白铜儿，　　闭眼不观书与诗。
积玉辇金游帝里[①]，　　买得乌纱绣补衣[②]。
归来白马吓儿童，　　黑纻满堂金字红[③]。
炙牛锤马邀乡里，　　青丝华馆闹春风。
越女吴娃娇侍侧，　　又欲凌空生羽翼。
房中素女术无成，　　汞里金丹采不得[④]。
洪都老道术最奇[⑤]，　　龙虎真人张天师[⑥]。
宝箓一箱金百两[⑦]，　　牛头可作门前厮。
击大法锣鸣大鼓[⑧]，　　百余道士挥白麈。
门外幡幢引雷公[⑨]，　　江上芙蓉灯竞吐。
后门逼债前门舍，　　乞儿歌郎趋满野。
方士行来眼欲穿[⑩]，　　山僧醉后颜如赭。
儒生读书书总多，　　白发无官可奈何！
生乏白金献天子，　　死无黄纸赂阎罗。

【注释】

①积玉辇（niǎn）金：辇，本为人推挽的车，此引申为载运。即收积金玉并运载至京都。②乌纱绣补衣：乌纱，指古时官员的乌纱帽；绣补衣，明代官服的胸前及背后缀有补子，以金线或彩线绣鸟兽图像，标志品级高下。③金字：指

皇帝写的文字。④金丹：古代方士炼金石为丹药，认为服之可长生不老。⑤洪都老道：指张天师，汉天师道的创始人张道陵后裔的封号。宋真宗赐其裔信州（江西上饶一带）龙虎山道士张正随号真静先生。洪都为江西南昌的别称，因张天师为江西人，故称。⑥龙虎真人：指张天师。此泛称道士为龙虎真人。⑦宝箓：道家的符箓。《丹经》说玉皇宝箓，三洞秘文。⑧大法锣、大鼓：皆做法事的法器。⑨幡幢：泛指旌旗之类。北魏杨衒之《洛阳伽蓝记·景明寺》："于时金花映日，宝盖浮云，幡幢若林，香烟似雾。"⑩方士：古代好讲神仙方术的人，起源于战国燕齐一带近海地区，以修炼神仙和不死之药等方术骗取统治者的信任。在汉代著作中，方士与道士（通晓方术的人）通用。

【评析】

"白铜儿"，似取自南朝梁《白铜鞮》的歌谣形式，而考其内容则应是万历二十二年（1594）当地（公安）富家子弟的典型概括。他们不观诗书，胸无点墨却家有万贯，京师一游，即买得一官归来，春风得意，满堂生辉，且娇妻美妾侍侧，炙牛锤马，鱼肉乡里，真是快活似神仙。然怎得富贵长在？成仙无术，金丹难探，只有多花金银请高明道士帮助超升或长生不老，于是大做法事。道士上百，符箓成箱，挥金百两，门外幡幢若林，江上灯火如花，鸣锣击鼓，昼夜不停。大法事还须大施舍，于是引来乞儿歌郎满野，方士山僧如云，但不意后门已挤满逼债之人。通过以上买官买寿的铺叙渲染，白铜儿的可鄙可悲已穷形极相。最后一节写一饱读诗书而白发无官、穷愁潦倒的儒生，与白铜儿的形象相对照，从而对明代中后期社会的腐败现象进行了强烈的讽刺和深刻的揭露。“生乏白金献天子，死无黄纸赂阎罗”的结尾更是字字千钧，重重击在了当时社会腐败的要害上。

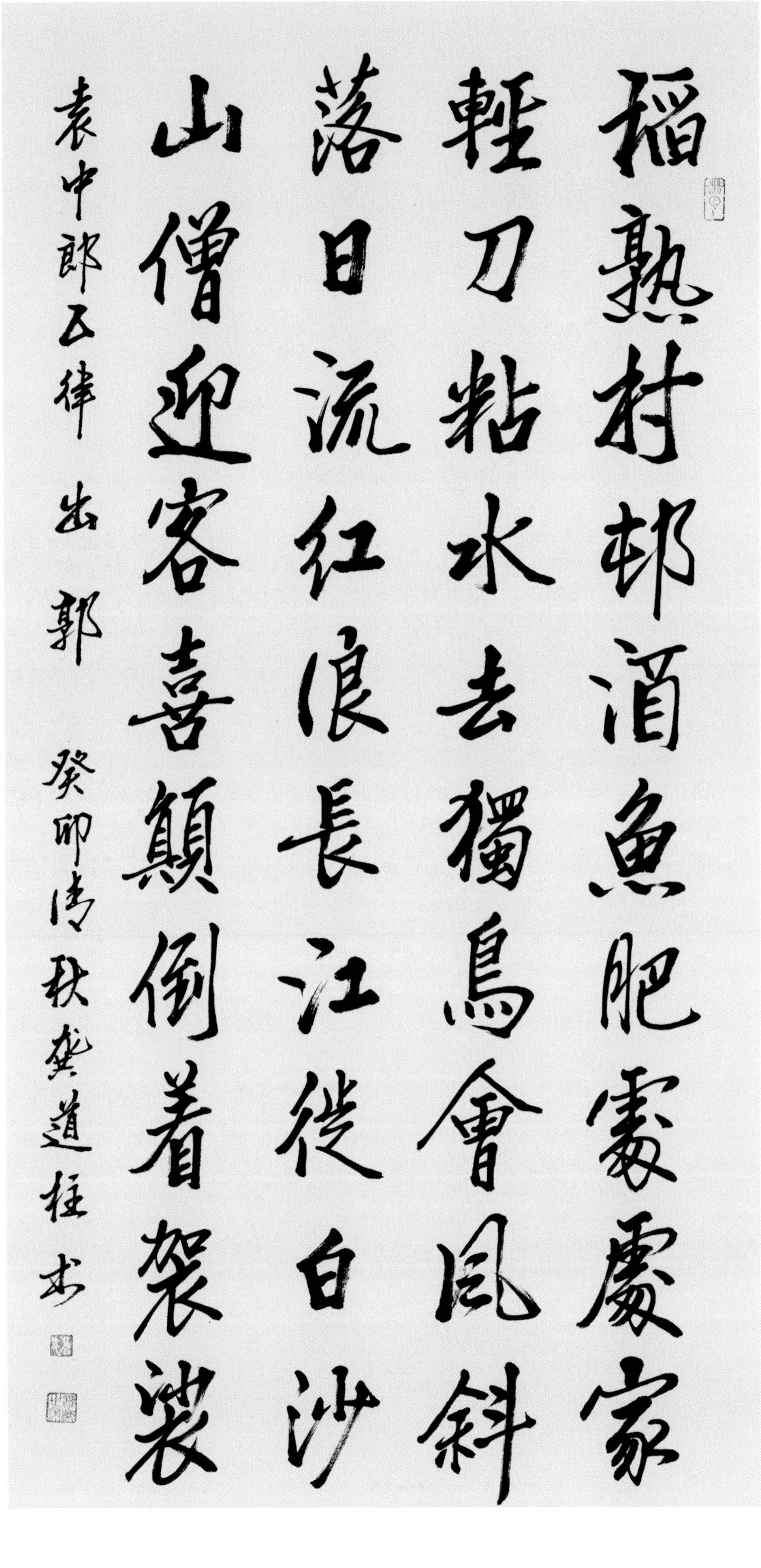
稻熟村邨酒
魚肥處處家
輕刀粘水去
獨鳥會風斜
落日流紅浪
長江從白沙
山僧迎客喜
顛倒着袈裟
袁中郎五律 出郭

出　郭

稻熟村村酒，　鱼肥处处家。
轻刀粘水去，　独鸟会风斜。
落日流红浪，　长江徙白沙。
山僧迎客喜，　颠倒着袈裟。

【评析】

这是出郭所见的一幅丰收图。诗人粗笔勾勒了村村稻熟酒香，处处鱼肥家富的图景。于丰收景象只在首联着了这寥寥几笔，对一般自然景象则作了工笔渲染，如“粘水”“会风”“流红浪”“徙白沙”，及方外之人的山僧也倒着袈裟迎客等。整个画面正是通过此侧面渲染烘托，呈现丰收喜悦的氛围。这种艺术效果是工笔正面描写稻熟鱼肥景象所难收到的。

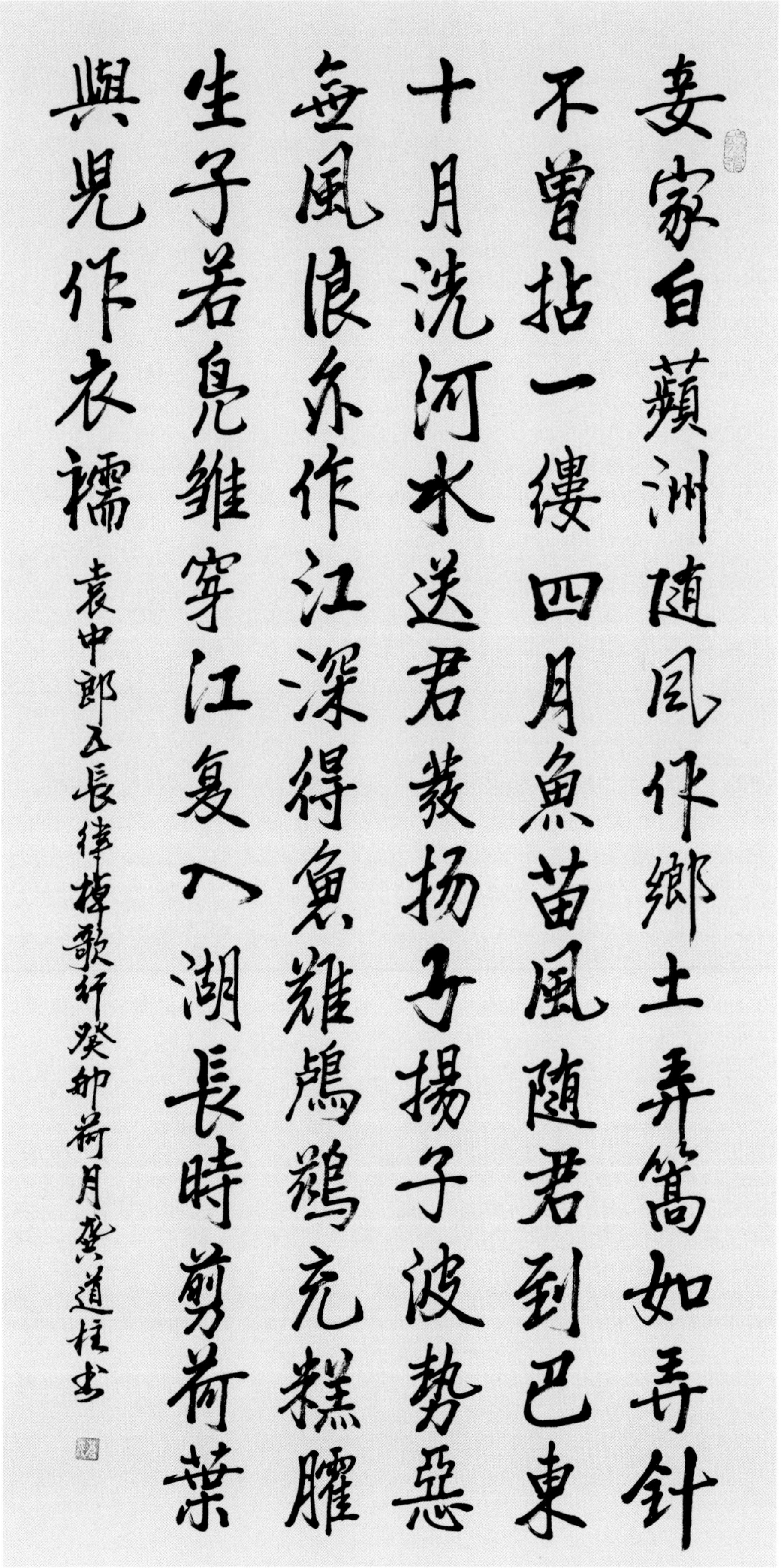
妾家白蘋洲隨風作鄉土弄篙如弄針
不曾拈一縷四月魚苗風隨君到巴東
十月洗河水送君發揚子揚子波勢惡
無風浪亦作江深得魚難鸕鶿充糕臛
生子若鳧雛穿江復入湖長時翦荷葉
與兒作衣襦
袁中郎五長律棹歌行癸卯荷月龔道桂書

棹歌行[1]

妾家白蘋洲[2]，　随风作乡土。
弄篙如弄针，　不曾拈一缕[3]。
四月鱼苗风[4]，　随君到巴东[5]。
十月洗河水[6]，　送君发扬子[7]。
扬子波势恶，　无风浪亦作。
江深得鱼难，　鸬鹚充糕臛[8]。
生子若凫雏，　穿江复入湖。
长时剪荷叶[9]，　与儿作衣襦[10]。

【注释】

①棹（zhào）歌行：属乐府《相和歌辞·瑟调曲》。②白蘋洲：假托的地名，犹言“水上人家”。白蘋，即蘋草，生于水边，叶白色。③拈一缕：做针线。拈，用手指搓转。句意谓未曾做针线活。④⑥鱼苗风、洗河水：都是渔家习惯用语，代表特定时令和季节。⑤巴东：县名，今属湖北省，因在巴水之东而得名。⑦扬子：指扬子江。长江从仪征至扬州一段古称扬子江。⑧鸬鹚（lúcí）：水鸟，渔人养以捕鱼。糕臛（huò）：泛指食物。⑨⑩长（zhǎng）：长大。衣襦（rú）：泛指衣服。襦，短衣。这两句是说，孩子长大后无衣可穿，给他们用荷衣蔽体。

【评析】

宏道很注重学习民歌，他认为这些闾阎妇人孺子之歌，不效颦于汉魏，不学步于盛唐，任性而发，能通于人的喜怒哀乐。学习民歌还必须了解下层人民的生活，这首诗以渔妇口吻，用自述形式来倾吐渔民生活的苦难，写得很成功。

人大都有自己的乡土，可渔家呢？乡土是随风而定的，飘到哪儿，哪儿就是家乡。一般妇女都做一些较为轻松的针线细活，可渔家呢？数丈长的大竹竿撑着船逆流而上，就算是她们的针线活了。她们真是承受了常人无法承受的苦难。四月到巴东，十月发扬子，概写她们一年四季在惊涛骇浪中生活。她们的下一代呢？也像野鸭出没江湖，无衣无食，只有剪荷叶蔽体。渔家的自述，字字血泪，不就是诗人同情下层人民生活的体现吗？

游　石　洲[1]

江神发幻思，　　十里金沙变[2]。
白波荡琳球[3]，　　云灿复霞溅[4]。
头头螺甲青[5]，　　点点妖唇茜[6]。
股股玛瑙云[7]，　　丝丝交背面[8]。
风沙谁刻画，　　霜雪几陶炼。
暴精万余年[9]，　　今始叹光绚[10]。
乡人陋莫知，　　骚客远难见。
付之蛮贾儿[11]，　　凿火激流电。
辟如倾国人[12]，　　埋没在乡县。
灵璧与将乐[13]，　　下质得高荐[14]。
荔枝未登科，　　百果争娇艳。
开卷读《云林》[15]，　　续作《石潭传》[16]。

【注释】

①石洲：即采石洲，又名锦石洲，在公安县城下数里之江中。《大清一统志》有“采石洲，在公安县东北十里，涌出江心，上多五色石，邑人游者恒以得石多寡角胜焉”的记载。②首联的意思是：拟想是江神产生奇幻的想法，让十里洲上沙变成金。③④琳球：指美玉。这两句意谓美玉在白波荡涤和云霞的色彩染溅中更显得光灿灿的。⑤螺甲青：像螺

甲般的青色。⑥茜：红色。像妖唇般的红。⑦殷殷：盛貌。⑧交背面：谓背和面都交织着丝纹。⑨暴精：精光露于外。⑩光绚：光辉绚烂。⑪蛮贾儿：蒙昧落后地区来的商人。⑫倾国人：指美人。⑬灵璧：此指安徽省灵璧县产的灵璧石。此石埋在深山沙土中，掘之乃见，色如漆，间有细白纹如玉，叩之声音清越，且形状奇特，常用以装点假山。宏道《中山观长公雪浪石》有“峨嵋积雪裹玄云，坐令灵璧羞季昆”句。将乐：亦县名，属福建省，矿产有大理石，其他未能考实。⑭下质得高荐：谓下等质地而得名列上等。⑮《云林》：指云林画，即元代画家倪瓒（别号云林）的书画。清沈复《浮生六记·闲情记趣》亦有“余扫墓山中，检有峦纹可观之石……用宜兴窑长方盆叠起一峰，偏于左而凸于右，背作横方纹，如云林石法”之语。⑯《石潭传》：唐柳宗元有《至小丘西小石潭记》，此指继《至小丘西小石潭记》后为石潭（即石洲）作传，亦即作记。

【评析】

柳宗元居永州，曾作《至小丘西小石潭记》。宏道欲续作《石潭传》，即指欲继柳之《至小丘西小石潭记》后为石洲石子作传。柳的《至小丘西小石潭记》从实处写景，宏道的《游石洲》则重在写意，多从虚处生情。他先写石洲石子在江神的幻思下诞生及其青甲茜唇五彩丝披的面貌，继写石洲石子刻画、陶炼、暴精的经历及显现后各种人物的态度，最后赞石洲石子的天然美学价值。以上是诗传的自然结构。

写石洲石子的特点，不重在写貌摹形，而重在叙其来历不凡——是江神幻思的结晶，让其带上一层浪漫而又神秘的色彩，再以“云灿”“霞溅”相烘染，复以“风沙刻画”“霜雪陶炼”“暴精万年”来进一步显赫其经历，还用博喻、对照、比较等艺术手段，多方面显示石洲石子的价值，让石洲石子绚丽的光彩更加光艳照人，这便是这首诗的艺术力量。

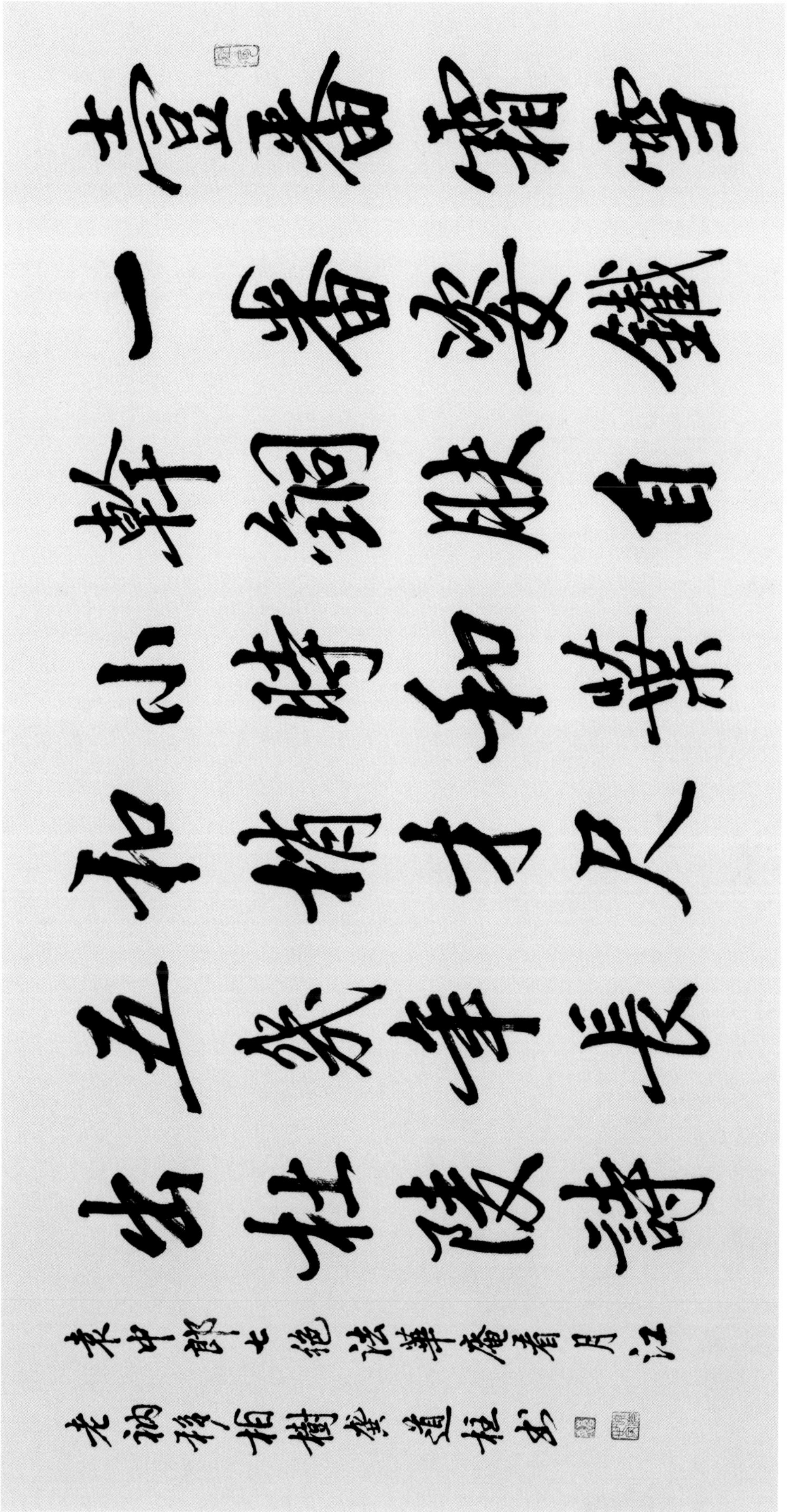

法华庵看月江老衲移柏树①（五首选其二）

一番霜雪一番姿，　铁干铜肤自小时。

和叶和梢才尺五，　几年长出杜陵诗。

【注释】

①法华庵：又名精进林，在斗堤后。月江老衲：或即该庵主持僧真惠。

【评析】

一、二句先形象概括柏树的风姿和质地。特别难能可贵的是它自小就如此坚实。三、四句转到“移”字上来，表现出盼其成材的急切心情，借杜甫大历元年（766）曾作《古柏行》极赞“黛色参天二千尺”“崔嵬枝干郊原古”事，用事极其自然，才情互相映发。

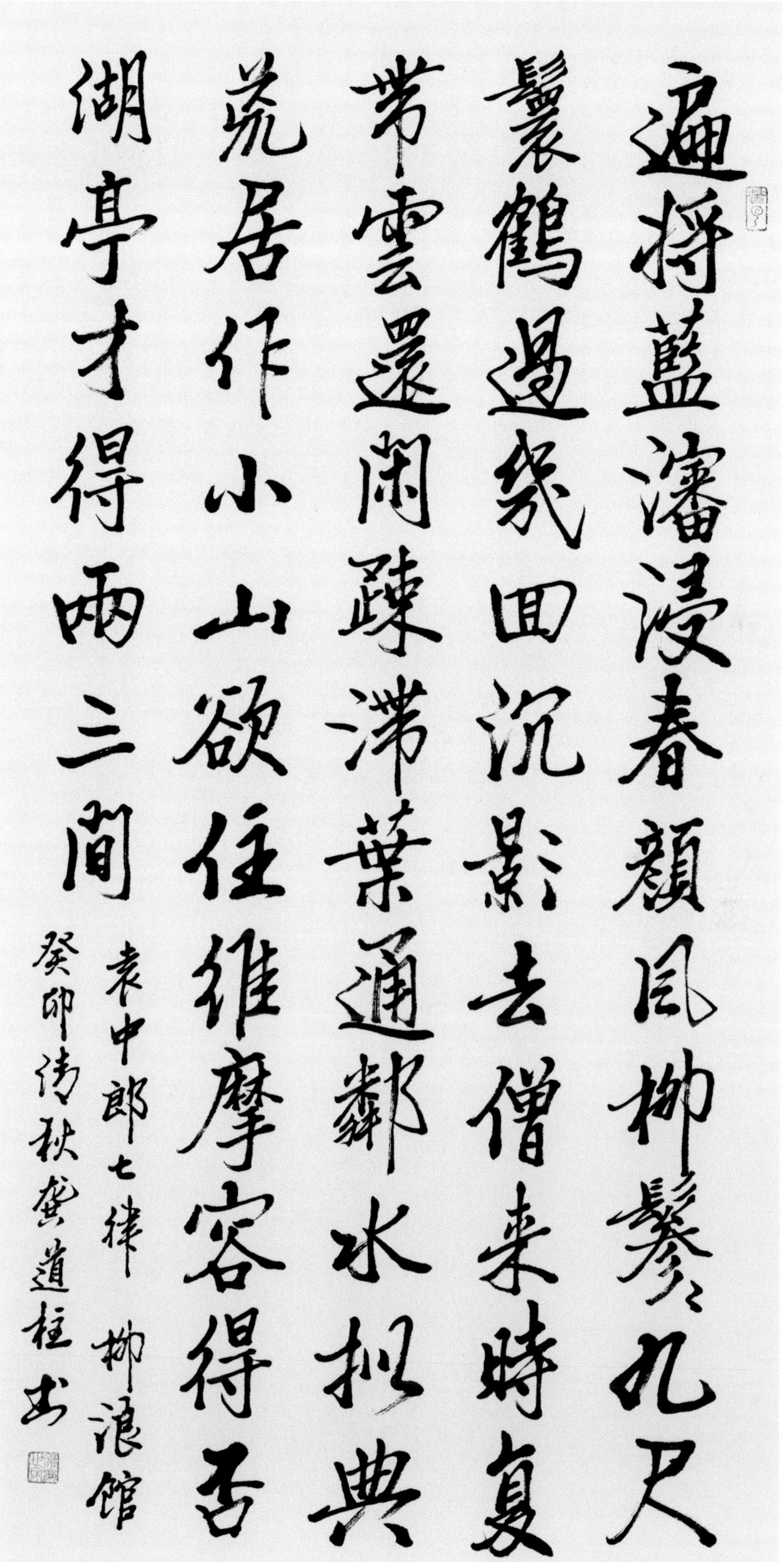
遍將藍瀋浸春顏風柳鬖ゝ九尺
鬟鶴過幾回沉影去僧來時復
帶雲還閑疏滯葉通鄰水擬典
荒居作小山欲任維摩容得否
湖亭才得兩三間
袁中郎七律 柳浪館
癸卯待秋盤道桓書

柳浪馆①（二首选其一）

遍将蓝沈浸春颜②，　风柳鬖鬖九尺鬟③。
鹤过几回沉影去，　僧来时复带云还。
闲疏滞叶通邻水，　拟典荒居作小山。
欲住维摩容得否④？　湖亭才得两三间。

【注释】

①柳浪馆：袁宏道别业，在公安县城（梅园）南郊外柳浪湖畔。②蓝沈：沈，即汁。此指柳浪湖蓝色的水。③鬖鬖（sān）：植物枝叶下垂貌。鬟：古代妇女的环形发髻。用以形容柳浪湖沿湖的柳丝。④维摩：见《归来》评析“维摩方丈地”句的阐释。

【评析】

万历二十八年（1600）诗人告病返里，“时于城南得下洼地，可三百亩，络以重堤，种柳万株，号曰‘柳浪’”（引自中道《吏部验封司郎中中郎先生行状》），从此便开始了他六年柳浪湖的闲适生活。这首《柳浪馆》便是他追求清高闲适思想的表现。

这首诗一、二联写柳浪湖景，蓝蓝湖水映照春颜，鬖鬖风柳时挽髻环，鹤过沉影，僧来带云，好一个优美清静而远去尘嚣的境界。三、四联抒写柳浪情怀。诗人欲疏湖中滞叶以通邻水，拟在湖畔荒居再作小山，虽才得湖亭两三间，也尽可容得维摩（维摩诘尚称病，斯时诗人告病归里，以维摩自况）。诗人胸中贮无限水意山情，故能纳众多高僧名士。全诗缘情布景，景与情契合自然。

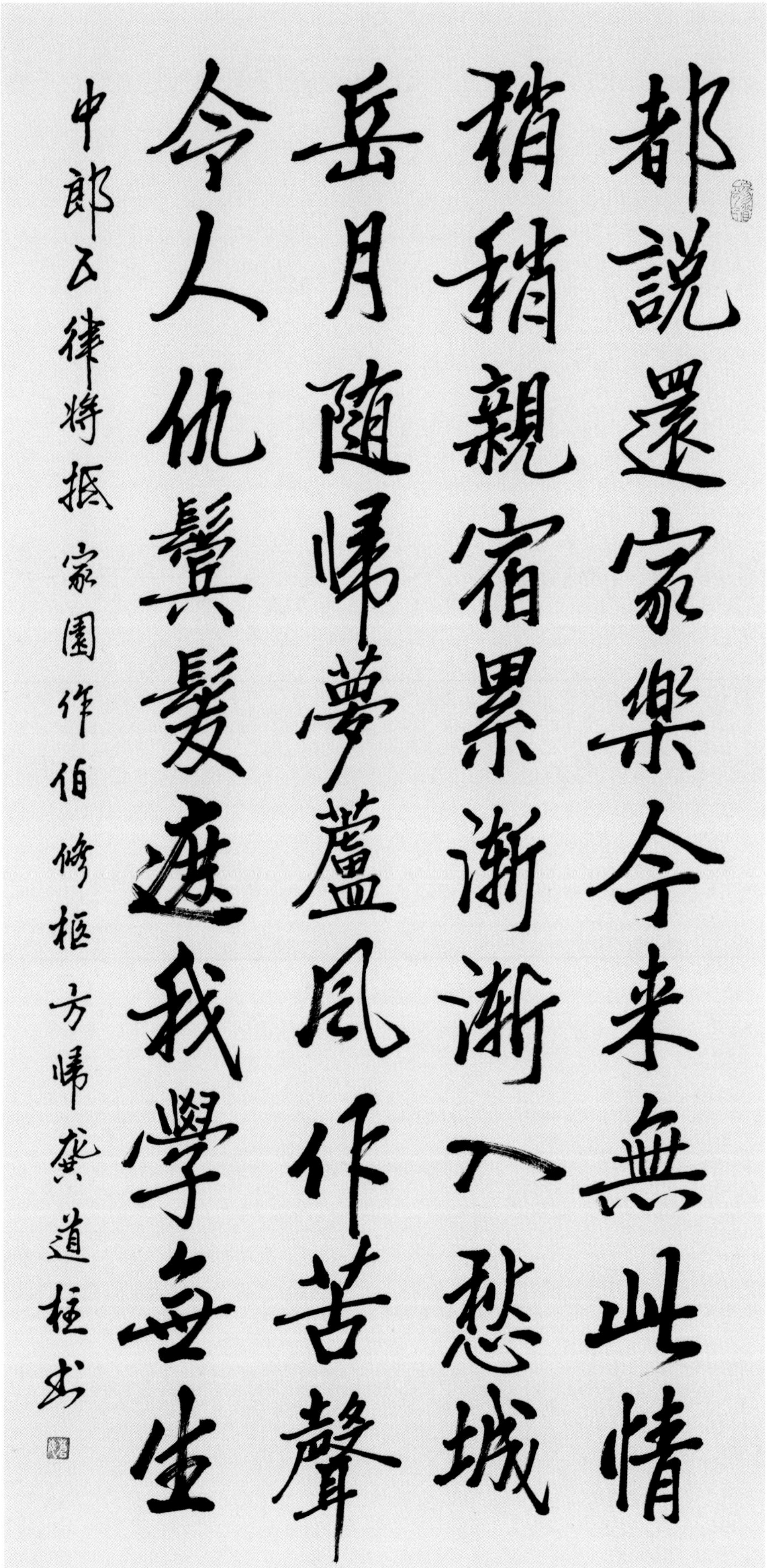
都說還家樂今來無此情
稍稍親宿累漸漸入愁城
岳月隨歸夢蘆風作苦聲
令人仇鬢髮遮我學無生
中郎五律將抵家園作
伯修柩方歸 樊道桓書

将抵家园作（伯修柩方归）（二首选其一）

都说还家乐，　　今来无此情。
稍稍亲宿累[①]，　　渐渐入愁城。
岳月随归梦，　　芦风作苦声。
令人仇鬓发[②]，　　遮我学无生[③]。

【注释】

①亲宿累：意谓想到心里一贯牵挂的人或事。此指伯修的逝世。②仇：怨恨。③无生：佛教语，谓没有生灭，不生不灭。王维《登辨觉寺》：“空居法云外，观世得无生。”句意谓直使我怨恨这身上的鬓发，是它遮住我阻碍我进入那不生不灭的境界。

【评析】

这首诗作于庐山游结束后返回公安且即将抵达家园的途中。

伯修灵柩方归，宏道笃于兄弟情谊，此次旅游途中已作怀先兄诗多首，现即将抵达家园，正像宋之问“近乡情更怯”（《渡汉江》）一样，宏道则“稍稍亲宿累，渐渐入愁城”。回忆年幼失母，生活赖长兄提携照顾，学问赖长兄引导切磋，以及后来反复古又赖其倡导，与其并肩战斗，凡此种种，宛如昨日，而人焉安在？首联之无乐情，正是基于这一原由。情之所至，故三联有岳月也随我进入归梦，芦风亦因之发出苦声的自然渲染。在无可奈何之际，转而怨恨起鬓发阻碍着自己到佛学的无生无灭中去求解脱。虽不免觉得消沉，但真率。

这首诗抒情写景不假雕饰，信手信腕，但“任吾真率而已”。三联景切情切，更见新妍鲜活。

雪里山茶取次紅
白頭孀婦哭春風
自從貂虎橫行後
十室金錢九室空
中郎七绝竹枝词(二)

竹枝词（十二首选其一、其二、其四）

其一

龙洲江口水如空①，　龙洲女儿挟巨艟②。
奔涛泼面郎惊否？　看我船攲八尺风③。

其二

雪里山茶取次红④，　白头孀妇哭春风⑤。
自从貂虎横行后⑥，　十室金钱九室空。

其四

东街晴雪未消泥，　南陌阴霪又涨堤。
恰似江头娼女面，　乍时欢笑乍时啼。

【注释】

①空：清澈蔚蓝的天空。此句形容江水浩渺，一望无际。②挟（xié）：挟控、驾驶。艟（chōng）：艨艟，本指战船，此指巨舟。③攲（qī）：倾斜。八尺风：浪高八尺的大风。句意谓看我要在浪高八尺的大风中倾斜着船身行驶向前。④山茶：常绿灌木或小乔木，冬春开花，颜色鲜红。取次：依次。

⑤孀妇：寡妇。⑥貂虎：汉代中常侍冠上饰以貂、珰两种饰物。光武帝后，专任宦官为中常侍，后遂以貂为宦官的代称。此谓如狼似虎的宦官。据钱伯城该诗笺，此“指御马监奉御太监陈奉，自万历二十七年受命征荆州店税，兼采兴国州矿洞丹砂及钱厂鼓铸事”。

【评析】

其一，首句着一“空”字，用其形容江水，既简练，又形象，同时渲染了气氛，为下面的人物出场铺垫了背景。在这样的大水里，龙洲女儿挟着巨艟出场了。“挟”字壮了女儿的声势，大有“挟太山以超北海”的气概。三句颇有风趣的一问，既有对郎的关心、爱护和安慰，又为后一句蓄势，你“看我船敧八尺风”。这位巾帼英雄的形象已活于纸上。这首诗笔墨简洁，语言清新活泼，人物形象鲜明，颇有真趣。

其二，以“山茶取次红”起兴，反衬哭春风的“白头孀妇”。她为什么哭？诗人并没有直接去写属于她个人的什么原因，而是从广阔的背景中找出引起整个社会不幸的所在，即诗的三、四句，这就扩大了白头孀妇这一形象的概括性，也更有力地揭露了阉宦横行搜括民脂的黑暗现实。这首诗语言质朴，三、四句尤为警策。

其四，以江头娼女的乍笑乍啼比天气忽晴忽阴的变化无常，顺手取喻，通俗而入神，且语言新鲜活泼，极富民间生活气息。

诗人 8 年前在《答李子髯》中提出“却沽一壶酒，携君听《竹枝》”，之后又有几次提到“劈破玉”“打枣竿”之类，可见他是十分重视民歌并主张向民歌学习的。据陈宏绪《寒夜录》引卓珂月说：“我明诗让唐，词让宋，曲又让元，庶几《吴歌》《挂枝儿》《罗江怨》《打枣竿》《银铰丝》之类，为我明一绝耳。”可见，民歌为明代文学的代表，袁宏道是深受这些通俗文学影响的，故在他的作品中多有向民歌学习的痕迹，这组《竹枝词》便是他学习民歌的一次实践。

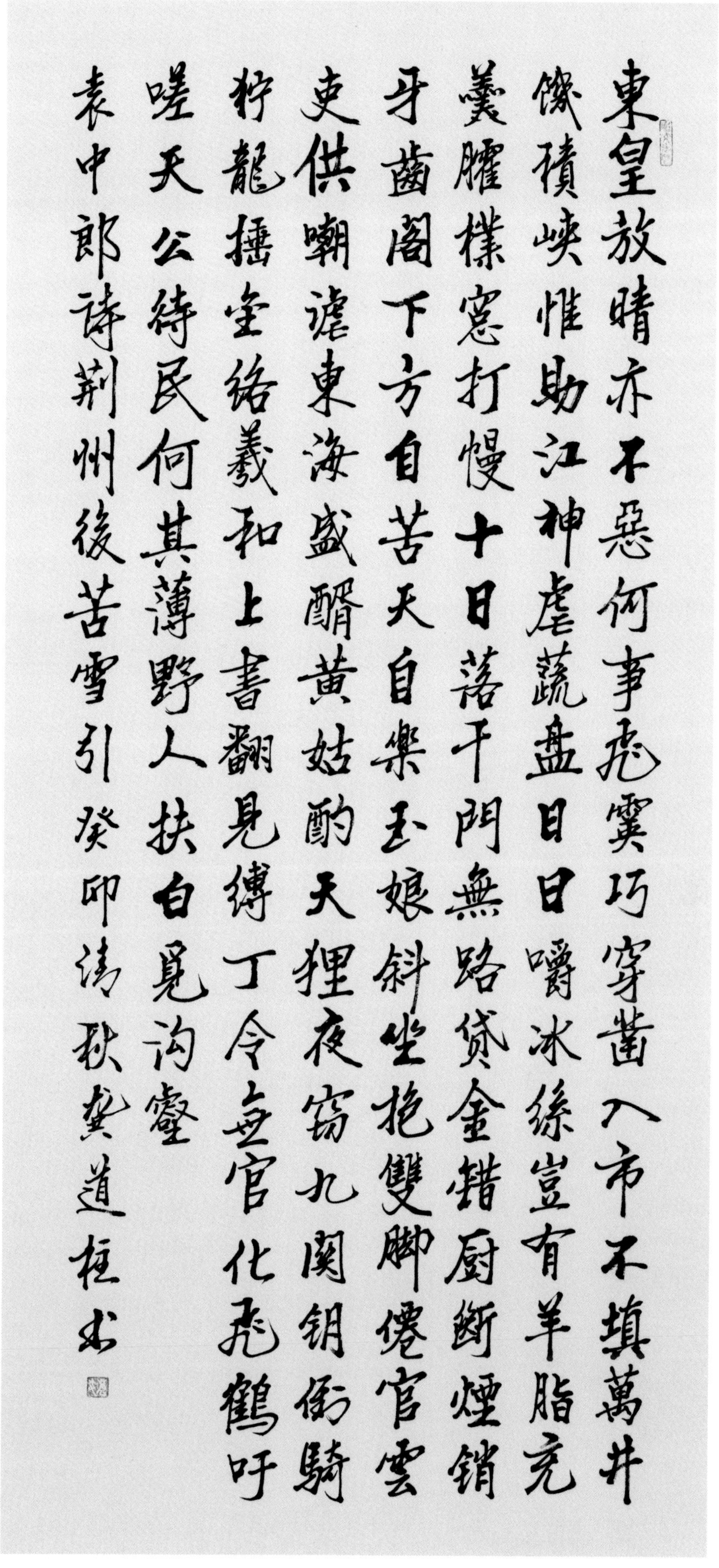
東皇放晴亦不惡何事飛霙巧穿凿入市不填萬井
饑積峽惟助江神虐蔬盎日日嚼冰絲豈有羊脂充
羹臛樸窓打慢十日落千門無路貸金錯廚斷煙銷
牙齒閣下方自苦天自樂玉娘斜坐抱雙腳倦官雲
吏供嘲謔東海盛酹黃姑酌天狸夜窃九閽钥衙騎
杼龍搖金絡羲和上書翻見縛丁令無官化飛鶴吁
嗟天公待民何其薄野人扶白見洶壑
袁中郎詩荊州後苦雪引 癸卯清秋龔道桓書

荆州后苦雪引[①]

东皇放晴亦不恶[②]，　何事飞霙巧穿凿[③]？
入市不填万井饥，　积峡惟助江神虐。
蔬盘日日嚼冰丝，　岂有羊脂充羹臛[④]。
扑窗打幔十日落，　千门无路贷金错[⑤]，
厨断烟销牙齿阁[⑥]。
下方自苦天自乐，　玉娘斜坐抱双脚[⑦]。
仙官云吏供嘲谑，　东海盛酯黄姑酌[⑧]。
天狸夜窃九关钥[⑨]，　倒骑狞龙捶金络[⑩]。
羲和上书翻见缚[⑪]，　丁令无官化飞鹤[⑫]。
吁嗟天公待民何其薄！　野人扶白觅沟壑[⑬]。

【注释】

①荆州后苦雪引：引，诗体名，乐曲体裁之一，有序曲之意。与此诗相匹者还有《荆州前苦雪引》，主题皆同。诗人日处柳浪湖，见闻湖广矿税使陈奉及其党羽纵横，吸髓饮血，民不堪其毒虐的情况，便禁不住发而为诗，予以谴责和鞭挞。②东皇：司春之神，乃东方青帝。③飞霙（yīng）：即飞雪。霙，雪花。④羹臛：即肉羹汤。⑤金错；金错刀之省，钱币名，王莽居摄二年（7）铸。此泛指钱币。⑥牙齿阁：此谓牙齿停止咀嚼活动。阁，搁置。⑦玉娘：此指雪神。⑧盛

醑（xǔ）：盛上美酒。黄姑：牵牛星。⑨⑩天狸：狸，猫属，哺乳动物。此指天上的狸猫。九关钥：九重天的钥匙。狞龙：凶猛的龙。金络：金络头之省，即金饰的马笼头。此两句意谓逼龙下雨后好放晴。⑪羲和：神话中太阳神的御者，此代指太阳神。句意谓羲和上书请求放晴而反被缚。⑫丁令：即丁令威化鹤飞，借以比喻飞雪。⑬野人：郊外的百姓。扶白：即相携于雪里。白，指雪。

【评析】

这首诗与前面的《竹枝词》皆写于万历三十年（1602）拟游玉泉因雨雪阻沙市之时，但主题非仅局限于沙市或公安。袁宏道清高闲适的思想无疑是相当浓重的，人民的生活，时局的发展也时在他的关注之中。诗的前九句先言入春之后，本应天气晴和，而飞雪仍巧加穿凿，且积雪盈峡；后叙久雪不止，致使千家万户借贷无路，厨断烟灭，等死待毙。下八句先让上天与下方苦乐相对照，特别是雪神嘲谑仙官云吏，役使东海黄姑那斜坐抱双脚的作威作福的神态，令人发指。后叙上方各种人物的态度，颇近情理。天狸窃钥捶龙促其下雨转晴，羲和上书请出日照而反遭缚，天公一意孤行，不恤民命，由此可见。唯丁令威化鹤而助纣为虐。收束二句愤激慨叹天公待民太薄，迫使其四郊百姓纷纷死于沟壑。这首诗显然是借雪而言赋税之毒虐，尾句的天公更是直指万历朝廷矿税使的总后台神宗皇帝。前面逐层铺写，想象奇特，意趣纷呈，其实都是为了烘染末句的力量。

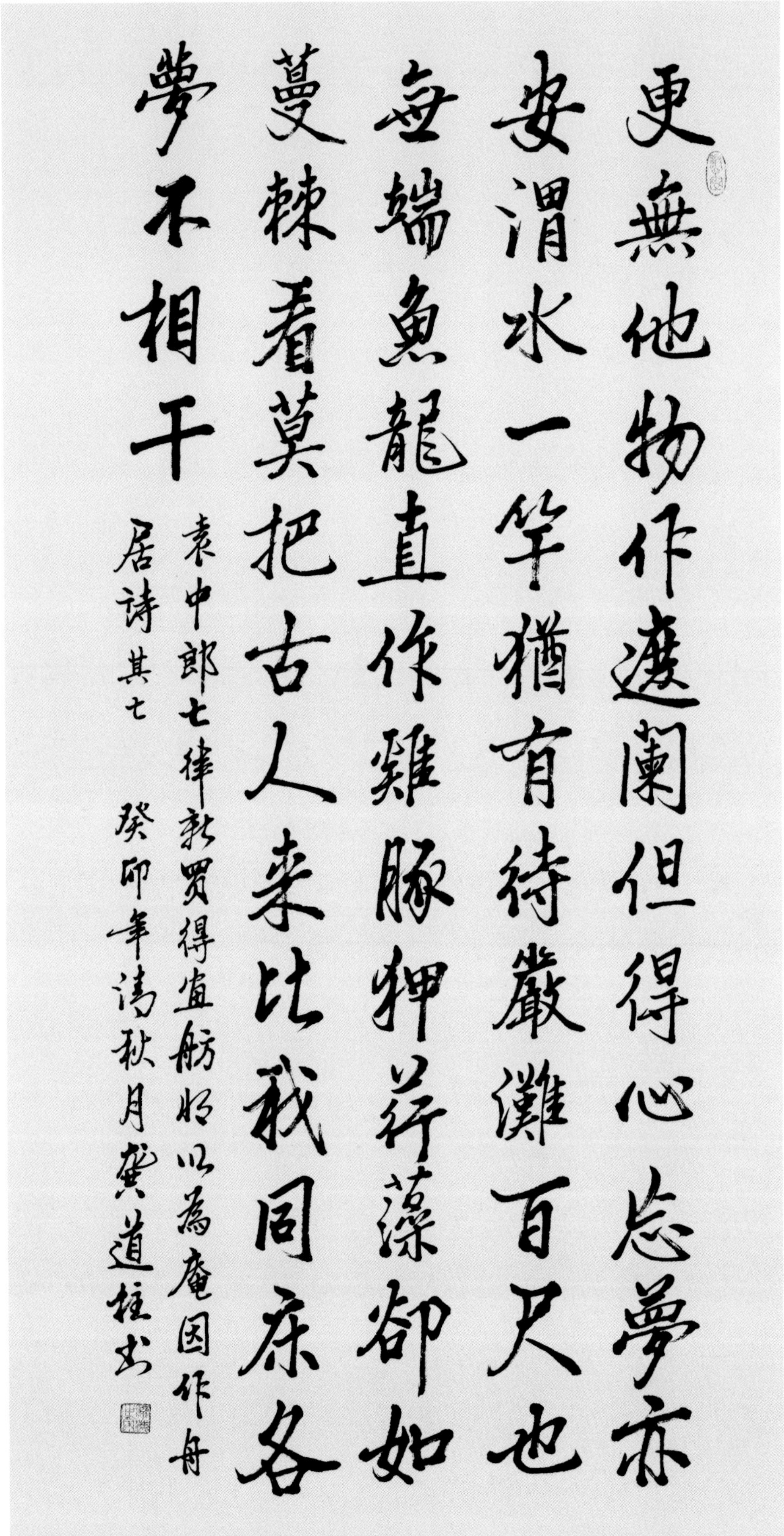
更無他物作遮闌但得心忘夢亦
安渭水一竿猶有待嚴灘百尺也
無端魚龍直作雞豚狎荇藻都如
蔓棘看莫把古人來比我同床各
夢不相干
袁中郎七律新買得畫舫將以為庵因作舟
居詩其七
癸卯年清秋月龔道桂書

新买得画舫，将以为庵，因作舟居诗（十首选其七、其八）

其七

更无他物作遮阑，　　但得心忘梦亦安。
渭水一竿犹有待①，　　严滩百尺也无端②。
鱼龙直作鸡豚狎，　　荇藻却如蔓棘看。
莫把古人来比我，　　同床各梦不相干。

【注释】

①渭水：相传太公望吕尚曾把钓于渭水之滨，期待同周文王会见，以辅周灭殷而成大业。②严滩：即严陵濑，在浙江省桐庐县南。相传东汉严光，少与刘秀同游学。秀即帝位后，光变姓名隐遁，秀遣人觅访，征召到京，授谏议大夫，不受，隐退于此。后人称他所居游之地为严陵濑或严滩。句意谓他真正忘情物外，所居严滩虽仅百尺，也仍是宽阔无边的。

【评析】

此诗所写为宏道拟想舟居的情景。宏道于上年《冬尽》的尾联写道："云山与烟水，梦着也成欢。"现买得画舫将作舟居，故拟想烟水空阔，无遮无拦，自由自在，居于舟间，世虑得以忘却，睡梦亦得心安。首联便表明对舟居生活的向往之情。二联与两位水边生活的古人相较，自谓不像吕尚之钓渭水犹有期待，差似严光之隐严滩空阔无边，进一步表明舟居的追求，即摆脱世俗的羁绊，投入自然的怀抱。三联以舟居之景与山居之景作比：鱼龙与鸡豚相仿，荇藻同蔓棘一般，皆悠然自得，无适不可。宏道受当时进步文化思潮的影响，特别注重自我，尾联的“莫把古人来比我，同床各梦不相干”即强调与众不同的个性和精神面貌。他的纵情山水，正是他这与众不同的个性同现实的矛盾得不到解决，转而到自然的怀抱中去寻求精神寄托的结果。诗句虽间伤俚质，个性却极为鲜明。

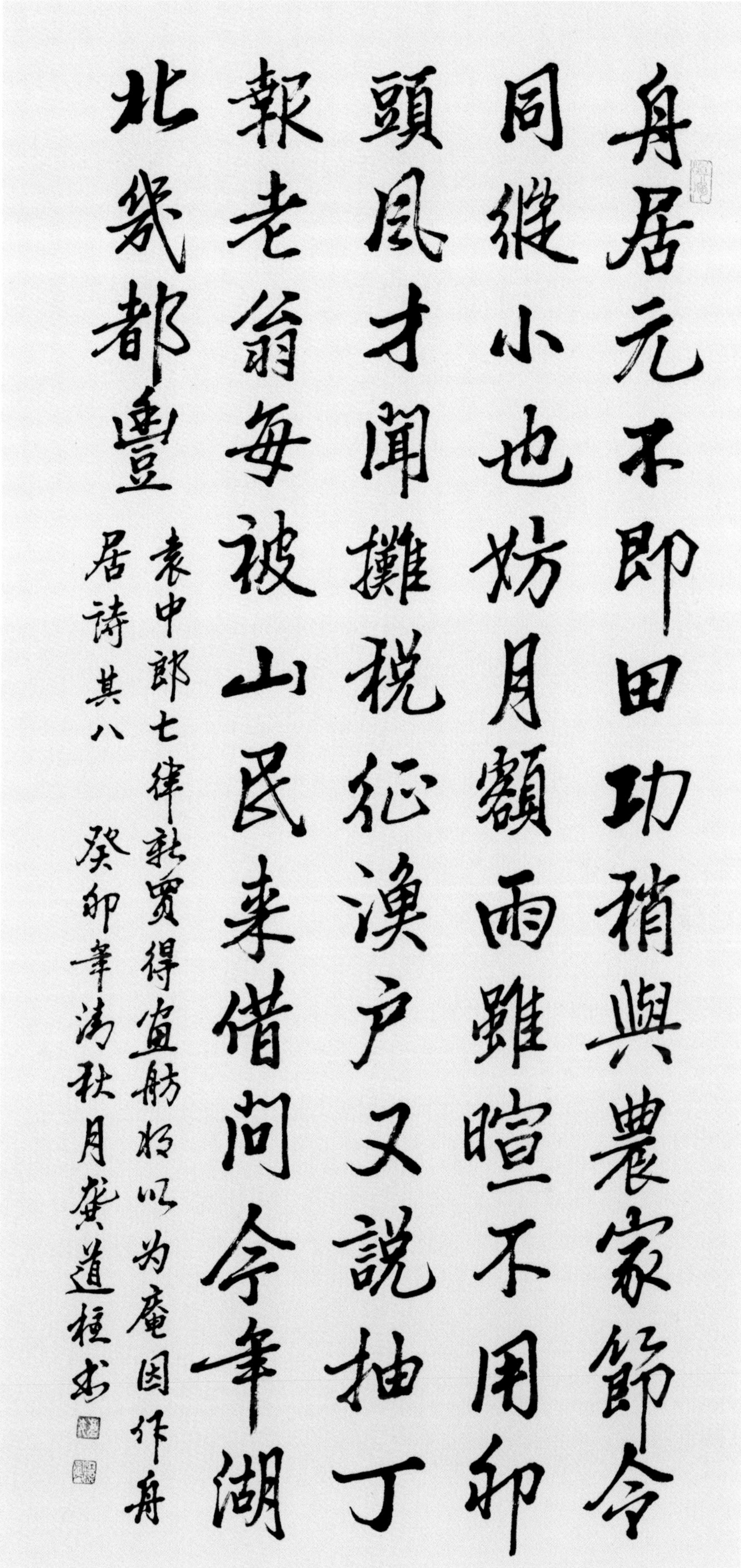
舟居元不即田功稍與農家節令
同纔小也妨月額雨雖暄不用卯
頭風才聞攤稅總滾户又說抽丁
報老翁每被山民來借問今年湖
北幾都豐
袁中郎七律新買得畫舫將以為庵因作舟
居詩其八
癸卯年清秋月龔道桓書

其八

舟居元不即田功[①]，　　稍与农家节令同。

纵小也妨月额雨[②]，　　虽暄不用卯头风[③]。

才闻摊税征渔户，　　又说抽丁报老翁。

每被山民来借问，　　今年湖北几都丰？[④]

【注释】

①元：原来，本来。田功：农事。②月额雨：即月初一下雨。南朝梁元帝（萧绎）《金楼子·卷第六》："余初至荆州，卜雨。时孟秋之月，阳亢日久，月旦虽雨，俄而便晴。有人云：'谚曰"雨月额，千里赤"，盖旱之征也。'"③暄：暖。卯头风：卯时起风。卯，十二时辰之一，即早晨5时至7时。所征为何待考。④湖北：此指洞庭湖以北地区，非指湖北省。湖北省于清代置，宋为荆湖北路、京西南路、淮南西路及夔州路，元置湖广行中书省，明为湖广布政使司。都：此指古代行政区划名。《周礼·地官·小司徒》："乃经土地，而井牧其田野。九夫为井，四井为邑，四邑为丘，四丘为甸，四甸为县，四县为都，以任地事，而令贡赋，凡税敛之事。"

【评析】

此诗前四句亦舟居拟想，即舟居与农家节令稍同，如"月额雨"同样是有妨碍的，"卯头风"也同样不好，这说明舟居与农家仍息息相关。后四句径直面向现实，"才闻""又说”“借问”，现实何曾能够回避，这直令诗人愤懑。所以，闲适情趣并非宏道居柳浪 6 年间作品的全部，其中也有关心现实、关心农民疾苦的忧愤。此诗固然表现了诗人关心农民疾苦的真情，然亦有过露之病和孤平之疵。

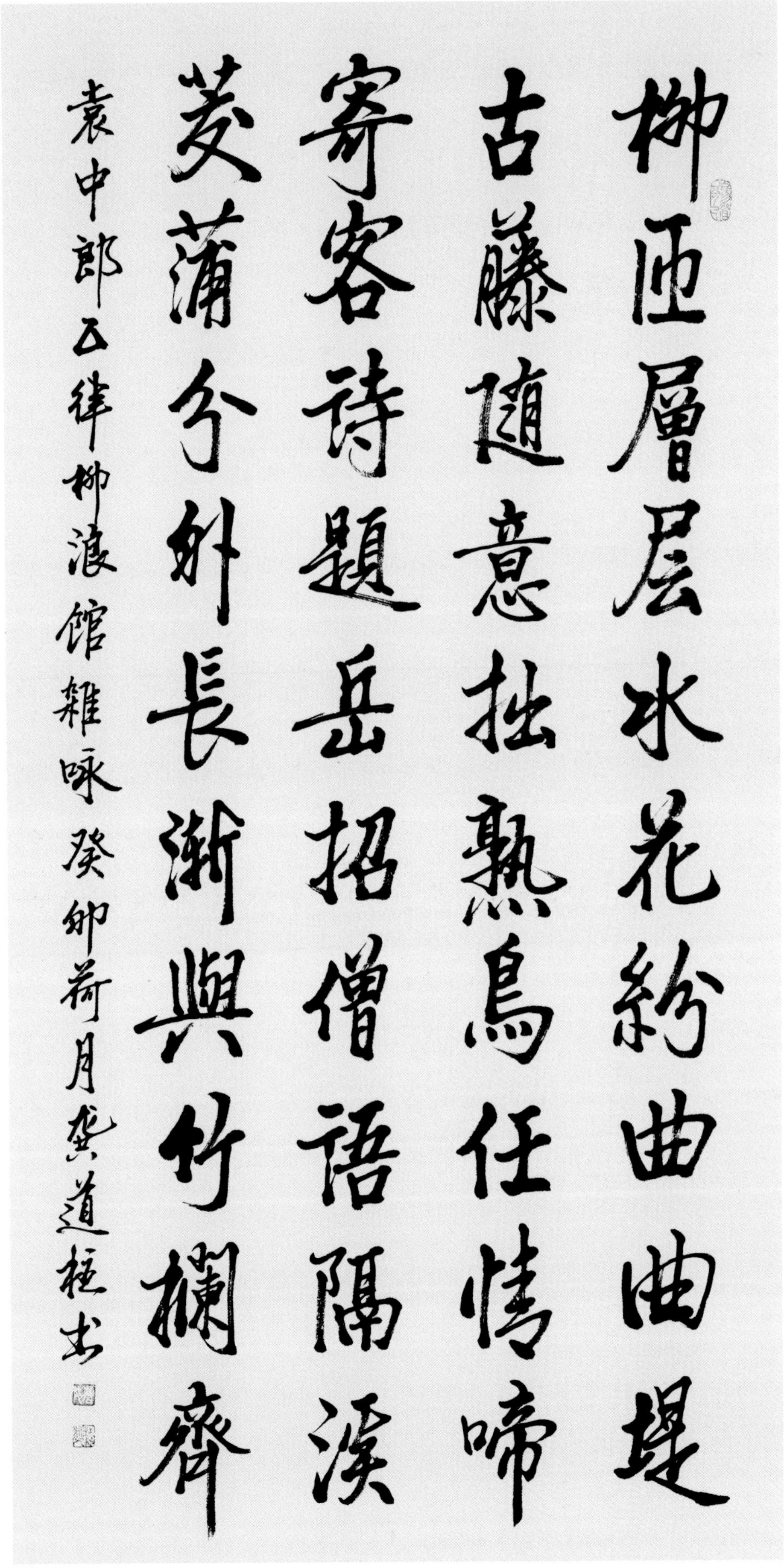
柳浪層層水花紛曲曲堤
古藤隨意拙熟鳥任情啼
寄客詩題岳招僧語隔溪
菱蒲分外長漸與竹欄齊
袁中郎五律柳浪館雜咏 癸卯荷月蛰道桓書

柳浪馆杂咏（四首选其一）

柳匝层层水[1]，　　花纷曲曲堤。
古藤随意拙，　　熟鸟任情啼。
寄客诗题岳，　　招僧语隔溪。
茭蒲分外长[2]，　　渐与竹栏齐。

【注释】

①匝：环绕。②茭蒲：皆水边植物。茭，又名菰。蒲，即菖蒲。

【评析】

此诗咏柳浪馆夏季胜景，表现了诗人闲适而陶醉的心情。柳浪馆外的水边堤上，“柳匝”“花纷”，绿荫浓密，凉气袭人，杂采错陈，光色醉人！古藤随意而朴拙，熟鸟任情而啼鸣；更有那青青茭蒲将与竹栏并齐，真是生机勃勃，长势蓬蓬。在此胜景幽境之中，或是题诗寄客，或是隔溪招僧，闲适的情怀与幽美的自然得到和谐的统一。全诗浓淡相间，点染结合，性灵流溢，情趣盎然。

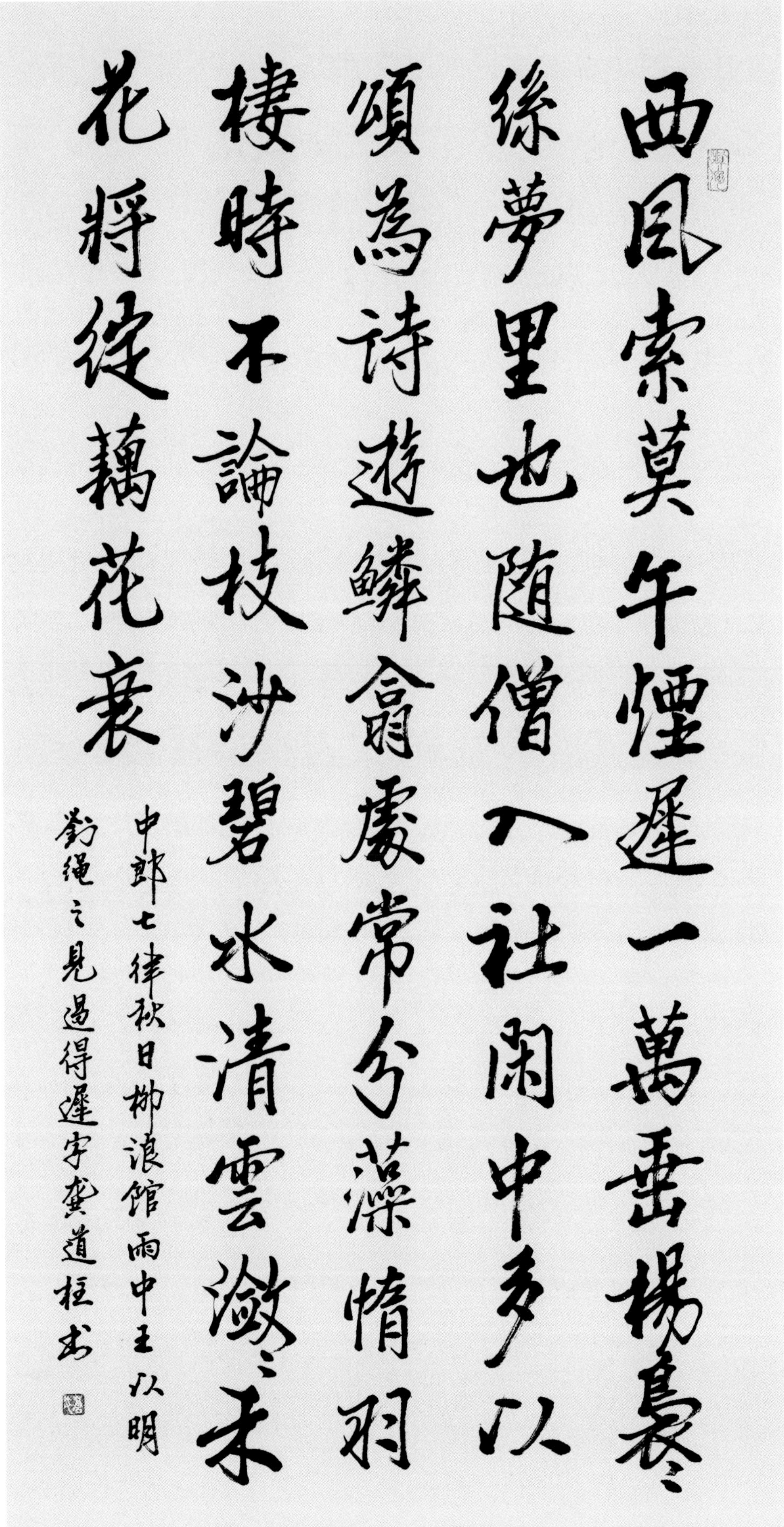
西風索莫午煙遲一萬垂楊裊裊
絲夢里也隨僧入社閑中多以
頌為詩遊鱗翕處常分藻惰羽
棲時不論枝沙碧水清雲瀲瀲禾
花將綻藕花衰
中郎七律秋日柳浪館雨中王以明
劉繩之見過得遲字龔道桓書

秋日柳浪馆雨中王以明、刘绳之见过，得迟字[①]

西风索莫午烟迟[②]，　一万垂杨袅袅丝[③]。
梦里也随僧入社[④]，　闲中多以颂为诗。
游鳞翕处常分藻[⑤]，　惰羽栖时不论枝[⑥]。
沙碧水清云潋潋[⑦]，　禾花将绽藕花衰[⑧]。

【注释】

①王以明：即王辂，公安县人，宏道、中道举业师，与李贽、袁宗道交情亦笃。年四十以贡授陕西凤翔别驾。数月即弃官归，隐居公安县平乐村（现藕池镇新口一带），以高逸自处，著有《小竹林集》，宏道为作《叙〈竹林集〉》。刘绳之：袁氏兄弟友人。中道《游居柿录·卷之五》："友人刘绳之典一僧舍于寺中作书室，欲转典与予。"其余待考。得迟字：唐以来历代诗人集会赋诗时，有分韵的习俗，即赋诗前各人分一字作韵，然后按所得之韵赋诗。宏道此次分得的是"迟"字韵。②索莫：亦作"索寞"，乃凄凉萧索貌。③袅袅：纤长柔弱貌。④社：社团组织，有文社、诗社，也有佛社。晋无名氏《莲社高贤传·慧远法师》："既而谨律息心之士，绝尘清信之宾，不期而至者……结社念佛，世号十八贤。"此许指曾梦随刘绳之入社念佛。⑤游鳞翕处：水里游鱼的鳞甲张翕（合敛）之处。⑥惰羽栖时：雨中倦惰的飞鸟栖息之时。⑦潋潋：此犹冉冉，即渐进貌。⑧禾花：此指晚稻

扬花。

【评析】

这是一首写景诗作。前四句点时、点地，点王、刘见过之意。后四句写雨中之景，使诗题得以逐层切合，完满表达。前四句分别以“西风”“垂杨”“随僧入社”“以颂为诗”等带有特征性的物与事暗示一“过”。后四句则工笔描绘，“鳞”“藻”“羽”“沙”“水”“云”“禾花”“藕花”等意象叠出，“游”“翕”“分”等11个修饰词、动词纷呈沓现，而各极其细腻精微刻画之妙，整个画面虽“西风索莫”，仍觉无限生趣。诗人真不愧为写生妙手。

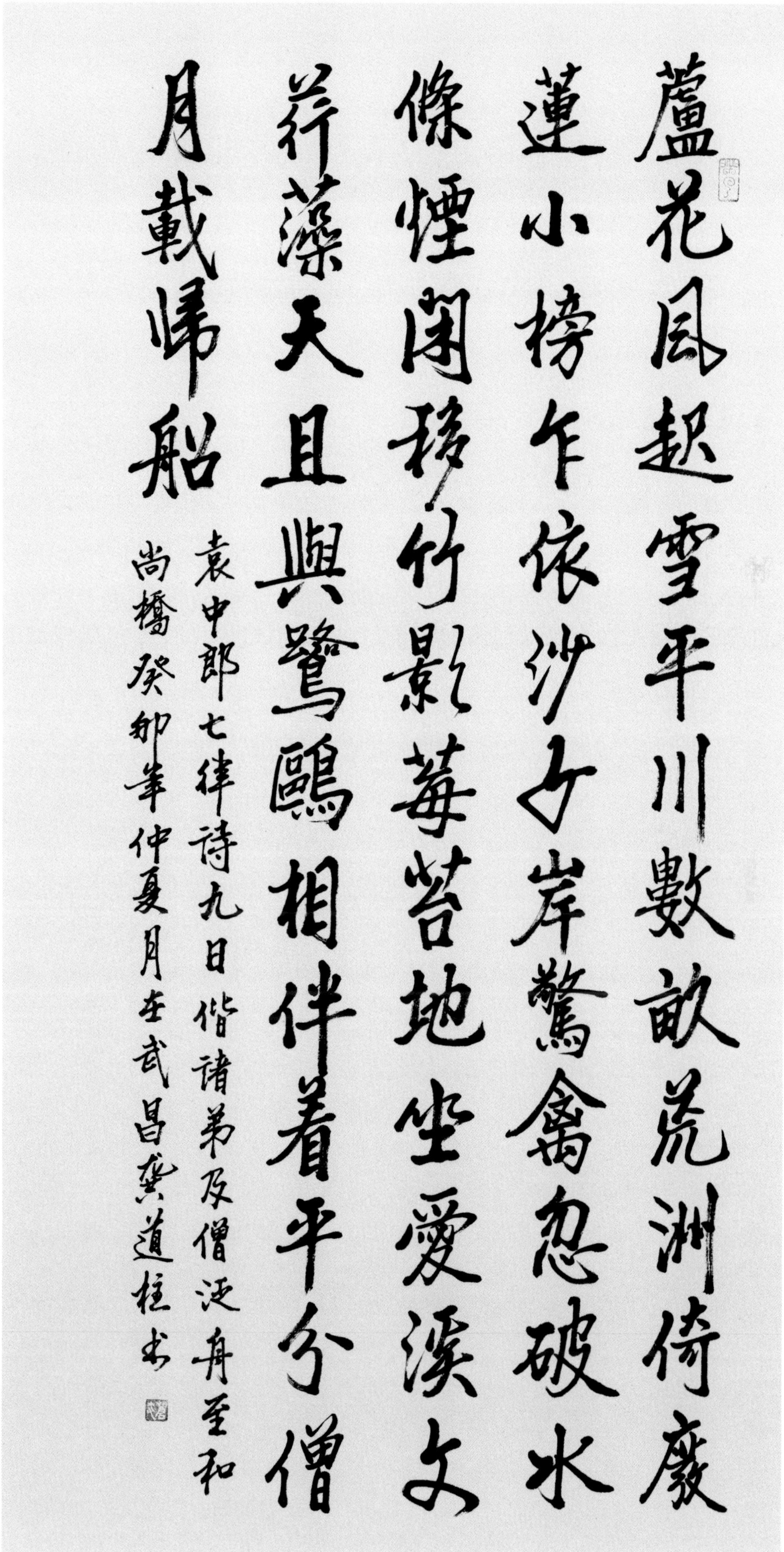
蘆花風起雪平川數畝荒洲倚廢
蓮小榜作依沙个岸驚禽忽破水
條煙閑移竹影莓苔地坐愛溪文
荇藻天且與鷺鷗相伴着平分僧
月載歸船
袁中郎七律詩九日偕諸弟及僧泛舟至和
尚橋癸卯年仲夏月在武昌樊道柱書

九日偕诸弟及僧泛舟至和尚桥[①]

芦花风起雪平川，　　数亩荒洲倚废莲。

小榜乍依沙子岸[②]，　　惊禽忽破水条烟。

闲移竹影莓苔地，　　坐爱溪文荇藻天[③]。

且与鹭鸥相伴着，　　平分僧月载归船。

【注释】

①和尚桥：又名紫微桥，明洪熙年间由僧人智昶建，万历年间圮后，龚大器重修。遗址在今公安县章田寺乡报慈村。②小榜（bàng）：小船。榜，船桨，亦代指船。李贺《马诗》之十："催榜渡乌江，神骓泣向风。"③坐："由于"或"为着"意。杜牧《山行》有"停车坐爱枫林晚"。

【评析】

我国古代有重九登高的习俗。诗人于九日不游龙山，不佩茱萸，却偕诸弟及僧泛舟至和尚桥，当别是一番情味。舟与桥自然都离不开水，故此诗句句着眼于写水中水边之景。平川芦花，荒洲废莲，自是重九水边萧瑟景象，然"乍依沙岸""忽破水烟""闲移竹影""坐爱溪文"，却是深感这和尚桥疏淡清幽画面的赏心怡目，而"鹭鸥相伴"，载月同归，更是隐逸闲适情怀契合的欣慰。

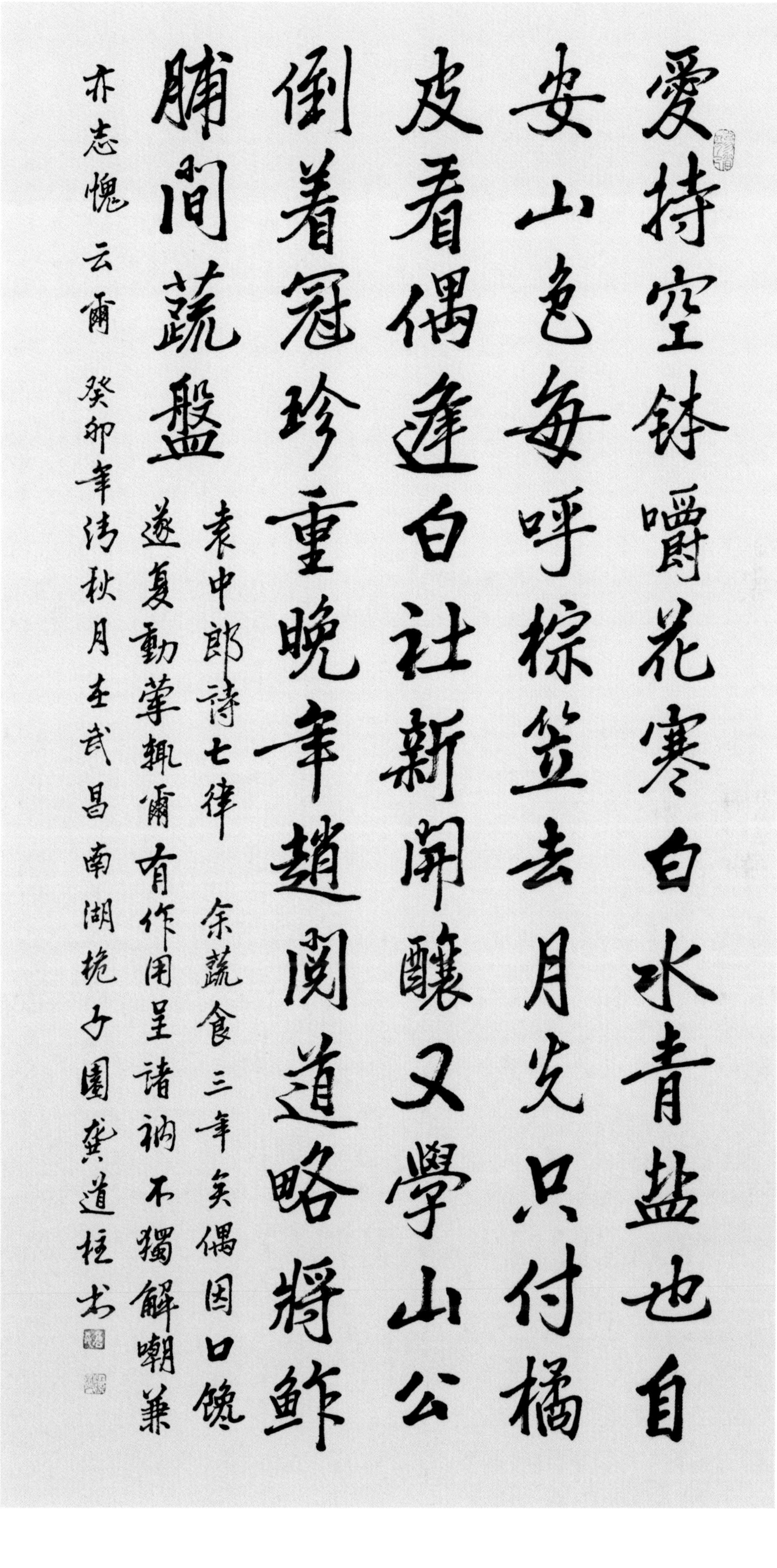
爱持空钵嚼花寒白水青盐也自
安山色每呼棕笠去月光只付橘
皮看偶逢白社新開釀又學山公
倒着冠珍重晚年趨道闕略將鮓
脯間蔬盤
袁中郎詩七律 余蔬食三年矣偶因口饞
遂復動葷輒爾有作用呈諸衲不獨解嘲兼
亦志愧云爾 癸卯年清秋月于武昌南湖挽子園龚道桂书

余蔬食三年矣，偶因口馋，遂复动荤，辄尔有作，用呈诸衲，不独解嘲，兼亦志愧云尔

爱持空钵嚼花寒，　　白水青盐也自安。
山色每呼棕笠去[①]，　　月光只付橘皮看。
偶逢白社新开酿[②]，　　又学山公倒着冠[③]。
珍重晚年赵阅道[④]，　　略将鲊脯间蔬盘。

【注释】

①棕笠：用棕和竹篾编成的帽子，用以遮雨和太阳。②白社：在今湖北省荆门市南。古隐士之居，以白茅为庐，因名。相传唐代郑谷常居于此。③山公：晋代山简，时人亦称之为山公。《世说新语·任诞》："山季伦（山简）为荆州，时出酣畅，人为之歌曰：'山公时一醉，径造高阳池。日莫倒载归，茗艼无所知。复能乘骏马，倒着白接篱。举手问葛强，何如并州儿？'"④赵阅道：即北宋大臣赵抃，阅道为其字。据《宋史·赵抃传》载，抃致仕后"遍游诸名山"，"晚学道有得，将终，与屼（wù，其子）诀，词气不乱，安坐而没"。"珍重晚年赵阅道"大概指此。

【评析】

这是一首很有风趣的诗。诗人因兄丧辞官，隐居柳浪，开始斋素，颇为自安。其间肉酒也曾逗诱，"山色每呼棕笠去，月光只付橘皮看"即通过比兴表现其在逗诱下虽馋而强

忍的神态。可过了三年，偶因口馋居然破戒动荤，“略将鲊脯间蔬盘”，“又学山公倒着冠”，不但酒肴并进，还饮得大醉。事后作此诗“呈诸衲”，不独为自己的行为解嘲，同时也表示惭愧。这可看作宏道性情的真率，也可看作宏道富有韵趣的真话。然全诗仅重在一“趣”字而已。

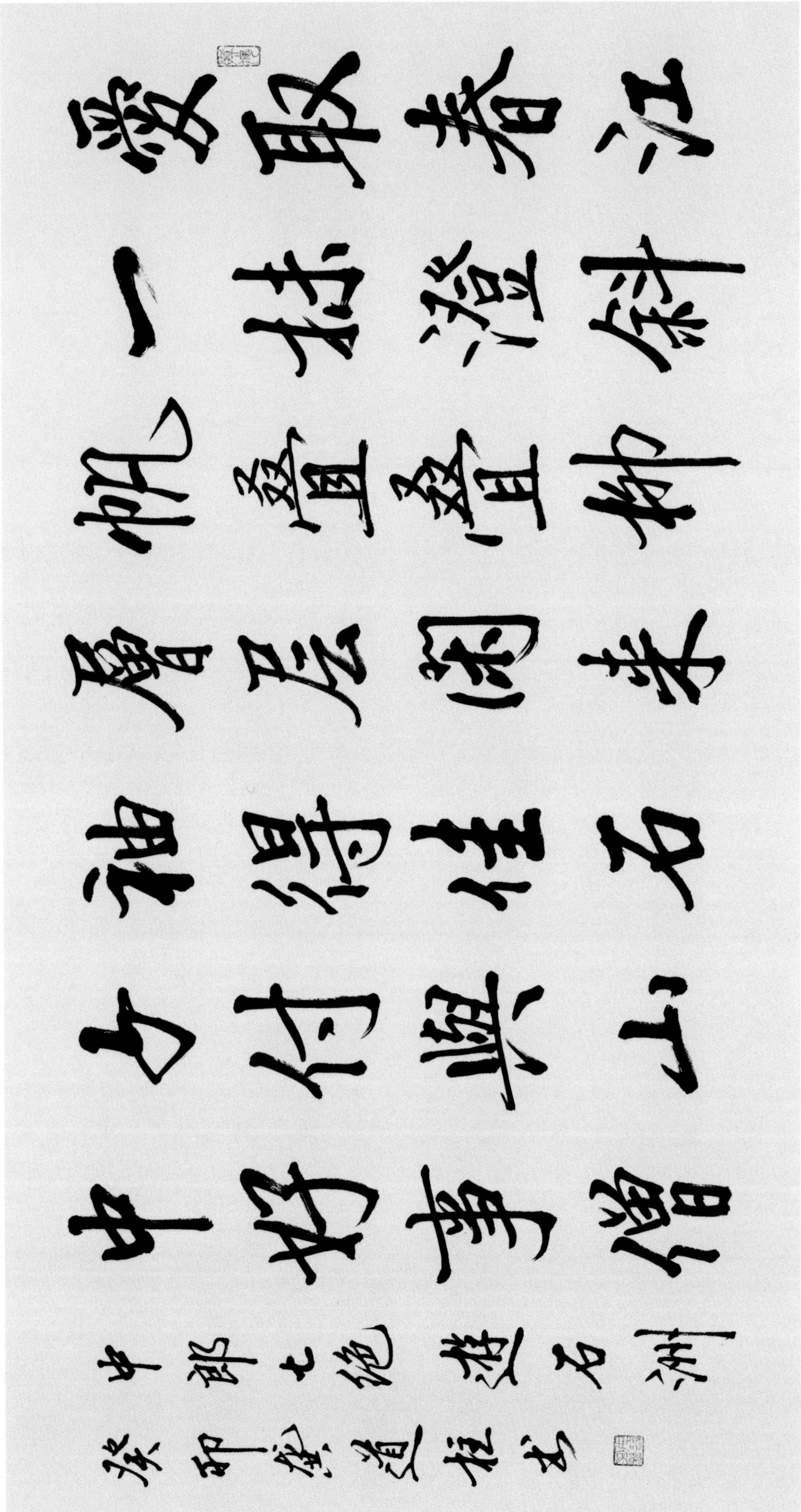

游石洲（二首选其一）

爱取春江一抹澄，　斜帆叠叠柳层层。
闲来袖得佳石子，　付与山中好事僧。

【评析】

诗的一、二句写石洲环境。石洲原在江中，而今“春来江水绿如蓝”（白居易《忆江南》），澄江如练，风光如画，帆影迭迭，柳影层层，谁个游人不“爱取”？三、四句写游石洲的别趣。石洲本以石子的五彩斑斓逗引游人，游人之游石洲则是以玩赏石子为寄雅兴，可此次游石洲只能趁闲拾得佳石子，以便回去付与山中好事之僧。此亦暗用以此衬彼的手法，反衬石洲环境之美，虽寥寥着笔而加倍用情。

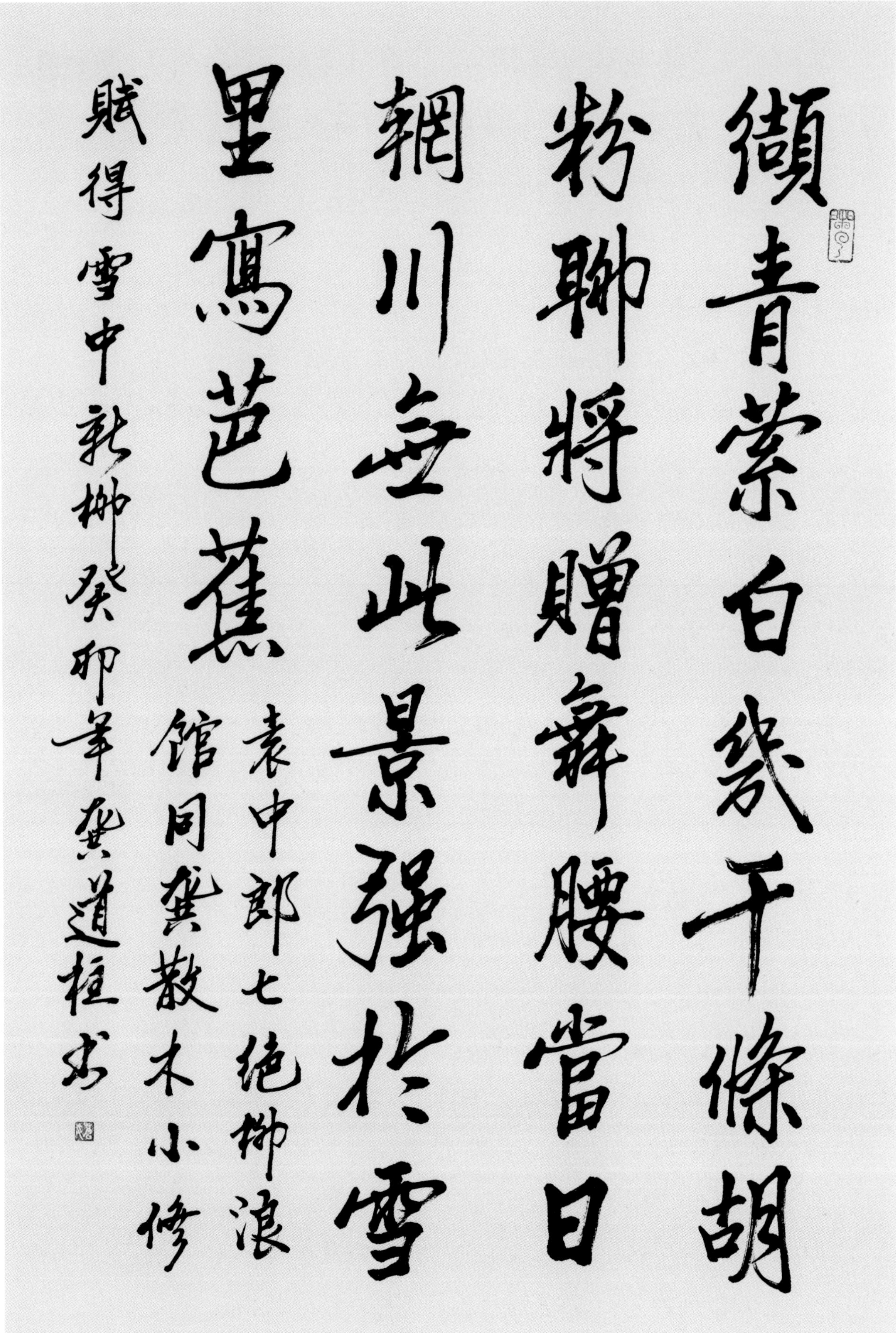
纈青縈白幾千條胡
粉聊將贈舞腰當日
輞川無此景强於雪
里寫芭蕉
袁中郎七绝柳浪
館同龚散木小修
賦得雪中新柳 癸卯年龚道桓书

柳浪馆同龚散木、小修赋得雪中新柳[①]

缬青萦白几千条[②]，　胡粉聊将赠舞腰[③]。

当日辋川无此景[④]，　强于雪里写芭蕉[⑤]。

【注释】

①龚散木：即龚仲安，字惟静，别号散木，龚大器之季子，宏道兄弟称之为八舅，万历三十一年（1603）举人。赋得："赋得某某"，古人诗题中的惯用语，即为某事某物赋诗之意。②缬（xié）青萦白：形容新柳上染印有白与青的花纹。③胡粉：铅粉，用于傅面或绘画，此喻雪。④辋川：即辋谷水，在今陕西省蓝田县。唐诗人王维曾置别业于此，名"辋川庄"，集其田园诗作，号《辋川集》。⑤强（qiǎng）于：勉强在。雪里写芭蕉：用王维《袁安卧雪图》的故事，因图中有"雪中芭蕉"。有人责其荒唐，认为关中或洛阳（指袁卧雪所在）雪中不可能长芭蕉；有人赞其为画苑奇韵，以为"只取兴会神到"，不"以形器求"，即贵在神似，不求形似。此处则以其与柳浪湖雪中新柳的天然之美相比较。

【评析】

诗的一、二句即描出了一幅绝妙的雪中新柳图。柳浪湖千万条由黄转青的新柳，现都印染上青白的花纹。她纤柔的细腰在风中翩翩起舞，雪像铅粉一样均匀地涂抹在她的腰肢上，使她更加楚楚动人。后二句借用王维"雪中芭蕉"事，于前面加一"强"字，即无意于具体评价雪中芭蕉本身的审美价值，只是为了强调雪中新柳的天工自然之美。

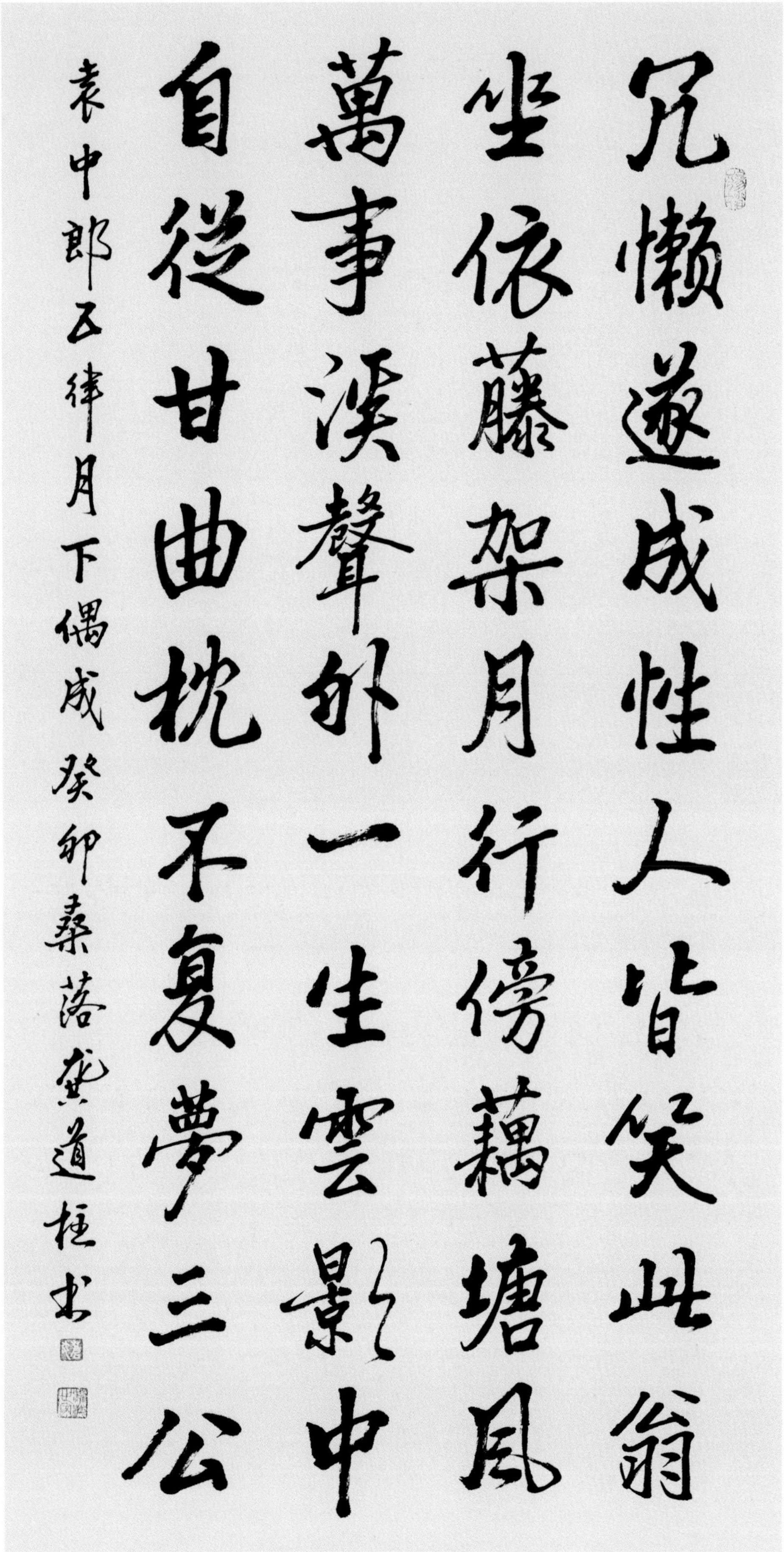
冗懶遂成性人皆笑此翁
坐依藤架月行傍藕塘風
萬事溪聲外一生雲影中
自從甘枕不復夢三公
袁中郎五律月下偶成
癸卯桑落楚道桓書

月下偶成

冗懒遂成性，　　人皆笑此翁。
坐依藤架月，　　行傍藕塘风。
万事溪声外，　　一生云影中。
自从甘曲枕①，　不复梦三公②。

【注释】

①曲枕：谓曲臂以为枕。出自《论语·述而》：“饭疏食饮水，曲肱而枕之，乐亦在其中矣。”后以曲肱或曲枕比喻清贫而闲适的生活。②三公：辅助国君掌握军政大权的最高官员。句意谓不再想到在朝的官员们了。

【评析】

这首诗写诗人独处月下的心境。诗人隐居柳浪已近四年，人皆笑他已冗懒成性。此刻，他坐依藤架之下，看月华涤净尘垢，行在藕塘之边，觉清风夹带荷香，景触情生，于是将万事抛在溪声之外，把一生都付之云影之中，虽清贫而闲适，乐在其中矣。这首诗的艺术特色是一个“淡”字，在平淡的语言、疏淡的画面中表现出诗人独处月下的恬淡心境。

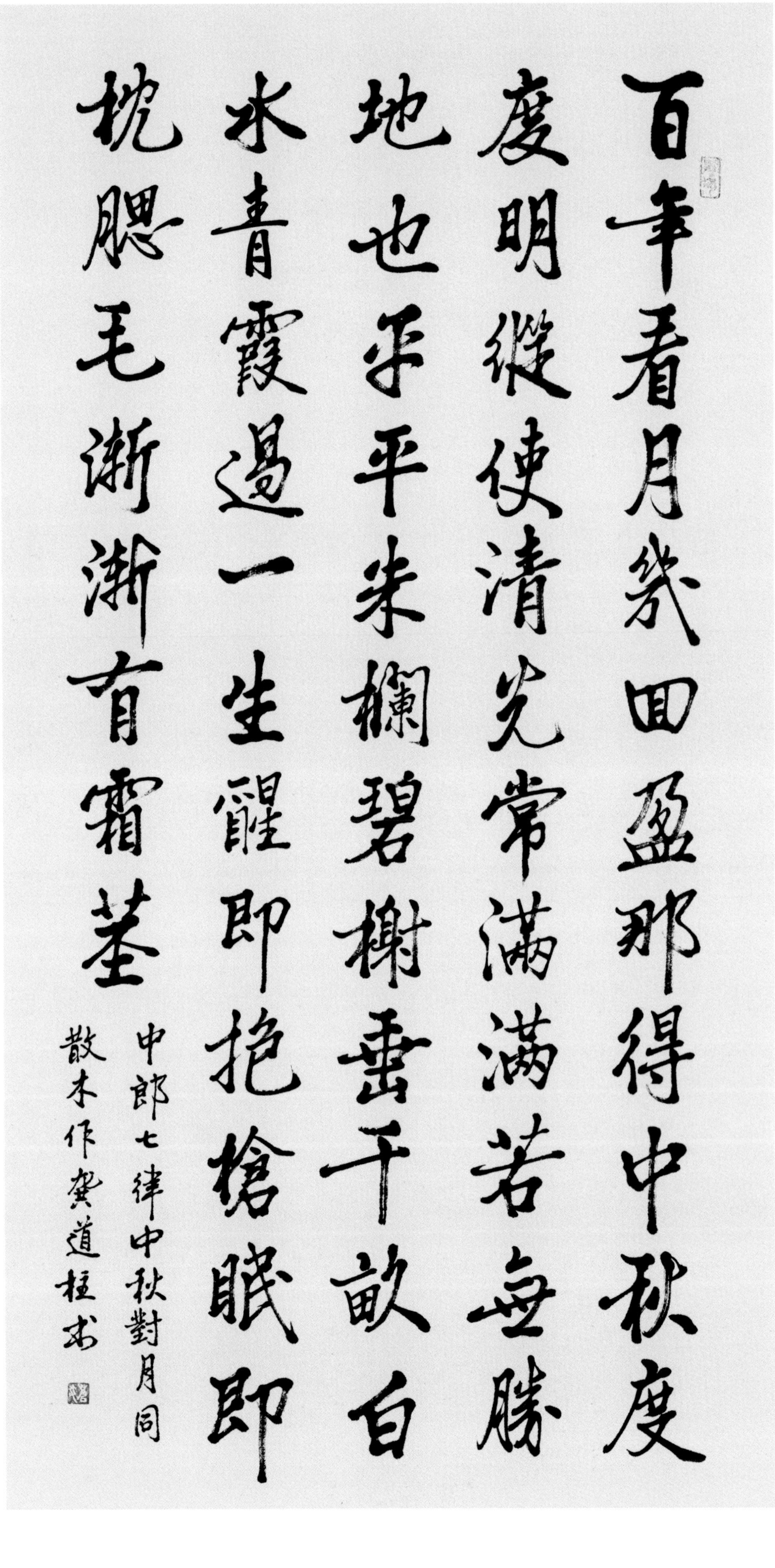
百年看月幾田盈那得中秋度
度明從使清光常滿滿若無勝
地也不平朱欄碧樹垂千畝白
水青霞過一生醒即抱愴眠即
枕腮毛漸漸有霜莖
中郎七律中秋對月同
散木作

中秋对月同散木作

百年看月几回盈，　　那得中秋度度明？
纵使清光常满满，　　若无胜地也平平[1]。
朱栏碧树垂千亩，　　白水青霞过一生。
醒即抱枪眠即枕[2]，　　腮毛渐渐有霜茎。

【注释】

①胜地：指名胜之地或风景优美的地方。②抱枪：指抱茶。枪，指茶叶的嫩尖，其形似枪。宋代熊蕃《宣和北苑贡茶录》："凡茶芽数品，最上曰'小芽'……次曰'拣芽'，乃一芽带一叶者，号'一枪一旗'；次曰'紫芽'，乃一芽带两叶者，号'一枪两旗'；其带三叶、四叶，皆渐老矣。"宏道《惠山后记》中有"余少有茶癖"。

【评析】

这是一首写得很别致的中秋对月的诗。"百年看月几回盈，那得中秋度度明？"这是常人对月都可能产生的感叹。"纵使清光常满满，若无胜地也平平"，若非别致的人不可能有此别致的情怀。而今柳浪"朱栏碧树垂千亩，白水青霞过一生"岂非"清光常满满"！在此"醒即抱枪眠即枕"，即使"腮毛渐渐有霜茎"，亦复何憾！

全诗随兴挥洒，无意对中秋月作任何具体描绘，而只是表现一个别致的诗人自我形象。

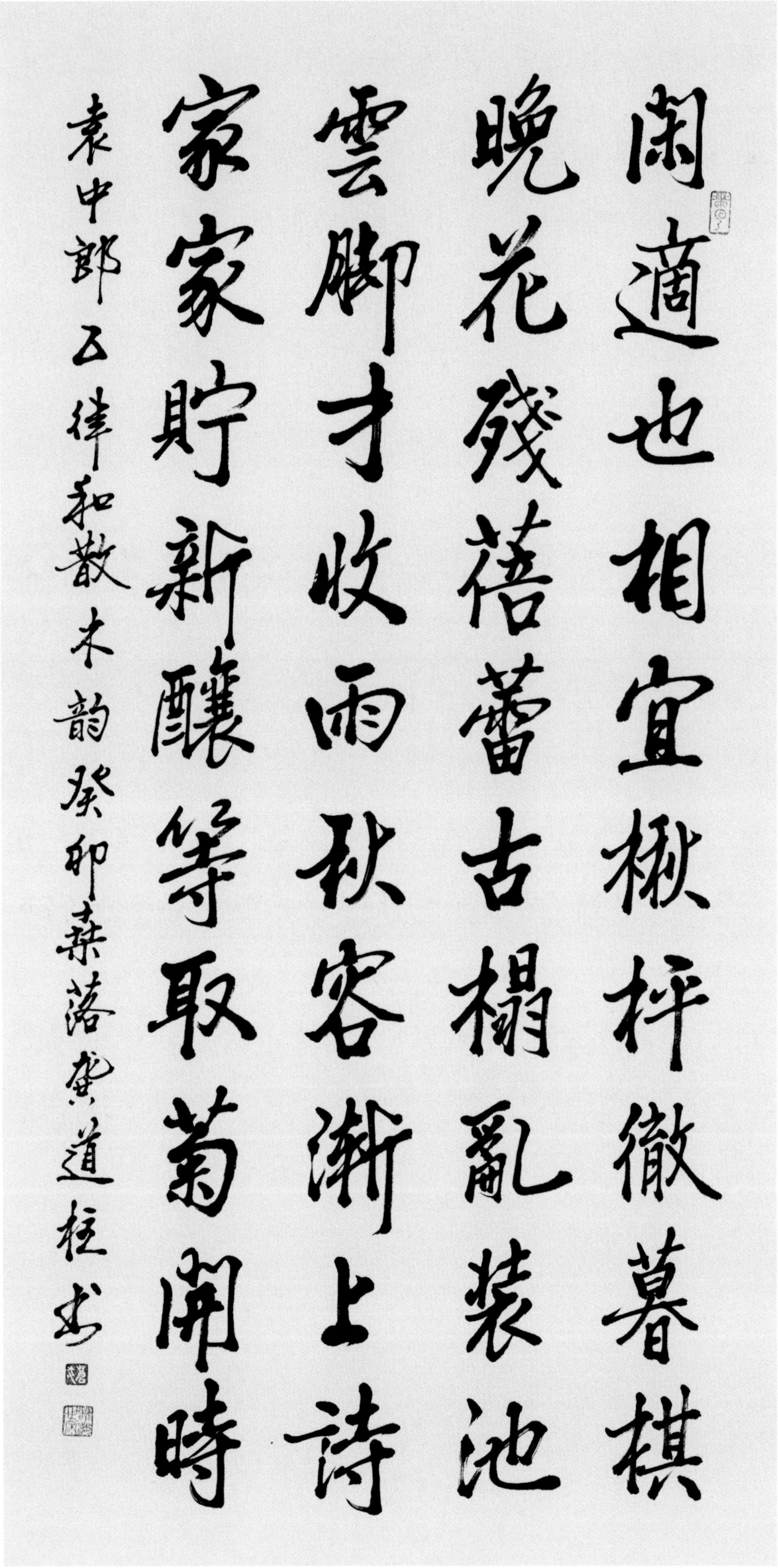
閑適也相宜楸枰徹暮棋
晚花殘蓓蕾古榻亂裝池
雲腳才收雨秋客漸上詩
家家貯新釀等取菊開時
袁中郎五律和散木韵
癸卯

和散木韵（八首选其一）

闲适也相宜，　楸枰彻暮棋[①]。
晚花残蓓蕾，　古榻乱装池[②]。
云脚才收雨，　秋容渐上诗。
家家贮新酿，　等取菊开时。

【注释】

①楸枰：棋盘。旧时多用楸木制成，故名。②装池：指古籍书画的装潢。姚衡《寒秀草堂笔记》卷三："予有怀仁真迹，持以程量石刻，定为致佳本，装池亦宋大内物。"

【评析】

此诗表现了诗人的闲适情绪。天色已晚，棋枰收罢，由于光线暗淡，晚花正绽蓓蕾，而觉其将残；室内装裱的古画本挂得很好，亦觉其乱。顿时云散雨收，天上已渐豁朗，四周一片清新，诗兴又起，想家家都已酿好新酒，正等着赏菊哩！全诗无一冷僻字眼，更不用典使事，体现了诗作清新的风格和诗人真挚的感情。

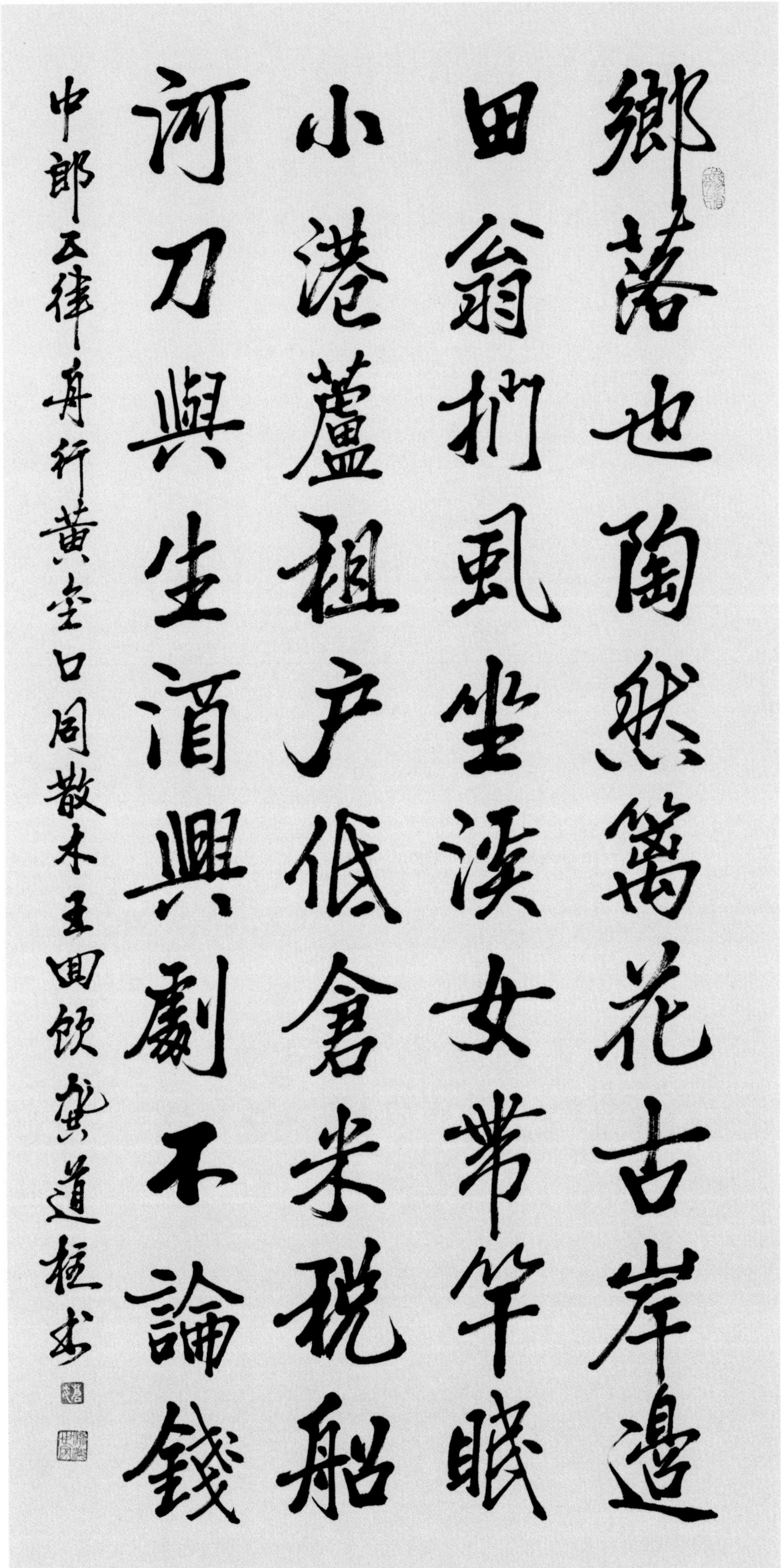
鄉落也陶然篱花古岸邊
田翁扪虱坐溪女带竿眠
小港蘆租户低倉米税船
河刀與生酒興劇不論錢
中郎五律舟行黄金口同散木王田饮
龔道桓书

舟行黄金口同散木、王回饮[①]

乡落也陶然[②]，　篱花古岸边。
田翁扪虱坐，　溪女带竿眠。
小港芦租户，　低仓米税船。
河刀与生酒[③]，　兴剧不论钱。

【注释】

①王回：公安县人，宏道之表兄弟，性嗜酒，真名不详，以其深目大鼻、繁须髯，大类俳场上所演回回状，故丘长孺见而呼之为回。（见中道《珂雪斋集·回君传》）②乡落：犹集镇或村落。③河刀：此泛指鱼。王逢《江边竹枝词》："如刀江鲚白盈尺，不独河鲀天下稀。"

【评析】

舟行黄金口一带村落，田翁溪女的陶然自在，芦港租户的点缀，米税官船的停泊以及与同行者不计酒价而饮的兴致，各具自然之态，各显自然之形，其中人物各极自然之乐。好一幅生动的写生画！然信笔而成，不免带有自然主义倾向，全诗显得浮而不沉。

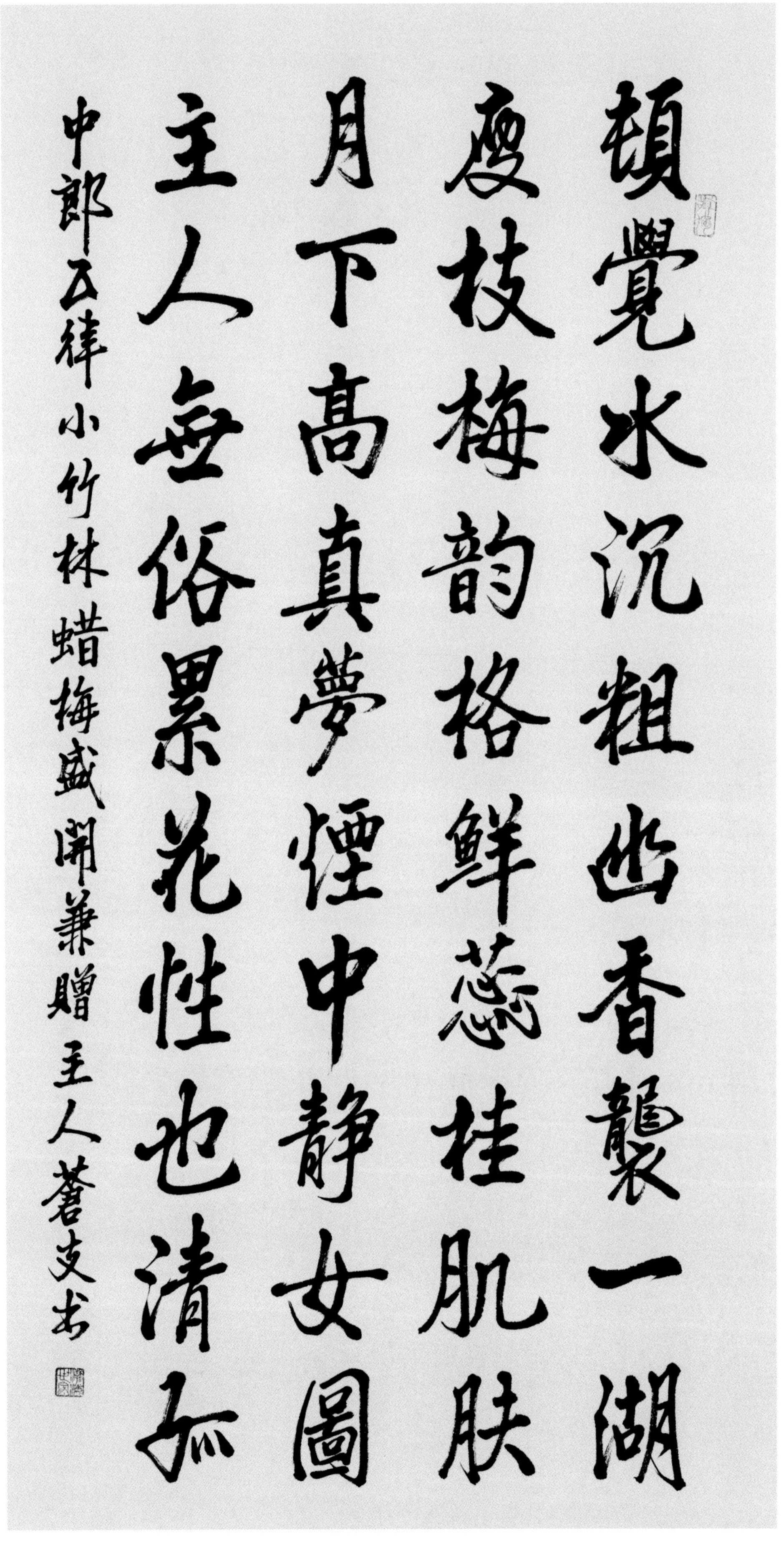
頗覺水沉粗幽香襲一湖
瘦枝梅韻格鮮蕊桂肌膚
月下高真夢煙中靜女圖
主人無俗累花性也清孤
中郎五律小竹林蜡梅盛開兼贈主人 蒼文书

小竹林蜡梅盛开，兼赠主人[①]

顿觉水沉粗，　幽香袭一湖。
瘦枝梅韵格[②]，　鲜蕊桂肌肤。
月下高真梦[③]，　烟中静女图[④]。
主人无俗累，　花性也清孤。

【注释】

①小竹林：王以明乡居地，故址在平乐村（今公安县藕池镇新口村一带）。②韵格：气韵风格。③高真：得道成仙的人。罗烨《醉翁谈录·裴航遇云英于蓝桥》："航问左右，言是小娘子之姊云翘夫人，刘纲天师之妻，已是高真，为玉皇女史。"此喻梅在月下似高真入梦。④静女：娴静贞雅的女子。

【评析】

首联从虚处落笔，未见梅而顿觉"幽香袭一湖"，已营造出蜡梅盛开的特有氛围。二联以"瘦枝""鲜蕊"实写蜡梅之形和肌。三联再虚拟蜡梅似高真、静女之美，而且是一种月下入梦、烟中画图的能引起人以无限想象的朦胧之美。尾联结得自然，点明赠主人之意。所谓"知者乐水，仁者乐山"，从一定的环境氛围中即可见主人一定的精神气质。

甲辰午节观竞渡（二首）

其一

平湖新涨滑如油，　　十丈红幡绕树流[1]。
我有敝绨三两幅[2]，　　也将裁去挂船头。

其二

碧酣楼下水平溪，　　濯足池边日正西。
桥上桥下人如蚁，　　只愁翻却孟公堤。

【注释】

①红幡：此作竞赛的锦标。②敝绨：敝，破旧，此处作谦辞；绨，古代丝织品。

【评析】

第一首，十丈红幡已悬在前面作锦标，可龙舟如何风驰电掣，竞渡人如何争先恐后都不作任何描写，而只以“滑如油”三字和诗人激动的情绪（即恨不得将自己的几幅丝绨裁去为他们助兴）作渲染烘托。

第二首，写竞渡直到“日正西”，其鏖战场景的激烈已可想见。“桥上桥下人如蚁，只愁翻却孟公堤”，观竞渡的人如此，水上竞渡的人和龙舟又将如何，这些都留给读者去自由驰骋想象。

这两首诗均运用侧面描写，比正面雕文镂字更耐人寻味。

舟中望黄山[1]

识面三十年，　　登临才半次。
濡雨出层岚[2]，　　未曾留一字。
青山笑主人，　　何事近相易[3]？
墨沈汗巉岏[4]，　　敝尽他家事[5]。
主人忽沉想，　　为君构幽丽[6]。
兀然三四峰[7]，　　反覆无可记[8]。
孱陵一万家，　　家家立生翠。
倍远倍高寒，　　淡冶如秋睡[9]。
昔我登郡楼，　　微芒见葱髻[10]。
越三峡而南，　　千里尽平地。
见培塿则喜[11]，　　何况发姿媚。
见色不见山，　　此是山三昧[12]。

【注释】

①黄山：位于湘、鄂两省交界处，山阳属安乡，山阴属公安。山上土石皆黄，故名。一名谢山，又名金华山。②濡雨：濡，沾湿。句意谓被雨沾湿，走出重山迭岭的雾气。③相易：相轻视。④巉岏（chánwán）：高俊的山峰。《宋诗钞》韩维《南阳集钞·送赵员外之官宪州》："西游秦函国，崆峒上巉岏。"⑤敝：疲惫，困乏。句意谓尽为他家之事而困

乏。⑥构幽丽：构，构思；幽丽，幽静美丽。即构思静美的形象。⑦兀：高耸特出貌。⑧反覆：重叠。⑨淡冶：素雅而秀丽。⑩微茫：隐约，不清晰。葱髻：葱翠的头髻。⑪培塿：亦作“附娄”“部娄”，小土丘。⑫三昧：指事物的诀要或精义。

【评析】

万历三十二年（1604）秋，宏道作湖南德山之游。这首诗写于离开公安去德山的途中。黄山位于公安，公安人理应为其主人。诗由诗人30多年来“登临才半次”，“未曾留一字”，引起“青山笑主人”：自家的山受轻视，他家巉岏却有多题诗文叙及。接着主人陷入“沉想”并为之构思“淡冶如秋睡”的幽丽形象。继而主人说明心迹，在千里平原之上，“见培塿则喜”，何况乎发觉山姿像你这般明媚，以解释并非轻视之意。最后点出山的三昧乃一“色”字，无须穷形尽相地加以形容。这首诗并没有使用美丽的形容词去描写黄山，也没有借助谢公的故事去神化黄山，而是借“青山笑主人”引起主人的沉想、解释，以抒发对黄山的感情，这是一种别开生面、极富风趣的形式。至具体写山则更见韵趣，如“生翠”“淡冶如秋睡”“葱髻”等也即一“色”字，而这些又皆远望所得，虽不知其具体的高低、深浅、浓淡，却爱之愈深。

这首诗情不卑不俗，语不枯不腐，有自然的风致，有较高的意境，有惹人喜爱的情趣。

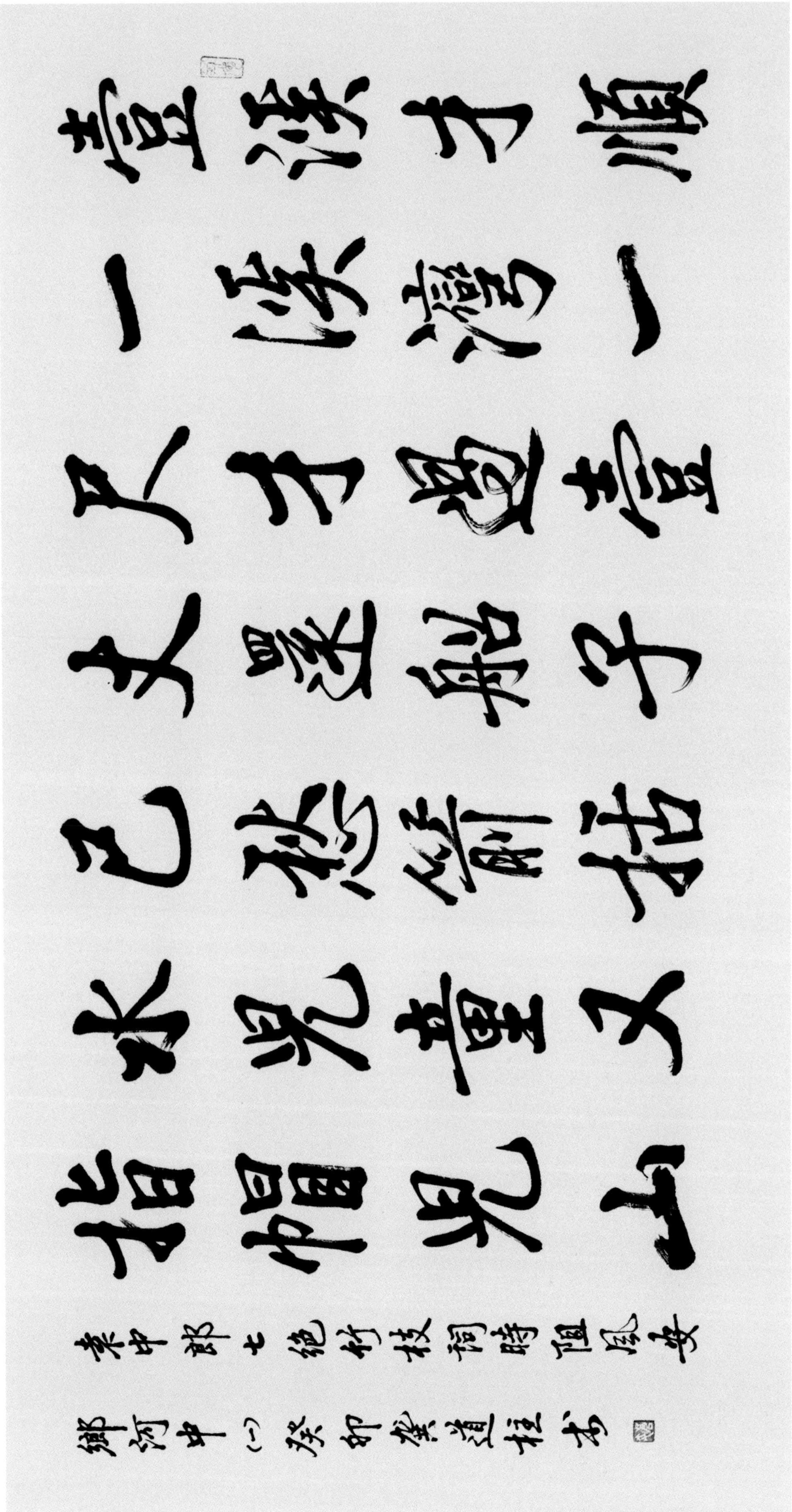

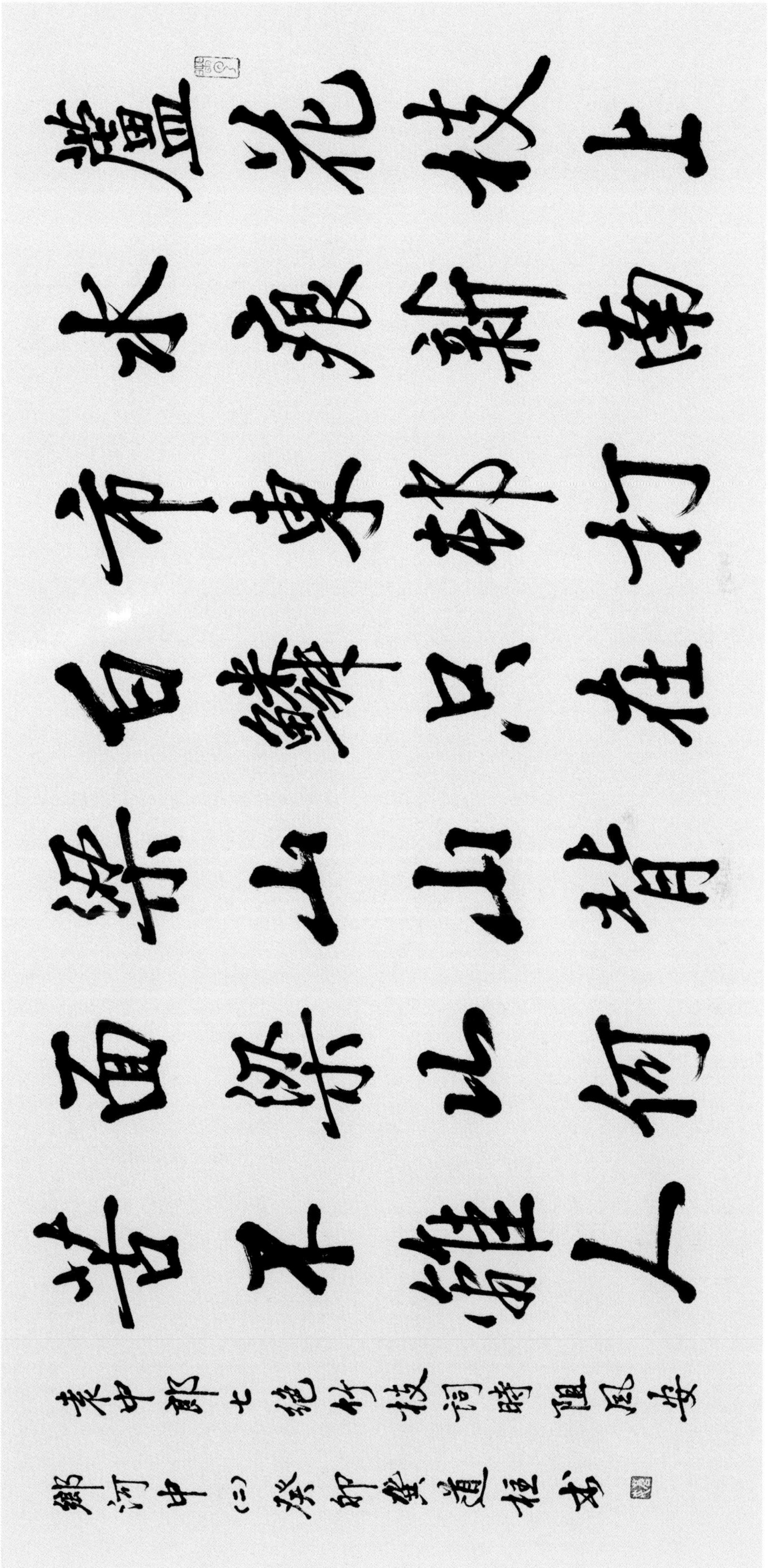
蘆花枝上水痕新
南市東邨打白鱗
只在梁山山背面
梁山何苦不離人
袁中郎七绝竹枝詞時阻風安
鄉河中（二） 癸卯龔道桓书

儂家生長在河干
夫婿如魚不去灘
冬夜趁霜春趁水
蘆花被底一生寒
袁中郎七绝竹枝詞時阻風安
鄉河中（四）

竹枝词，时阻风安乡河中[①]（四首）

其一

一溪才顺一溪湾，　一尺才过一丈还[②]。
船子已愁箭括水[③]，　儿童又指帽儿山[④]。

原注：

谚云：黄山戴帽必风雨。河名一箭河，水势甚急。

其二

芦花枝上水痕新，　南市东村打白鳞[⑤]。
只在梁山山背面[⑥]，　梁山何苦不离人。

其三

武溪葱翠独称梁[⑦]，　正望黄山一点苍。
三日风头两日雨，　谢公昨夜拜梁王。

原注：

黄山有谢公祠。梁山神即汉梁松也，俗呼为梁王。

其四

侬家生长在河干[⑧]，　夫婿如鱼不去滩。
冬夜趁霜春趁水[⑨]，　芦花被底一生寒。

【注释】

①安乡河：属藕池河支流，在黄山头附近之八家铺南流入安乡县。②一尺才过一丈还：此正是上句“一溪才顺一溪湾”的曲折异常的河道出现的现象。③箭括：箭扣弦之处，形容一箭河流速之急。④帽儿山：即黄山。⑤白鳞：指芦花在水上似白鳞泛起。⑥梁山：据本诗题其三“武溪葱翠独称梁”“谢公昨夜拜梁王”之意，梁山似在武溪一带。钱伯城于本诗笺注，谓其“在公安县南”，非也。⑦武溪：水名，在湖南省泸溪县，一名武水，又名泸水，发源于县西的武山，东流入沅江。诗人可能在此由水路启程返公安。⑧侬家：即“我家”，为吴语女性的第一人称。⑨趁：追逐。

【评析】

第一首以类似叠句的形式，“一溪才顺一溪湾，一尺才过一丈还”，极写河道弯曲迂回之苦。三、四句以流水对形式，“船子已愁”“儿童又指”作进一步渲染，表现出欲返回公安的急切心情。诗中还巧用地名，把一箭河水流湍急、黄山蒙受风雨的景状表现得形象自然，机趣横生。

第二首，一、二句写秋冬之际、风雨之中，两岸芦花在水中似白鳞泛起的景象。此景萧瑟凄凉，最易撩起人们思家之念。三、四句不再径写河道怎样弯曲，而是把盘踞在途中的梁山人格化，怨恨他苦苦缠住自己不放，从而含蓄地表现出急切返回公安的心情。

第三首，第一句点起程之地，第二句指目的所在（黄山指代公安)。两处一“翠”一“苍”，正好相望，原以为近在眼前，不意途中为风雨所阻，欲归不得，其急切心情可以想见。于是他忽发奇想：黄山的谢公昨夜已去拜晤武溪梁山的梁王，请求解除风雨的阻挠，让我顺利返回公安，益见出诗人返家心情的急切。

第四首，巧用比喻。第二句以明喻表现渔民常年勤捕不辍的生涯，第四句以暗喻表现渔民一生贫寒艰苦的生活。取喻自然，且不泥于形貌，设喻新颖而又切至，且渔妇口吻活现，渔妇感情真实，体现出一种淳朴任真之美。

这组《竹枝词》是宏道游德山桃源后返回公安途中所作。诗中素材熟而亲切新鲜，语言俗而清新活泼，表现手法多样，音调轻快，乡土色彩鲜明，民歌风味浓郁，是宏道学习民歌取得成效的标志。

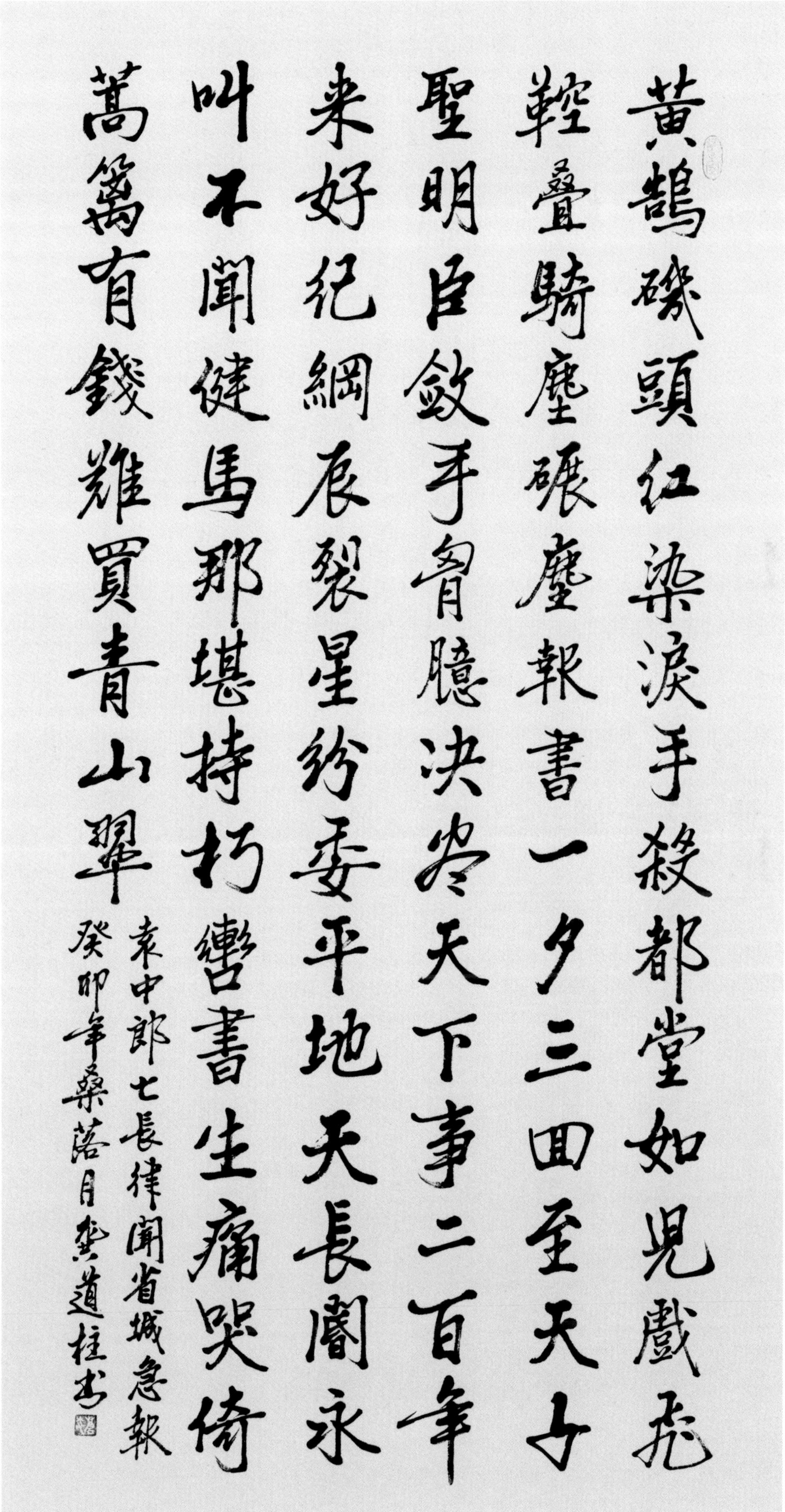
黄鹄矶头红染泪手杀都堂如儿戏荒
鞚叠骑尘碾尘报书一夕三四至天子
圣明臣敛手胷臆决容天下事二百年
来好纪纲辰裂星纷委平地天长阍永
叫不闻健马那堪持朽辔书生痛哭倚
蒿篱有钱难买青山翠
袁中郎七长律闻省城急报
癸卯年桑落月梵道柱书

闻省城急报[①]

黄鹄矶头红染泪[②]，　手杀都堂如儿戏[③]。
飞鞚叠骑尘碾尘[④]，　报书一夕三回至。
天子圣明臣敛手[⑤]，　胸臆决尽天下事。
二百年来好纪纲[⑥]，　辰裂星纷委平地[⑦]。
天长阍永叫不闻[⑧]，　健马那堪持朽辔[⑨]。
书生痛哭倚蒿篱，　有钱难买青山翠[⑩]！

【注释】

①省城急报：指万历三十二年（1604）武昌发生的“楚宗之乱”，皇族击杀巡抚赵可怀事。②黄鹄矶：在武汉市蛇山下，此代指武昌。红染泪：指参加哄变的三千余人肆行抢掠。③都堂：官名，指巡抚赵可怀。④飞鞚叠骑：言京城报警的驿马疾驰如飞，而且前后重叠。⑤圣明：是反说，实指皇帝昏庸，只是不便直斥。⑥二百年来：指明洪武元年（1368）至万历年间。纪纲：法度。⑦辰裂星纷：即星辰陨坠，古人以此为国家不祥之兆。比喻纪纲败坏。⑧天长：天，代指皇帝，言皇帝远居北京。阍永：阍，指宫门，言宫门深闭。叫不闻：即不闻政事。⑨健马：喻有才能的大臣。那堪持：言有才能的人也无法治理好。朽辔：喻腐朽的朝政。⑩有钱难买青山翠：买山，喻贤士的归隐。刘禹锡《酬乐天闲卧见

忆》：“同年未同隐，缘欠买山钱。”句意谓现已无处可避世乱。

【评析】

宏道深居柳浪，闻省城急报，有感而发。前六句叙省城急报，“红染泪”“如儿戏”，对此咄咄怪事，语带愤慨。“天子圣明臣敛手，胸臆决尽天下事”，对此昏庸专断的天子语含讥讽。后六句抒急报之感，“辰裂星纷”“健马”“朽辔”的比喻，青山难买的感叹，更沉痛地预言明王朝覆灭的日子即将到来。果不其然，40年后，明王朝这艘破船即沉没在农民起义的怒涛之中。

人日自笑[①]

是官不垂绅，　是农不秉耒[②]，
是儒不吾伊[③]，　是隐不蒿莱[④]。
是贵着荷芰[⑤]，　是贱宛冠佩[⑥]，
是静非杜门[⑦]，　是讲非教诲，
是释长鬓须[⑧]，　是仙拥眉黛[⑨]。
倏而枯寂林[⑩]，　倏而喧嚣阓[⑪]。
逢花即命歌，　遇酒辄呼簺[⑫]。
一身等轻云，　飘然付大块[⑬]。
试问空飞禽，　澄潭影何在？
旷哉龙屈伸，　颓焉方外内[⑭]。
下惠本介和[⑮]，　夷逸乃清废[⑯]。

【注释】

①人日：正月初七日。②秉耒：即手持农具。耒，犁的别称，此泛指农具。③吾伊：伊吾，咿唔，即读书声。李东阳《送陈翁归攸，用前韵》："风静渔歌闻欸乃，夜凉书馆听吾伊。"④不蒿莱：蒿莱，野草、杂草。不蒿莱，即不住在山间野草丛中。⑤荷芰：即芰荷，指菱叶与荷叶。屈原《离骚》："制芰荷以为衣兮，集芙蓉以为裳。"⑥宛：宛然，真有点像。冠佩：即冠冕和佩饰。此指仕宦装束。⑦杜门：堵塞其门，即闭门。⑧释：中国佛教对释迦牟尼的简称，又泛

指佛教。⑨眉黛：古代女子用黛（颜料）画眉，因称眉为“眉黛”。白居易《喜小楼西新柳抽条》：“须教碧玉羞眉黛，莫与红桃作曲尘。”此代指青年妇女。⑩倏而：很快地，忽然间。枯寂林：冷落寂寞的山林。⑪喧嚣阓（huì）：喧哗吵闹于街市。阓，即街市。⑫簺（sài）：古代的一种博戏，亦称“格五”戏。《说文·竹部》：“行棋相塞谓之簺。”⑬付大块：大块，大地、大自然。付大块即交给大地。意即死后埋葬在大地上，又回归于大自然。⑭方外内：即方外与方内，出世与入世。方外，世外；方内，尘世。⑮下惠：指柳下惠，春秋鲁大夫展禽，食邑于柳下，谥惠，故称柳下惠，颇有操行，能取信于人。介和：性格清介和温和。⑯夷逸：周代的逸民，隐居不仕。有人劝他做官，他说：“我宁愿做条耕牛，也不愿做祭神的牺牛。”清废：清高不为世用。

【评析】

袁宏道是一个关心世道和人民生活的作家，对腐败的朝政愤懑到了极点。但他有另外的一面，即置身是非之外，寄情山水之间，独善其身，清高闲适。由于理想与现实的矛盾，有时牢骚满腹，有时又充满了无可奈何的消极情绪。这首《人日自笑》就是这种思想的反映。诗人先写了自己的“十不像”，既是自我解嘲，也是牢骚的发泄；接着又用两个“倏而”、一个“逢花”、一个“遇酒”所表现的行动来进一步说明他的“十不像”，这里充满了无可奈何之状。从“一身等轻云”到“澄潭影何在”，反映他既消极而又旷达的思想情绪。结尾四句用下惠、夷逸的形象表达他为人的志向。诗题自笑，确属笑得坦率而又诙谐。

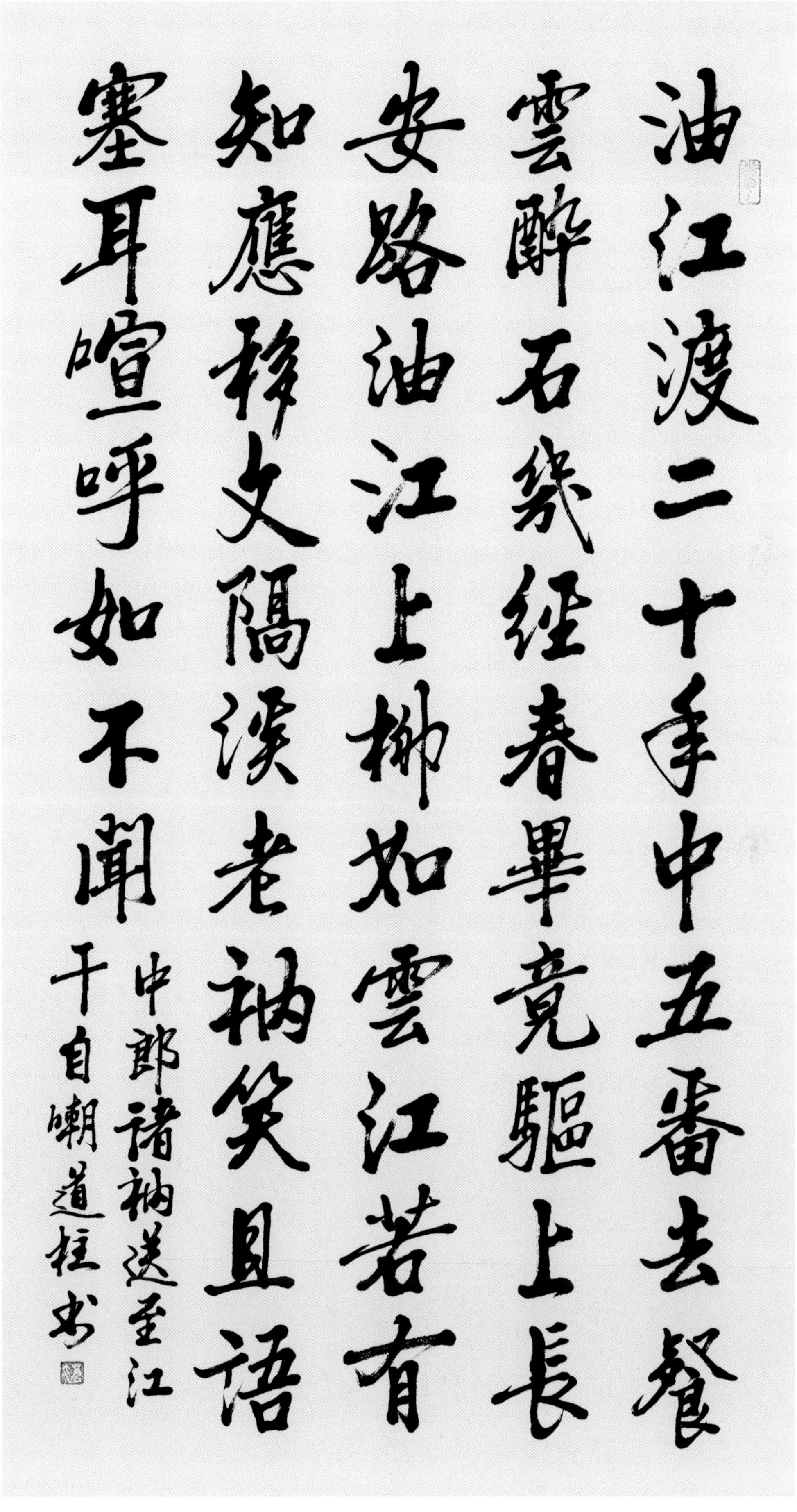
油江渡二十手中五番去餐
雲醉石幾經春畢竟驅上長
安路油江上柳如雲江若有
知應移文隔溪老衲笑且語
塞耳喧呼如不聞
中郎諸衲送至江
干自嘲 道柱书

诸衲送至江干自嘲[1]

油江渡，　　　　　　二十年中五番去。
餐云醉石几经春，　　毕竟驱上长安路[2]。
油江上，柳如云，　　江若有知应《移文》[3]。
隔溪老衲笑且语，　　塞耳喧呼如不闻[4]。

【注释】

①诸衲：指公安诸僧寒灰、雪照、冷云等。②长安路：用古京都长安代明京都北京。③《移文》：南朝齐孔稚珪《北山移文》的省称。辛弃疾《柳梢青·三山归途代白鸥见嘲》："好把《移文》，从今日日，读取千回。"句意谓如油江有知也应发《油江移文》了。孔稚珪《北山移文》是一篇揭露假隐士面目的文章，"移文"是一种与檄文相似的文体，多用于晓谕或责备。南北朝时，隐逸之风盛行，山林隐居不仅是士人逃避现实的手段，也是标榜清高、以求官禄的进身之阶。文章假托北山山神之意，揭露了假隐士的丑态。袁宏道隐居六年，现又北上，于是"自嘲"，说自己也是一个假隐士，油江也可以发"移文"了。④塞耳：堵住耳朵。谓有意不听。这是说让人去嘲，只当未听见。

【评析】

这首诗写于万历三十四年（1606），袁宏道已隐居柳浪六年，为什么这次又入京补官？据中道《吏部验封司郎中中郎先生行状》："先生居山六年，自觉入真入俗，绰有余力，而大人（父士瑜）亦冀其一出，以结世局。”这是中道对宏道此次出山的解释，谓遵父命。但宏道本人的思想究竟怎样，他隐居柳浪是否为了标榜清高，以求官禄？宏道寄情山水，是他个性与现实的矛盾，使他转向个性与山水的和谐，并非为沽名钓誉。宏道是一个非常关心世道的人，从他北上后给好友黄平倩的书信中即可见一斑。“近日燕中谈学者绝少，弟以此益闲。尘车粪马，弟既不爱追逐，则随一行雅客，莳花种竹，赋诗听曲，评古董真赝，论山水佳恶，亦自快活度日。但每日一见邸报，必令人愤发裂眦，时事如此，将何底止？因念山中殊乐，不见此光景也。然世有陶唐，方有巢、许，万一世界扰扰，山中人岂得高枕？此亦静退者之忧也。”（见宏道《与黄平倩》）从与好友的谈心中可知，他此次北上，主要还是以时局为念，并非求个人名利，于是在诸衲送行时，作此诗自嘲。这是一首古风，在短短的几行诗句里有面对油江渡“二十年中五番去”的回顾，有对柳浪湖“餐云醉石”隐逸生活的回味，有对“油江上，柳如云”的依恋，更有“隔溪老衲”指指点点，笑他入世又出世的叽叽哇哇，还有诗人自己塞住耳朵，置若罔闻，硬着头皮向前走去的鲜活的人物形象。特别值得一提的是其中一个“驱”字，在《余山居六年矣，丙午秋复北上，临发偶成》诗中有“又被闲驱出”，和“毕竟驱上长安路”两处中的“驱”都作“逼迫”或“迫使”解。这两个“驱”字含有诗人的辩白之意，即此次北上，实非自愿，无奈国事日益严峻，个人再也安闲不得。可见他在隐退中对时事也是忧心如焚的。

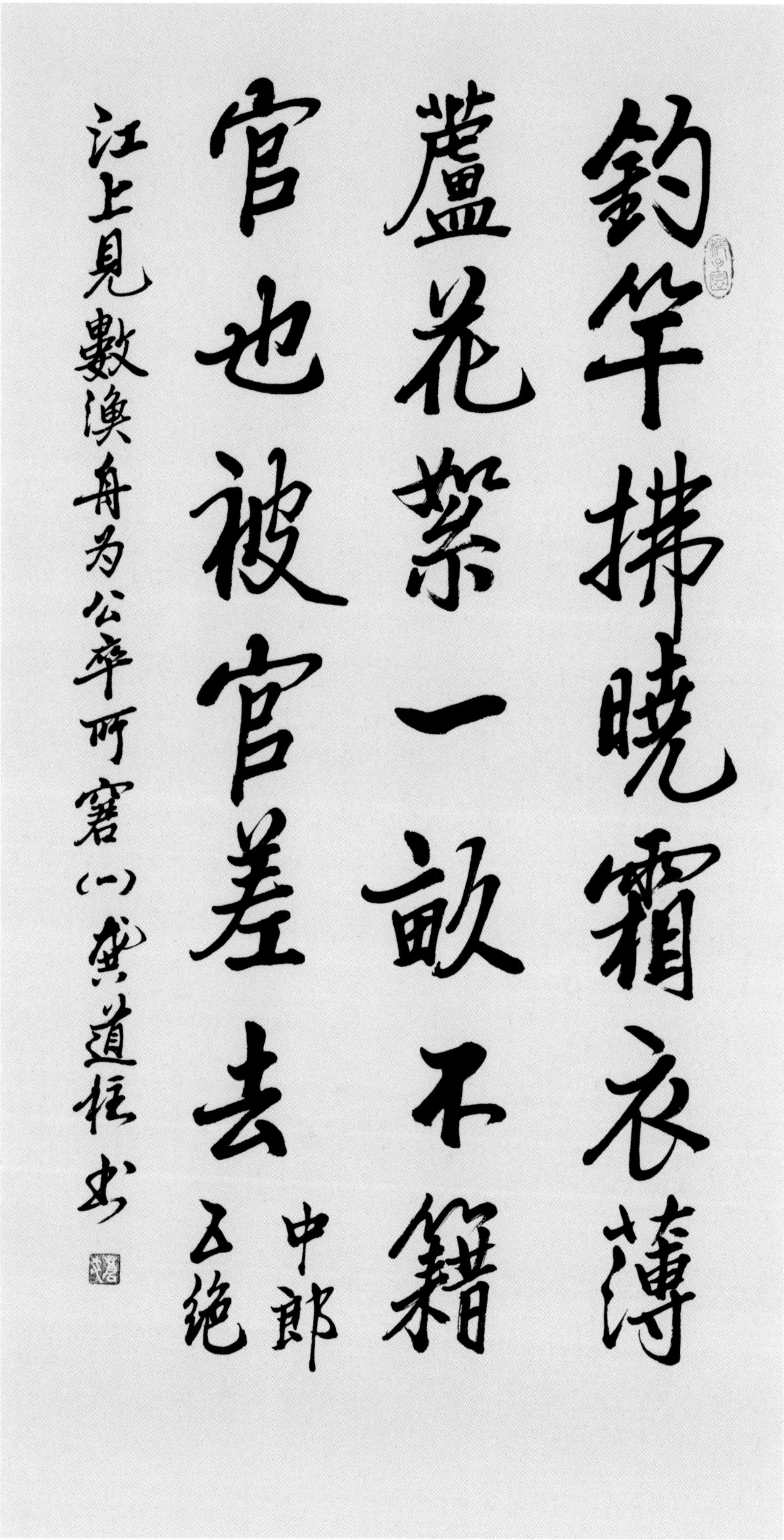
釣竿拂曉霜衣薄
蘆花絮一畝不籍
官也被官差去
中郎
五絕
江上見數漁舟為公安所窘（一）
樊道桂書

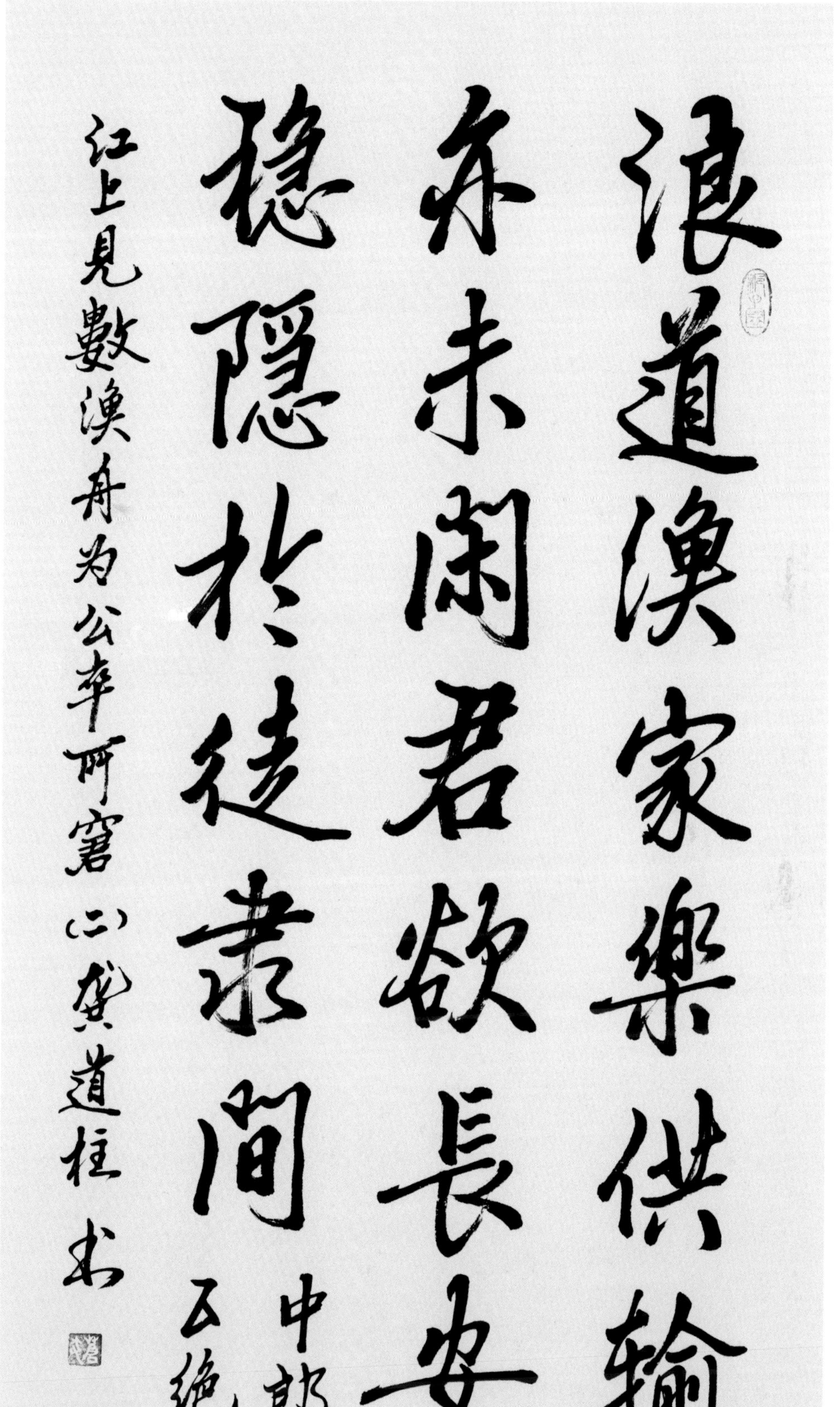
浪道漁家樂供輸
亦未閑君欲長安
穩隱於徒盡間
中郎五绝
江上見數漁舟为公差所窘（二）賀道柱書

江上见数渔舟为公卒所窘[①]（二首）

其一

钓竿拂晓霜，　　衣薄芦花絮[②]。
一亩不籍官[③]，　　也被官差去[④]。

其二

浪道渔家乐[⑤]，　　供输亦未闲[⑥]。
君欲长安稳，　　隐于徒隶间[⑦]。

【注释】

①公卒：官府的衙役。窘：逼迫。②芦花絮：以芦花充当棉絮，指衣服单薄，生活贫苦。③籍官：向官府登记。籍，登记。④官差：指徭役赋税。句意谓被役卒逼迫去充当徭役或缴纳赋税。⑤浪道：漫道，别说。⑥供输：指供徭役和缴纳赋税。⑦徒隶：指狱囚执役者，也泛指官府衙役。

【评析】

这两首诗写于万历三十五年（1607）。宏道虽曾为封建时代的官吏，但从他的很多诗文来看，他对当时的现实社会是不满的，对穷苦人具有一定的同情心。这两首诗表面上斥的是役卒，实则是斥官府和社会。第一首“拂晓霜”写渔人之劳，“衣芦絮”写渔人之苦。渔人这么勤劳，为什么还这般穷苦？三、四句作了回答。他们没有一亩地载入官府的税收簿册，还是逃不脱官府的徭役和赋税，真是“任是深山更深处，也应无计避征徭”。末句的“也”字可谓入木三分。一群无田无地，靠江河捕鱼糊口已贫到骨子的人也不能幸免于征徭，何况有一亩半亩入了官籍的广大农民？这不是在直斥当时社会的黑暗吗？

谈到渔家乐，陆游的《渔父》词有：“镜湖俯仰两青天，万顷玻璃一叶船。拈棹舞，拥蓑眠，不作天仙作水仙。”这里的渔家乐是以寄情山水为乐。元代乔吉的散曲《满庭芳·渔父词》有：“江声撼枕，一川残月，满目遥岑。白云流水无人禁，胜似山林。”这里的渔家乐，实际是隐者之乐。此外，如“渔歌移远浦”“渔歌唱晚”“渔父横眠醉未醒”等，好像渔家日日欢歌、天天饮酒，其乐无穷。第二首开头“浪道渔家乐”就与众不同。那些所谓“渔家乐者”，都不是以渔为业的人，渔人也和其他下层人一样“供输亦未闲”。渔家生活本应是有乐趣的，就因供输未闲，再无乐可言。

《史记·滑稽列传》写东方朔被汉武帝视作滑稽弄臣，内心很苦闷，曾作歌曰：“陆沉于俗，避世金马门。宫殿中可以避世全身，何必深山之中，蒿庐之下。”晋王康琚《反招隐诗》：“小隐隐陵薮，大隐隐朝市。”此诗三、四两句“君欲长安稳，隐于徒隶间”，又与众不同，也可以说是奇想。隐于宫殿可以避祸，隐于陵薮、隐于朝市又不及隐于徒隶间“安稳”。其意谓只有同官府的衙役打好了交道或跻身于衙役间，你才能永保平安。这是对无法无天、为所欲为的衙役愤怒的鞭笞，是对官府的谴责，同时也是诗人出于对渔民和其他下层人民的同情而发泄的对当时社会的愤懑之语。

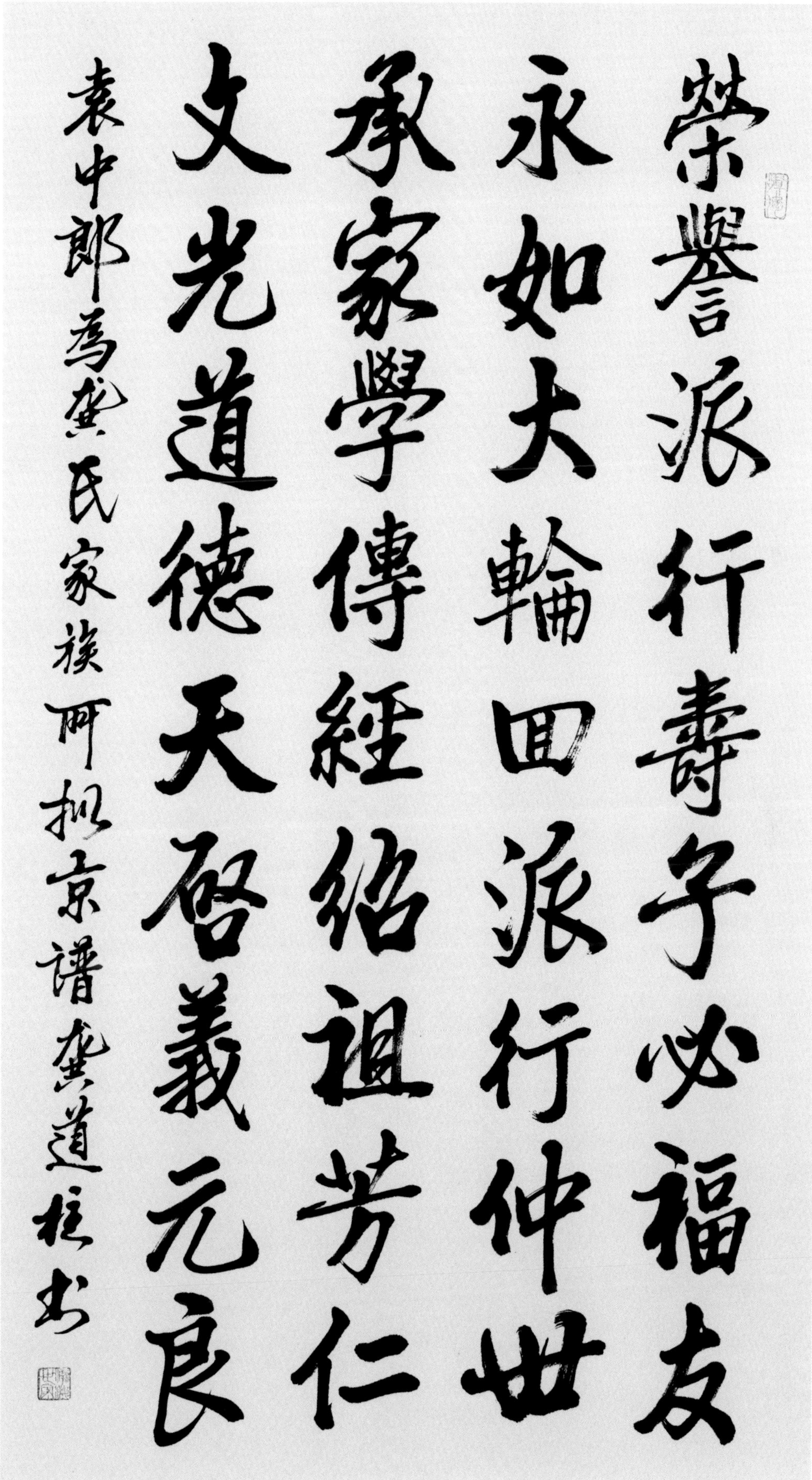
榮譽派行壽子必福友
永如大輪田派行仲世
承家學傳經紹祖芳仁
文光道德天啓義元良
袁中郎為袁氏家族所擬京譜 袁道桓書

附：袁宏道公所拟定的龚氏“京谱”[①]

荣誉派行

寿子必福　友永如大

轮回派行

仲世承家学　传经绍祖芳

仁文光道德　天启义元良

注：①京谱选自龚德新所著《龚氏京谱》。作者系湖北省荆州市荆州中学退休教师。

袁中道（三十首）

袁中道（1570—1626），明末著名文学家。字小修，公安（今属湖北）人。万历四十四年（1616）进士，官至南京吏部郎中，与兄宗道、宏道并称“三袁”，为“公安派”后期主将。其文学主张反对模拟，推尚自然。有《珂雪斋集》。

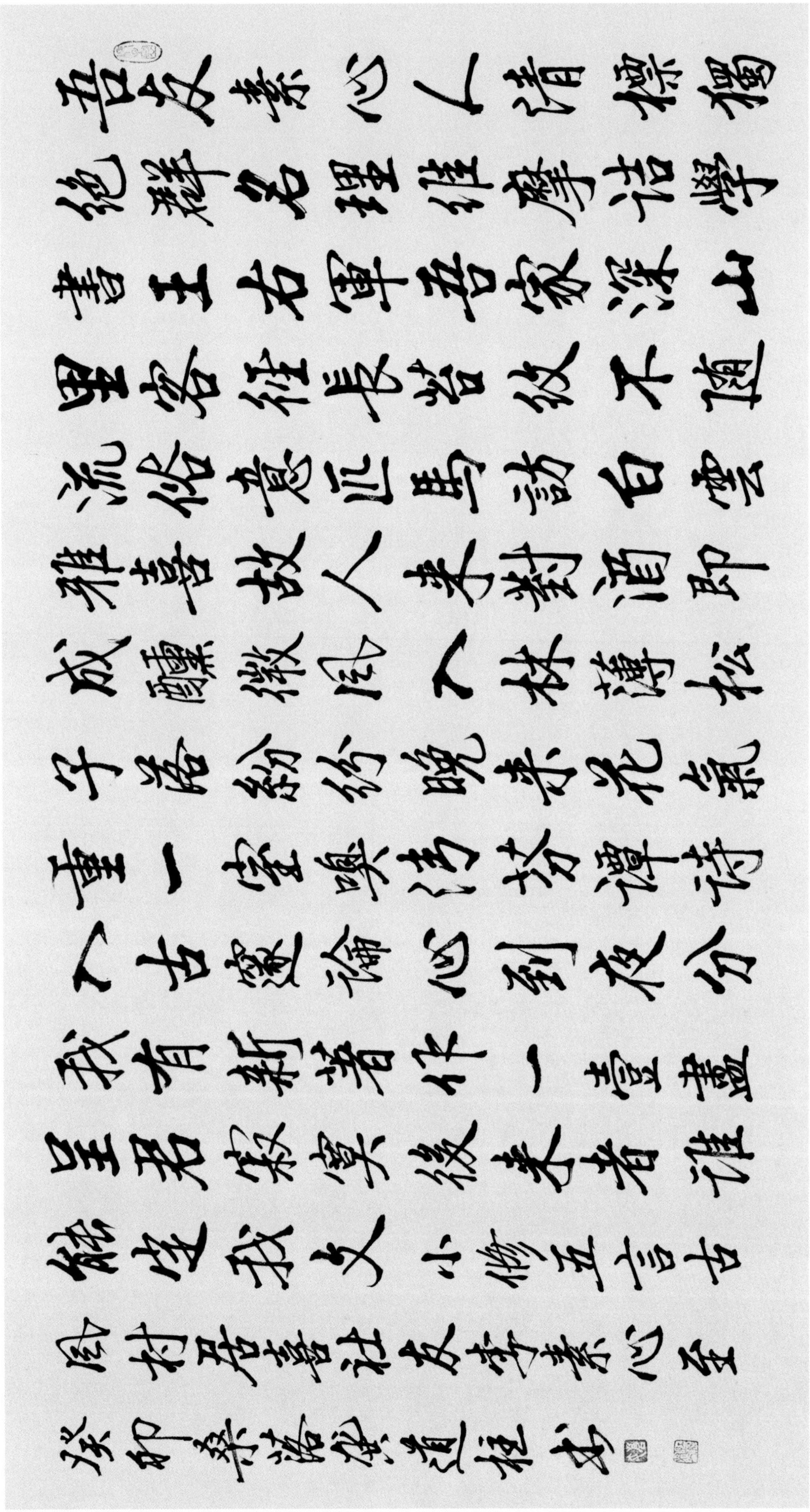

村居喜社友李素心至[1]

吾友素心人[2]，　清标独绝群[3]。
名理维摩诘[4]，　学书王右军[5]。
吾家深山里，　客径长苔纹。
不随流俗意，　匹马访白云。
雅喜故人来，　对酒即成醺[6]。
微风入林薄，　松子落纷纷。
晚来花气重，　一室嗅清芬。
谭诗入古邃[7]，　论心到夜分。
我有新著作[8]，　一一尽呈君。
寂寞后来者，　谁能定我文？

【注释】

①李素心：即李学元，素心为其字，又字元善、存斋，号子髯，公安（今属湖北）人，袁宏道妻弟，少与宏道、中道在公安县城（梅园）结文学社。万历年间举人，授知州，工于诗，有《矜情录》，为“公安派”文学家。此诗作于万历十九年（1591）前后。②素心：心地淳朴。陶潜《移居》诗有“闻多素心人，乐与数晨夕”句。素心又是其友名，一语双关。③清标：洁身自好，与一般人殊异。④维摩诘：梵语，简称维摩，意译“净名”或“无垢称”。《维摩诘所说经》中称之为毗耶离城的一位大乘居士，与释迦牟尼同时代，

极善于应机化导。尝以称病为由，向释迦遣来问病的舍利弗、文殊等阐扬大乘佛教的深奥义理。为佛典中现身说法、辩才无碍的代表人物。⑤王右军：指东晋书法家王羲之，因曾任右军将军，故称。⑥醺：即酒醉。⑦谭：通“谈”。古邃：精深久远。⑧新著作：大概是指《柞林纪谭》《远帆楼记》这些作品。

【评析】

这首五言古风为诗人居桂花台荷叶山房时所写。

开头四句正面直写社友李素心。“吾友素心人”一语双关，妙极，既点了来人之名，又赞美了所来之人是素心人。陶潜《移居》：“昔欲居南村，非为卜其宅。闻多素心人，乐与数晨夕。”陶潜因南村多素心人而移居于南里，今日诗人有素心人来访，其喜可知，既暗点了诗题中的“喜”字，又为后文的“谭诗”“论心”作了伏笔，因陶潜《移居》诗还有同素心人朝夕相处，“奇文共欣赏，疑义相与析”之句。“清标独绝群”写社友的品格高尚，超群绝伦。三、四句写友人的才华，以“学书王右军”来赞友人的诗、书、画等各方面的才华，有这样的高朋为友，能不乐乎？

五、六句点诗题“村居”。诗人所居之地并无山，为什么说“吾家深山里”？因为诗人当时只是一个秀才，有谁来过访？好像与世隔绝处在深山一样。“客径长苔纹”就从侧面说了来客极少。七、八句写李素心不随流俗，只身匹马来访，说明来人正是自己的知音。“匹马访白云”，为什么诗人以“白云”来自况？白云向来是和隐者联系在一起的。南朝时，陶弘景隐于句曲山，齐高帝萧道成有诏问他：“山中何所有？”他作诗答曰：“山中何所有？岭上多白云。只可自怡悦，不堪持寄君。”从此白云便与隐者结下不解之缘。白云自由不羁，高举洒脱，洁白无瑕，是隐者品格的最好象征。本句前有“吾家深山里”，后有“松子落纷纷”，在深山高卧松云，都是写隐者的。诗人少有才华，以豪杰自命，纵情山水，在他还不得意时以隐者自居，以白云自况，是可理解的。

“雅喜故人来，对酒即成醺”进一步扣了诗题的“喜”和“至”。“微风入林薄”至“一室嗅清芬”这四句写村居的环境，如芝如兰，满室清芬，象征了两位高士的交往。“谭诗入古邃”至“一一尽呈君”这四句，写他们切磋诗文，谈心论道，反映了他们友谊的深厚。“寂寞后来者，谁能定我文？”从这首诗的结尾两句，可以看出诗人的写作态度是很严肃的，即动笔写诗文时，已考虑到后来人将怎样评定，亦即自己所写的诗文将给后人留下怎样的影响。“三袁”首创了“公安派”，在文学革新上有着巨大的建树。“公安派”主张抒发性灵，也要经受实践的检验，中道有这样的考虑，是正确的。

全诗紧扣一个“喜”字，先写“喜”有高尚的友人，又写“喜”这友人来访，再写“喜”与友人相会、把盏、谈诗、论心，并将所有新作一一尽呈出来和友人研讨，这种“喜”得良师益友之情已表露无遗，真是抒发了诗人的性灵，有诗人自己的真面目。

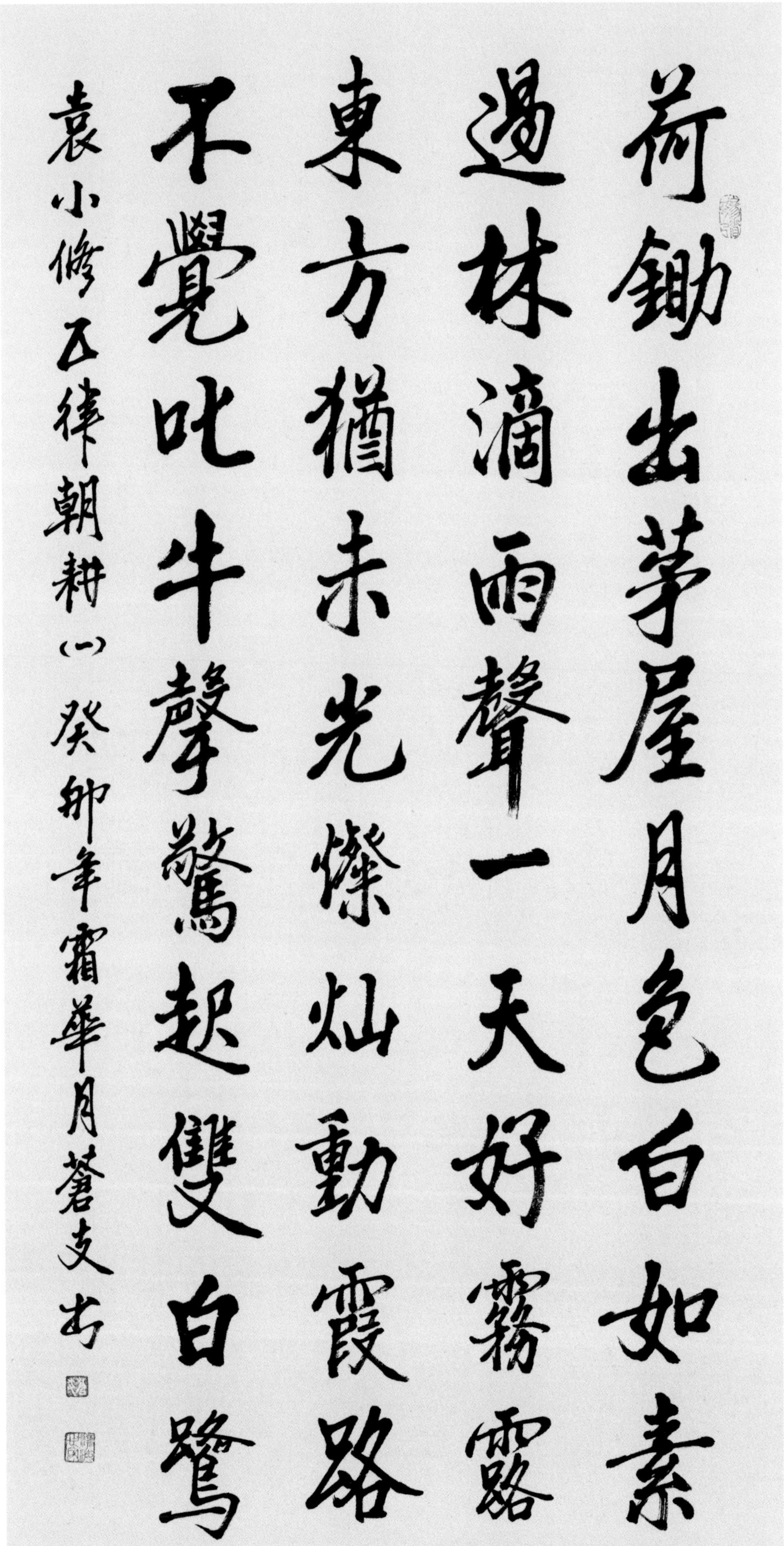
荷鋤出茅屋月色白如素
過林滴雨聲一天好霧露
東方猶未光燦灿動霞路
不覺叱牛聲驚起雙白鷺
袁小修五律朝耕(一) 癸卯年霜華月蒼支書

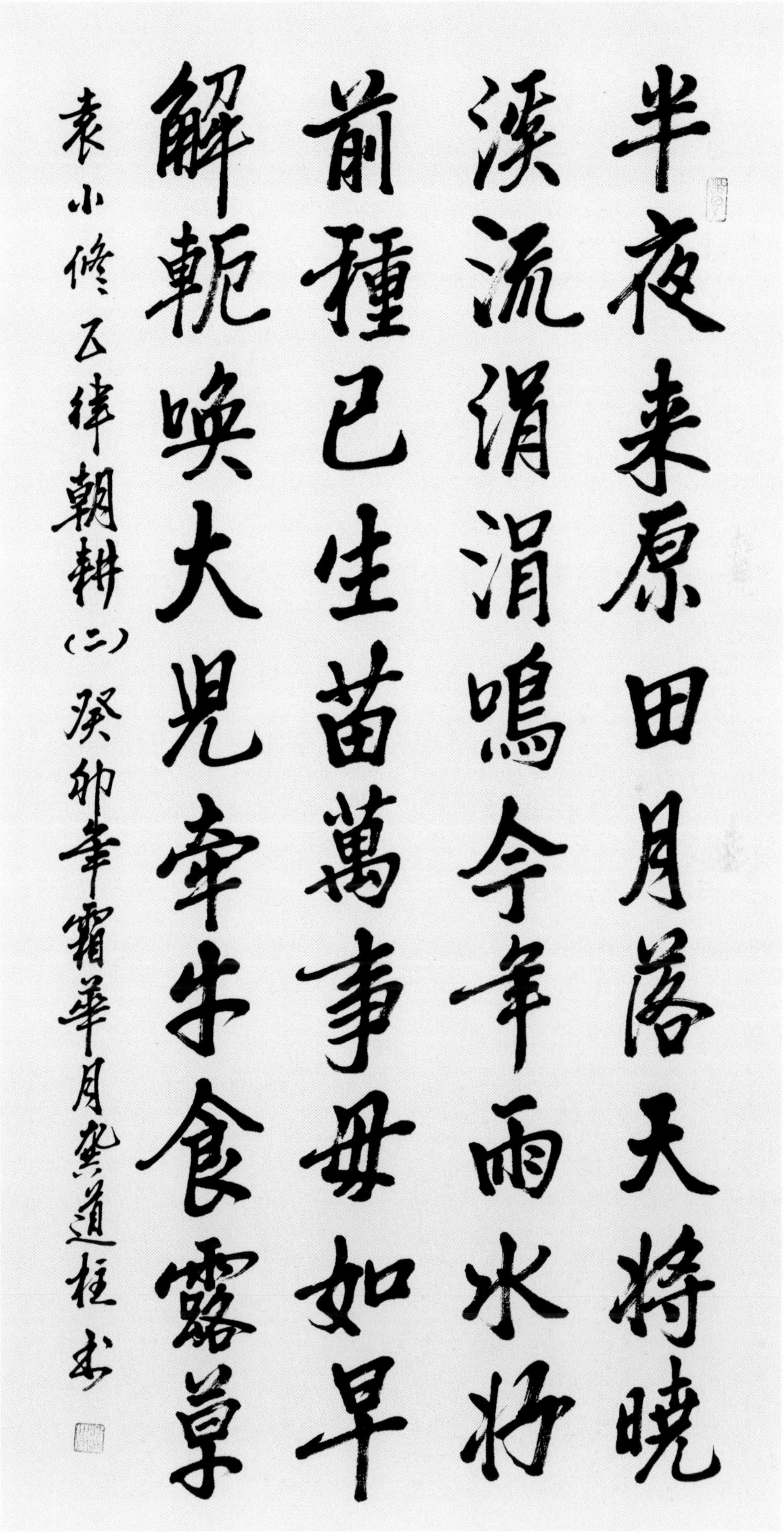
半夜来原田月落天将晓
溪流涓涓鸣今年雨水好
前種已生苗萬事毋如早
解軛喚大兒牽牛食露草
袁小修五律朝耕（二） 癸卯年霜華月龔道柱书

朝耕（二首）

其一

荷锄出茅屋，　月色白如素[1]。
过林滴雨声，　一天好雾露。
东方犹未光，　灿灿动霞路[2]。
不觉叱牛声[3]，　惊起双白鹭[4]。

其二

半夜来原田[5]，　月落天将晓。
溪流涓涓鸣[6]，　今年雨水好。
前种已生苗，　万事毋如早。
解轭唤大儿[7]，　牵牛食露草。

【注释】

①素：没有染色的丝绸。②灿灿：光彩鲜明耀眼。③叱：大声呵斥。④白鹭：鸟纲，鹳形目，鹭科，羽毛白色，腿很长，能涉水捕鱼虾。⑤原田：原野上的田地。⑥涓涓鸣：细水漫流的声响。⑦轭：牛耕田时架在牛脖子上的器具。

【评析】

这两首《朝耕》诗，诗人用白描手法，勾画了农民朝耕的情景。

第一首。“荷锄出茅屋，月色白如素。”在月光把大地照得如同白练的时候，农夫即携带农具走出了茅屋。“过林滴雨声，一天好雾露。”天气晴朗，雾露很大，树木的叶片上积满了水珠，农夫穿过树林，叶片上的水珠滴下来，如同雨滴一般，看到这样的好雾露，农民是多么的高兴。“东方犹未光，灿灿动霞路。”这时天还未亮，只有灿灿的霞光渐渐放射出来。“不觉叱牛声，惊起双白鹭。”栖息在水田里的双双白鹭，突然被叱牛声惊动，振翅飞了起来。

第二首。“半夜来原田，月落天将晓。”首联照应前首诗的“荷锄出茅屋，月色白如素。”经过半夜的耕作，天将破晓。为什么农民这样不辞辛劳？“溪流涓涓鸣，今年雨水好。”因为雨水充足，要抓紧时间耕种。又因“前种已生苗，万事毋如早”，事实已告诉农民，只有狠抓“早”字，才能不误农时。“解轭唤大儿，牵牛食露草。”经过半夜的耕作，天一亮田已耕完。这两句写得特富情趣，使人如闻耕者在解轭头时发出呼唤大儿的声音，如见耕者辛苦而又适时完成任务后的喜悦和大儿牵牛食露草的情景，形象非常鲜明。

这两首诗，从耕者夜半荷锄出门写到天将晓时，耕完田地解轭，真率自然，不假雕饰，语言明白如话，颇富生活气息。

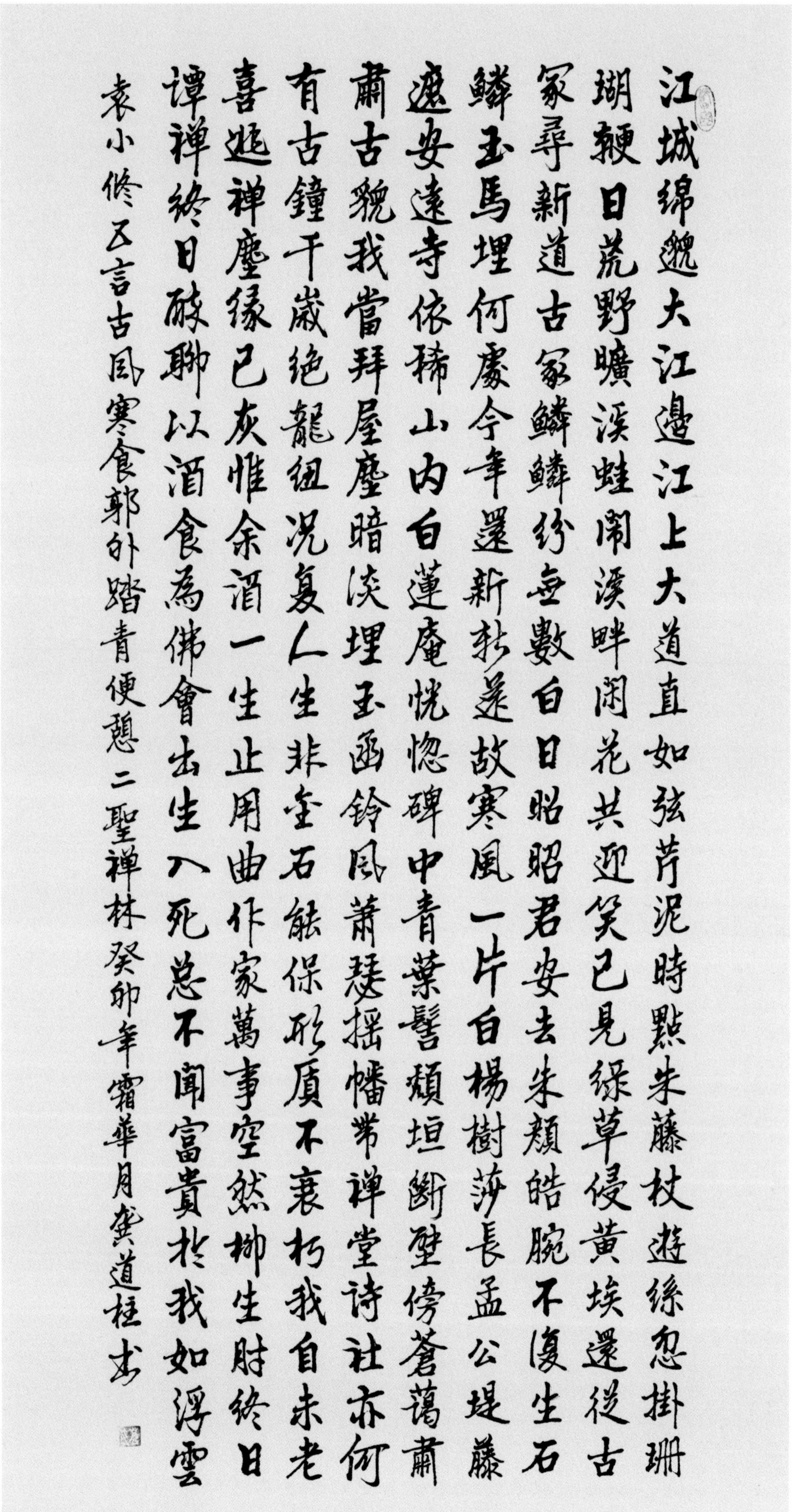
江城綿邈大江邊江上大道直如弦芹泥時點朱藤杖遊絲忽掛珊
瑚鞭日荒野曠溪蛙鬧溪畔閑花共迎笑已見綠草侵黃埃還從古
冢尋新道古冢鱗鱗紛無數白日昭昭君安去朱顏皓腕不復生石
麟玉馬埋何處今年還新耕遂故寒風一片白楊樹莎長孟公堤藤
邈安遠寺依稀山內白蓮庵恍惚碑中青葉髻頹垣斷壁傍蒼藹蕭
肅古貌我當拜屋壓暗淡埋玉函鈴風蕭瑟搖幡帶禪堂詩社亦何
有古鐘千歲絕龍紐況復人生非金石能保形質不衰朽我自未老
喜逃禪塵緣已灰惟余酒一生止用曲作家萬事空然柳生肘終日
譚禪終日醉聊以酒食為佛會出生入死總不聞富貴於我如浮雲
袁小修七言古風寒食郭外踏青便憩二聖禪林癸卯年霜華月龔道桂書

寒食郭外踏青，便憩二圣禅林[1]

江城绵邈大江边[2]，　江上大道直如弦。
芹泥时点朱藤杖[3]，　游丝忽挂珊瑚鞭[4]。
日荒野旷溪蛙闹，　溪畔闲花共迎笑。
已见绿草侵黄埃[5]，　还从古冢寻新道。
古冢鳞鳞纷无数[6]，　白日昭昭君安去[7]。
朱颜皓腕不复生[8]，　石鳞玉马埋何处[9]。
今年还新新还故，　寒风一片白杨树。
莎长孟公堤[10]，　藤遮安远寺。
依稀山内白莲庵[11]，　恍惚碑中青叶髻[12]。
颓垣断壁傍苍藓[13]，　肃肃古貌我当拜[14]。
屋尘暗淡埋玉函[15]，　铃风萧瑟摇幡带[16]。
禅堂诗社亦何有[17]，　古钟千岁绝龙纽。
况复人生非金石，　能保形质不衰朽。
我自未老喜逃禅[18]，　尘缘已灰惟余酒[19]。
一生止用曲作家[20]，　万事空然柳生肘。
终日谭禅终日醉[21]，　聊以酒食为佛会。
出生入死总不闻[22]，　富贵于我如浮云[23]。

【注释】

①寒食：节日名，在清明前一天（也有说前两天）。古

人从这一天起，三天不生火做饭，所以叫寒食。相传起于春秋时晋文公悼念介之推事，以介之推抱木焚死，就定于是日禁火寒食。郭外：郭，即城郭，古代在城的外围加筑的一道城墙。此指公安县城郊外。踏青：清明节前后到郊外散步游玩。青，青草。憩：休息。②绵邈：年代久远。句意谓公安县城建立在大江边，年代已很久远。③芹泥：燕子筑巢所用的草泥。此指泥沼地。朱藤杖：紫藤做的手杖。朱藤，即紫藤、藤萝，豆科。句意谓在泥沼里行走要不时用手杖探路。④游丝：指蜘蛛等虫所吐的飘荡在空中的丝。珊瑚鞭：即指珊瑚树，又叫法国冬青，常绿灌木。⑤黄埃：指发黄的泥土。⑥鳞鳞：像鱼鳞一样，一个挨着一个排列着。形容密集。⑦昭昭：光明，明亮。⑧朱颜：指青春年少。皓腕：白皙的手腕，代指人生的青春时期。⑨石麟：用精美石块雕制的麒麟。玉马：用玉石制作的马。⑩莎（suō）：指莎草，即香附子。⑪依稀：模模糊糊。⑫青叶髻：即大圣青叶髻如来。⑬苍蔼：指苍劲繁茂的树林。⑭肃肃：庄严肃穆。⑮玉函：贮藏珍贵书籍的玉匣。⑯萧瑟：形容寂寞凄凉。幡带：旧时立春日的彩饰，用剪纸或绸绢制成。⑰禅堂：佛寺内静坐敛心室。⑱逃禅：犹云逃墨、逃杨，是逃而出，非逃而入，醉酒而悖其教，故曰“逃禅”。中道爱佛学，但更爱酒，醉酒有悖佛教，故云“喜逃禅”。杜甫《饮中八仙歌》：“苏晋长斋绣佛前，醉中往往爱逃禅。”⑲尘缘：佛家以色、声、香、味、触、法为六尘，六尘为心之所缘，故曰“尘缘”。今以世俗之缘为尘缘。句意谓对人世间名利声色等已万念俱灰，只与酒还有缘。⑳止：仅，只。曲：造酒的酒曲，此代指酒。句意谓一生好酒、与酒不可分离。㉑谭：通“谈”。㉒出生入死：人始于生，而卒于死，始之谓出，卒之谓入，故曰“出生入死”。句意谓置生死于不问不闻，管它是生是死。㉓富贵于我如浮云：金钱和地位对“我”来说像浮云那样微不足道。语出《论语·述而》：“不义而富且贵，于我如浮云。”

【评析】

袁氏三兄弟，伯修 27 岁举会试第一，中郎 25 岁登进士第，小修则迟至 47 岁，对科举已几乎绝望时方考取进士。所以中年以后，小修诗文中的失意自伤情绪相当浓厚。本诗可说是这方面的代表作之一。

这首七言古风可分为三个部分。从开头到“寒风一片白杨树”为第一部分。这部分主要写寒食节在郊外踏青，县城绵延在大江边上，江堤直如弦，诗人踏青由县城到江堤，由江堤到旷野溪畔，并用移步换景手法，写“游丝”“溪蛙”“闲花”“绿草”“黄埃”“古冢”，并由鳞鳞古冢想到“朱颜皓腕不复生，石麟玉马埋何处”，为后文的感叹奠下基础。“今年还新新还故，寒风一片白杨树”，以景语收束，融情于景，表达了诗人踏青的哀惋之情。

从“莎长孟公堤”到“能保形质不衰朽”为第二部分。这部分写憩二圣禅林。禅林外“莎长”“藤遮”，禅林本身“颓垣断壁傍苍蔼”，“铃风萧瑟摇幡带”，诗人便憩于此，睹此满目凄凉景象，能不触景生情而发抒当时感受？于是诗人发问："禅堂诗社亦何有"，"古钟千岁"也要绝断龙纽，金石尚且如此，何况人非金石，怎"能保形质不衰朽"？诗至此已写完郊外踏青、憩二圣禅林的所见所感，但诗人的情致一经触发，便如离弦之箭，不可收拾。

第三部分，从"我自未老喜逃禅"到结尾全是写诗人自己的感叹。诗人不得志于时，本多感慨，今见鳞鳞古冢和颓垣断壁的二圣禅林，于是便表白自己：尘缘已灰，只以酒为家，终日谈禅终日醉倒，哪管它生死富贵。当然，这样对待人生是消极的，不过这也是在封建社会里不得志的文人找不到另外出路，又备受世态炎凉之苦而产生的必然病态。

此诗层层递进，如抽丝剥笋，颇有章法。

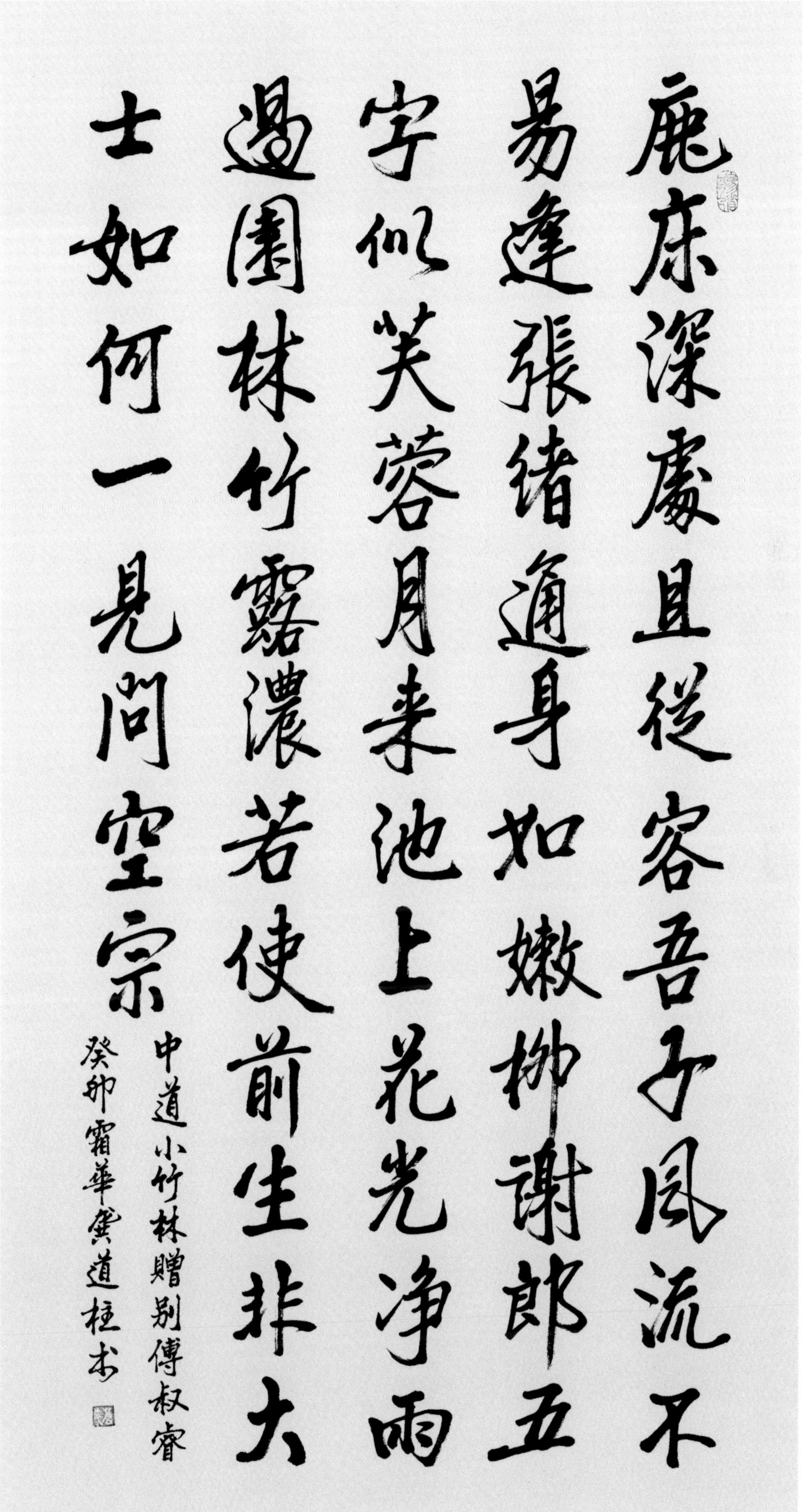

鹿床深處且從容吾子風流不
易逢張緒通身如嫩柳謝郎五
字似芙蓉月来池上花光净雨
過園林竹露濃若使前生非大
士如何一見問空宗
中道小竹林贈別傅叔睿
癸卯霜華黄道桂书

小竹林赠别傅叔睿[①]

鹿床深处且从容[②]，　吾子风流不易逢。
张绪通身如嫩柳[③]，　谢郎五字似芙蓉[④]。
月来池上花光净，　雨过园林竹露浓。
若使前生非大士[⑤]，　如何一见问空宗？[⑥]

【注释】

①傅叔睿：沙市（今属湖北省荆州市）人，中道好友。②鹿床：坐卧之具，古人所谓“坐榻”。《梁书·处士传·阮孝绪》：“所居室唯有一鹿床，竹树环绕。”③张绪：南朝齐吴郡人，字思曼。美风姿，清廉寡欲，口不言利。齐武帝植蜀柳于灵和殿前，常赞叹曰：此杨柳风流可爱，似张绪当年时。“张绪通身如嫩柳”当指此。④谢郎：谢朓，南朝齐诗人。字玄晖，陈郡阳夏（今河南省太康县）人。曾任宣城太守、尚书吏部郎等职，后被萧遥光诬陷，下狱死。诗多描写自然景色，善于熔裁，时出警句，风格清俊，颇为李白所推许。长五言诗，沈约尝言：“三百年来无此作也。”后世与谢灵运对举，亦称小谢。原有集已散佚，后人辑有《谢宣城集》。五字：谓五言诗。⑤前生：佛家语，过去之身。白居易诗有“世说三生如不谬，共疑巢许是前身”。前身：即前生之身。大士：佛教对佛和菩萨的称呼，如观音大士。⑥空宗：指佛教的空义。佛教认为万事皆空，刹那生灭，没有质的规

定性和独立实体，故谓之“空”。《维摩诘所说经·弟子品》：“诸法究竟无所有，是空义。”

【评析】

这是一首赠别诗。首联“鹿床深处且从容，吾子风流不易逢”，在赠别之地（鹿床深处）劝其不必走得这么急（且从容），含有挽留难舍的情谊。客人要走了，主人也正送行，为什么还要客人尽量走得慢一些，能多留一会？第二句作了说明，因为要送走的客人是个颇具风流才华的人物，很不易相逢。对客人的难舍和挽留之意及对客人的仰慕之情，已被这一联平易的诗句表达得酣畅淋漓。

次联“张绪通身如嫩柳，谢郎五字似芙蓉”承上联的风流，用两个古人及“嫩柳”“芙蓉”这些鲜明的形象来比拟和赞美所赠别的客人。

三联“月来池上花光净，雨过园林竹露浓”，乍看与赠别无关，似乎离了题而去描写其他景物，其实是诗人用比兴手法来说明这次傅叔睿的到访使他受益匪浅。“月来池上”才使“花光”分外明净，“雨过园林”才使竹上露珠更浓。把客人比作明月、比作时雨，把自己当作花和竹，这是多么形象的比拟。月临池上、雨过园林又是多么美的意境。这一联写得绝妙。

尾联“若使前生非大士，如何一见问空宗”，诗人信佛，客人一见便问空宗，说明来客与自己是同道。写诗要善于奇想，诗人由客人一见面便谈禅论佛，奇想客人一定是大士转世。这既赞美了来客，又说明了来客为什么会有如此的文采风流、高尚人品，从而照应了全诗，同时平添了不少诗趣。

写诗要用形象思维，用形象思维就必须运用比兴。本诗的二、三两联，如果直言客人有怎样怎样的品质和文采，而后使主人怎样怎样增光和受益，就索然寡味了。诗人用比兴，借助张绪、谢郎这两个人物和“嫩柳”“芙蓉”这些花木以及下联的“月”“池”“花”“雨”“园林”“竹”“露”等具体事物和它们之间的关系来比拟人，给人的印象就优美、具体，也就深刻了。这首诗在这方面可谓典范。

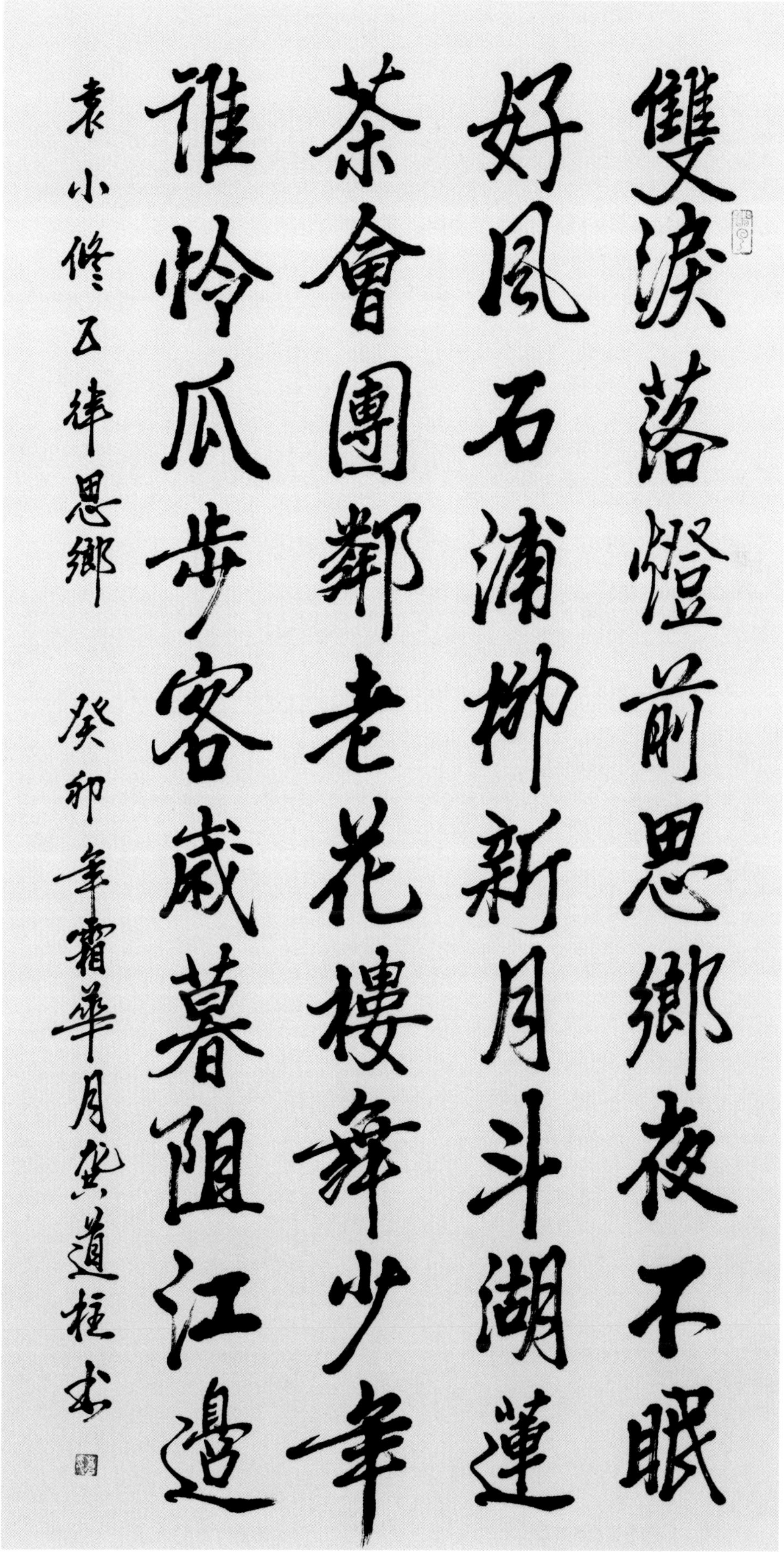
雙淚落燈前思鄉夜不眠
好風石浦柳新月斗湖蓮
茶會團鄰老花樓舞少年
誰憐瓜步客歲暮阻江邊
袁小修五律思鄉
癸卯年霜華月樊道桂書

思　乡①

双泪落灯前，　思乡夜不眠。
好风石浦柳②，　新月斗湖莲③。
茶会团邻老，　花楼舞少年。
谁怜瓜步客④，　岁暮阻江边。

【注释】

①此诗大概是万历二十三年（1595）冬诗人在苏州一带游历时所作。②石浦：指流经县城的石浦河，早已淤塞。③斗湖：湖名。在县城南郊。④瓜步：山名。在南京市之北的六合区东南，南临大江，山下有瓜埠镇。

【评析】

“每逢佳节倍思亲”，这是人之常情，特别是岁暮逼近年关时，远离家乡的游子的思乡心情就更加迫切。诗人就是在这样的情境下抒发的思乡之情。

诗的首联“双泪落灯前，思乡夜不眠”是倒装，这样就使“双泪落灯前”这一具体形象得到了强调，给人们的印象更加深刻。二、三两联从四个方面写家乡的美好情景。石浦河岸在好风吹拂中的绿柳，斗湖中在新月照耀下的碧莲，还有那茶会上邻老的团聚，花楼前少年的歌舞。这四个方面代表了家乡的人和物，总之家乡的一切都在诗人的思念之中。尾联“谁怜瓜步客，岁暮阻江边”，意为我远离家乡，对家乡充满了思念之情，但是否有人在怜悯我这远在南京瓜步的游子岁暮还被阻江边？诗人在这一联里交代了作客的地点和特别使人动思乡之情的特定时间。

这首诗充满了诗人思念家乡、热爱家乡的真情。诗，也只有如此情真意切，才能感人至深。

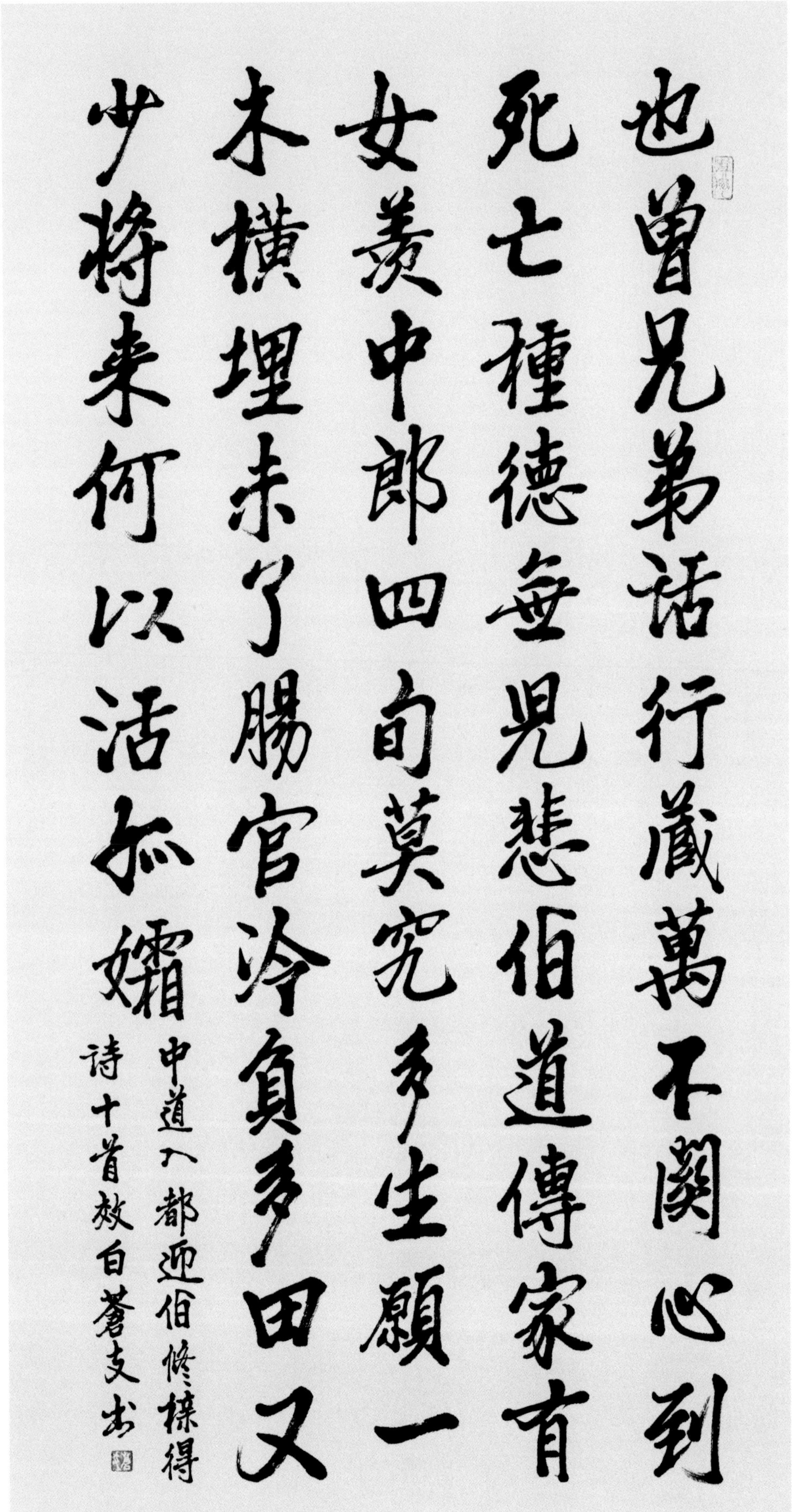
也曾兄弟話行藏萬不關心到
死七種德無兒悲伯道傳家有
女羨中郎四句莫究多生願一
木橫埋未了腸官冷負多田又
少將來何以活孤孀
中道入都迎伯修櫬得
詩十首敖白蒼文書

入都迎伯修榇，得诗十首，效白[1]（十首选其四）

也曾兄弟话行藏[2]，　万不关心到死亡[3]。
种德无儿悲伯道[4]，　传家有女羡中郎[5]。
四旬莫究多生愿，　一木横埋未了肠。
官冷负多田又少[6]，　将来何以活孤孀。

【注释】

①袁宗道（伯修）于万历二十八年（1600）病死于北京任所。中道于是年十二月初三日起程去京奔丧。效白：意谓仿效白居易平易通俗诗风。诗人另一诗题《登舟吟效白》的“效白”也即此意。宗道本人一生慕白乐天、苏子瞻的为人，所以以“白苏”名斋，其《咏怀效白》诗题的“效白”亦说明其仿白之意。②行藏：指出处（出仕或隐退）或行止。③万不关心：万万没有想到。④伯道：晋代邓攸字，东晋元帝任其为吴郡守，官至尚书右仆射。西晋永嘉末为石勒所俘，后逃至江南。时携一子一侄，途中不能两全，乃弃子全侄，后世传为美谈，故悲叹其“种德无儿”。此指宗道无子（后以中道长子祈年为嗣）。⑤中郎：指东汉文学家蔡邕，曾官左中郎将。有一女，即蔡琰（文姬），诗人，博学有才辩，妙解音律，作有《悲愤诗》和《胡笳十八拍》。故人羡之“传家有女”。此寓宗道也没有女。⑥官冷：指伯修为官清廉。居官 15 年，省交游，简酬应，不妄取人一钱。病逝后，检囊只

有数金，棺木由门生集资所置，妻子尽卖其生平书画几砚始得归，归后又无宅可居，其清贫如此。

【评析】

宗道客死京都任所，中道入都迎榇，生前身后，思量种种，满腔悲痛，化为行行诗句。

诗的首联“也曾兄弟话行藏，万不关心到死亡”，既是亲兄弟，又都是“公安派”的领袖和并肩战斗的战友，彼此在一起时又有什么方面的话不曾谈到？万万没有想过要与兄长作死别方面的谈话，他还只有41岁，哪知他因过分操劳，在任所“竟以惫极而卒”！二句中所下的一个“万”字，清楚地让人看到了诗人当时是怎样的悲恸和悔恨。次联“种德无儿悲伯道，传家有女羡中郎”，宗道32岁时长子袁曾（16岁）、次子袁登（13岁）在一月内先后病死于京都。38岁时，其女儿病死。这里写悲伯道无儿，实是用血泪在哭兄长的不幸，令人肝肠寸断。三联“四旬莫究多生愿，一木横埋未了肠”，四旬正是人生的英年，奋发有为之时，谁会在这时研究思考如何长寿，一木横埋怎埋得了死者无穷未了的心愿，以及他要干的事业！尾联“官冷负多田又少，将来何以活孤孀”，这是哭兄长死后未有什么遗产，其家属今后将如何度日。“官冷”二字，既是哭兄一生简朴，又是赞美其为官清廉。

迎伯修榇，共得诗十首，是从各个不同侧面来哭兄长的，第四首侧重在哭死者无儿和家庭清贫、遗孀难以度日这个方面，情真意切，声泪俱下，摧人肺腑。

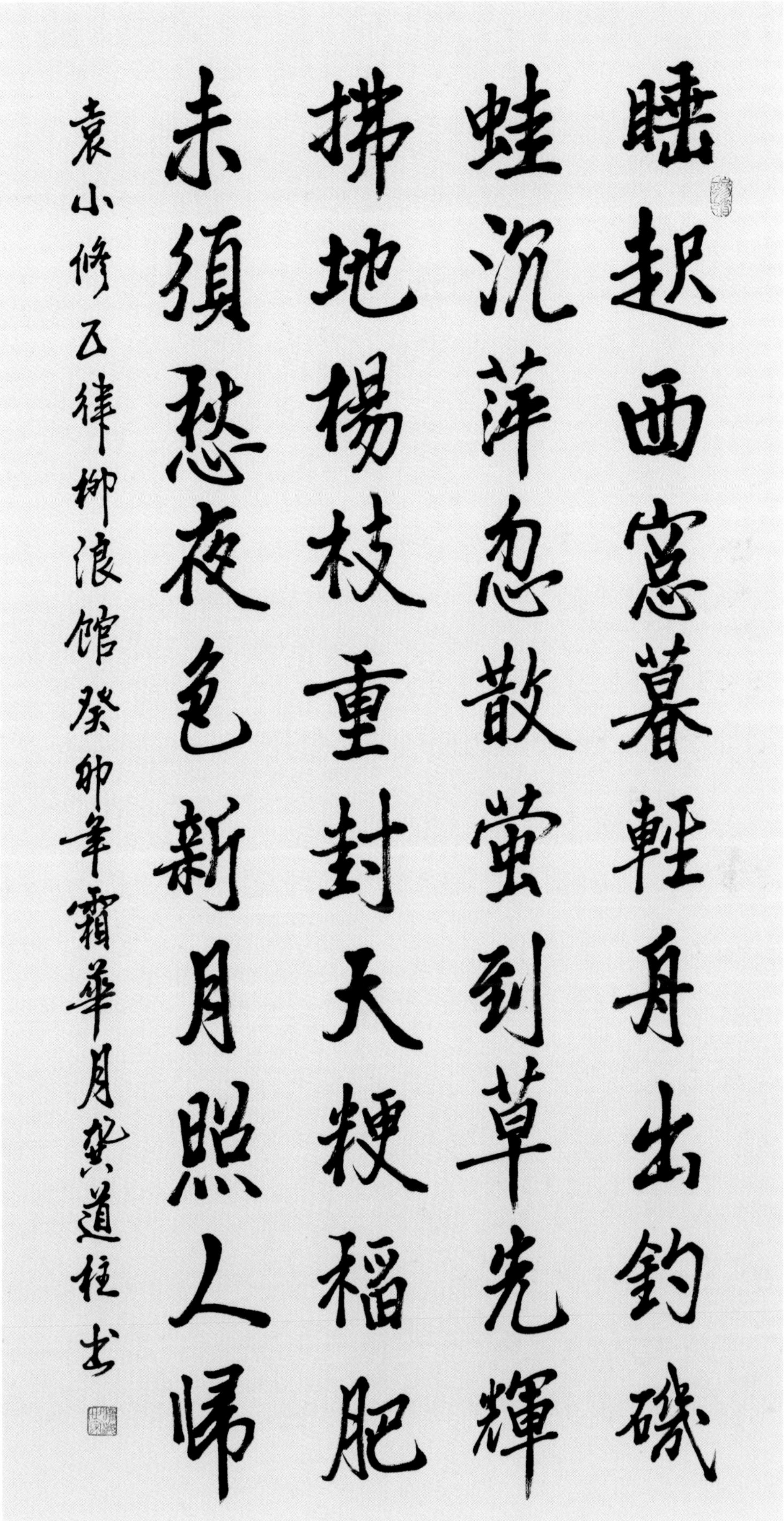
睡起西窓暮輕舟出釣磯
蛙沉萍忽散螢到草先輝
拂地楊枝重封天粳稻肥
未須愁夜色新月照人歸
袁小修五律柳浪館
癸卯年霜華月樊道桂書

柳浪馆（七首选其三）

睡起西窗暮，　轻舟出钓矶[①]。
蛙沉萍忽散，　萤到草先辉。
拂地杨枝重，　封天粳稻肥。
未须愁夜色，　新月照人归。

【注释】

①钓矶：钓鱼时坐的岩石。

【评析】

柳浪馆建于柳浪湖畔，这首诗写的是柳浪湖醉人的夜色。

首联“睡起西窗暮，轻舟出钓矶”写夜色，从暮写起。诗人午睡起来，西窗日暮，乘轻舟离开钓矶，在柳浪湖上漫游。静静的柳浪湖上，一叶小舟在轻轻荡漾，充满了诗情画意。二联“蛙沉萍忽散，萤到草先辉”，这些细小的动态都清晰可见，说明湖上的夏夜特别宁静，湖面未起涟漪，也说明诗人是在舟中近看。“萤到草先辉”写诗人望湖边，见到萤光一闪一闪，并从萤光下见到青草，这时候，湖上一片朦胧，柳浪湖显得更加静谧。三联“拂地杨枝重，封天粳稻肥”，诗人由望湖边到望湖堤，见堤上杨柳葱茏，并垂下长长的枝条。再望堤外面的稻田，在夜幕下稻谷直与天相接，丰收就在眼前。尾联“未须愁夜色，新月照人归”，不必担心夜色，还是在湖上尽情地欣赏吧，游玩吧，新月会照人归路的。“新月照人归”是多么美好的意境，多么美好的一幅画面。

此诗在时间和空间两个方面的展开颇有层次。从时间上看，从午睡起到日暮，由日暮到黄昏，近处能见“蛙沉萍散”，见萤光闪闪，由黄昏到夜暮降临，最后到“新月照人归”。从空间上看，由柳浪馆到钓矶，由轻舟出钓矶到湖上。近看，远看，看湖内，看湖堤，看堤外，直到远连天和望新月为止。时、空两条线，交叉进行，有条不紊。

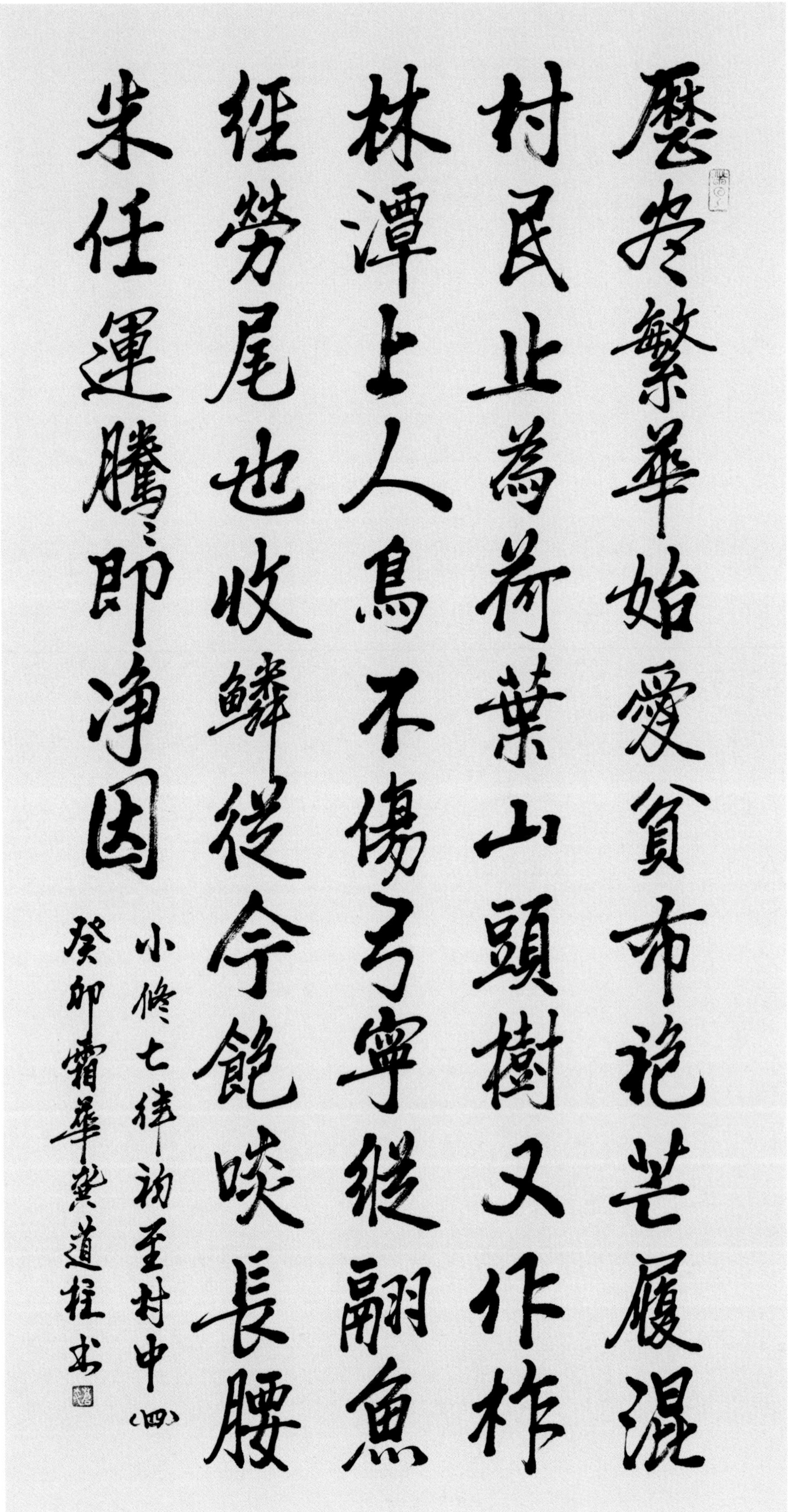
歷來繁華始愛貧布袍芒履混
村民止為荷葉山頭樹又作作
林潭上人鳥不傷弓寧縱翮魚
经勞尾也收鱗從今飽啖長腰
米任運騰騰即净因
小修七律初至村中（四）
癸卯霜華樊道程書

初至村中（九首选其四、其七）

其四

历尽繁华始爱贫，　布袍芒履混村民[①]。
止为荷叶山头树[②]，　又作柞林潭上人。
鸟不伤弓宁纵翮[③]，　鱼经劳尾也收鳞。
从今饱啖长腰米[④]，　任运腾腾即净因[⑤]。

【注释】

①布袍：粗布衣衫。芒履：草鞋。②止：仅，只。③宁：副词，岂。纵：舍弃。翮（hé）：鸟的翅膀。④啖：吃。长腰米：大概是指自己劳动所获的粮食。⑤腾腾：蒸腾貌，兴起貌。净：此指净化、洗清私欲。

【评析】

中道屡试不中，对仕途已心灰意冷，多感慨，并常发之于诗。他在《初至村中》（其三）中写道："听尽歌声樵唱好，看完花卉稻芒香。永无跃马登舟兴，也学占云射雨方。"我们从这些诗句中可以看到他写《初至村中》时的心境。

中道性喜豪华，不安贫窘，百金到手，顷刻则尽，少年时以豪侠自命，走马击剑，常聚众痛饮达旦。后逐渐悔悟，"历尽繁华始爱贫"，是他饱经沧桑后的深切体验。"布袍芒履混村民"句中的"混"字特好。穿布袍，着芒履，毕竟只是形同村民，但实质上他同一般村民还是有很大差异的，中道也自知这差异还很大，着一“混”颇为贴切。颔联“止为荷叶山头树，又作柞林潭上人”，真是妙语天成。荷叶山、柞林潭都是诗人家乡小地方之名，这样随手拈来，不仅对仗工整，而且极形象地表达了诗人因热爱家乡才回到家乡来的真挚情感。颈联“鸟不伤弓宁纵翮，鱼经劳尾也收鳞”，通过比兴曲折地表达了诗人是饱经了前进路上的坎坷，才心灰意冷的。尾联“从今饱啖长腰米，任运腾腾即净因”，表示从此将长期生活在家乡，听天由命来净化自己的心灵。

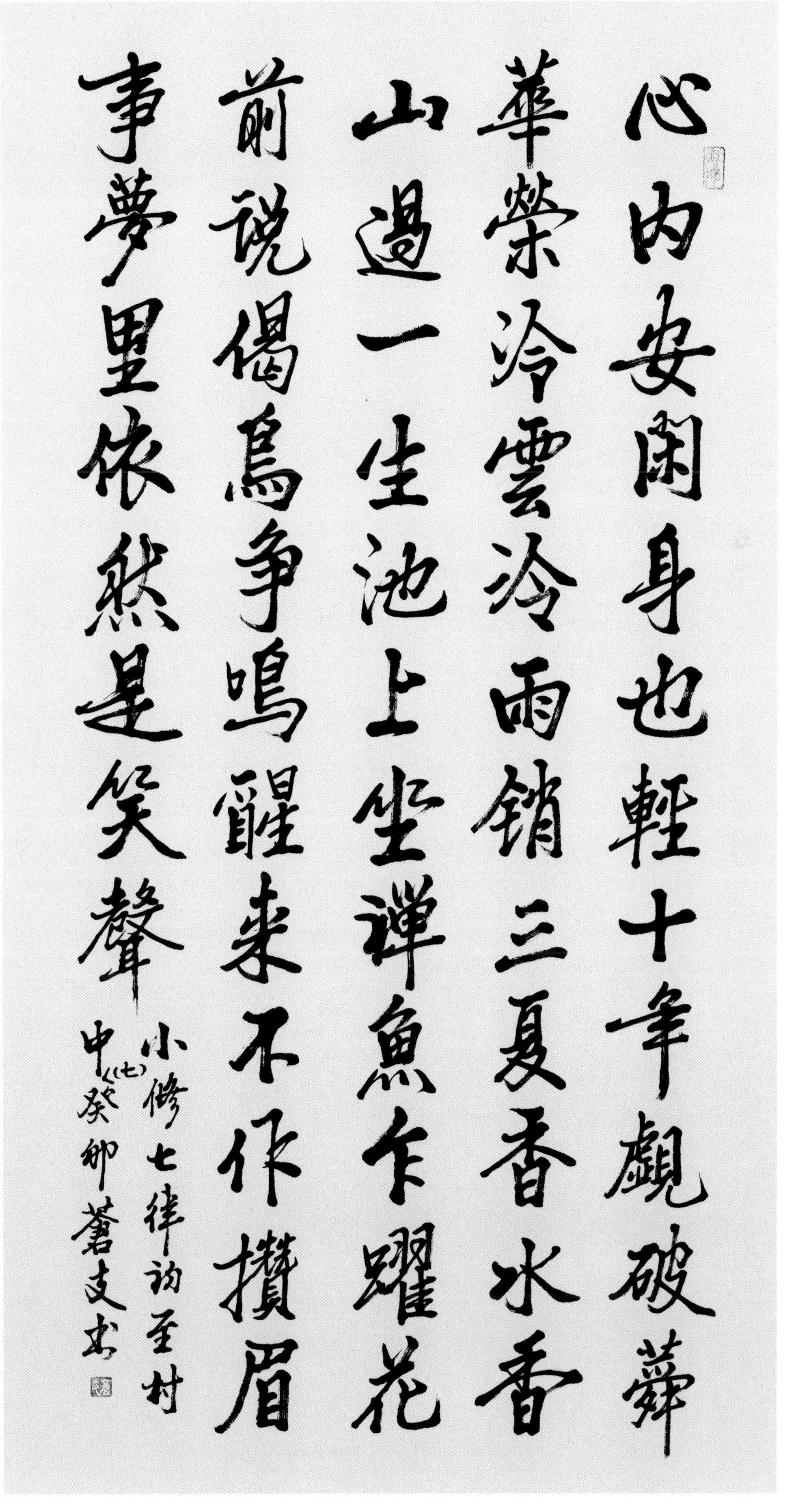
心内安閑身也輕十年覷破蕣
華榮冷雲冷雨銷三夏香水香
山過一生池上坐禪魚作躍花
前說偈鳥爭鳴醒來不作攢眉
事夢里依然是笑聲
小修七律訪至村
中（七）癸卯蒼支書

其七

心内安闲身也轻，　　十年觑破蕣华荣[①]。
冷云冷雨销三夏，　　香水香山过一生。
池上坐禅鱼乍跃，　　花前说偈鸟争鸣[②]。
醒来不作攒眉事[③]，　梦里依然是笑声。

【注释】

①觑（qù）：看，瞧。蕣华荣：蕣（shùn），即木槿花，早开晚落。李时珍《本草纲目·木部·木之三》“木槿”条：“此花……曰槿曰蕣，犹仅荣一瞬之义也。”此指瞬间即逝的彩云。②偈（jì）：指佛经中的唱词。③攒（cuán）眉：即蹙眉苦思。周续之《庐山记》：“远师勉令陶潜入莲社，渊明攒眉而去。”

【评析】

首联“心内安闲身也轻，十年觑破蕣华荣”，名利之心淡泊了，身上就少了各种负担，自然感到一身轻松。“十年”是虚指，意为通过长期的生活体验，看破了红尘。次联“冷云冷雨销三夏，香水香山过一生”，通过比兴说明，只有清心寡欲，才能降下热衷功名之火，才能在这香水香山的地方度过一生。三联“池上坐禅鱼乍跃，花前说偈鸟争鸣”，因诗人信佛，故言“坐禅”“说偈”，并用“鱼乍跃”“鸟争鸣”来说明其效应。尾联“醒来不作攒眉事，梦里依然是笑声”，进一步表明了要“心内安闲”。

从《初至村中》其四、其七这两首诗来看，诗人已对功名事业心灰意冷，并努力修养自己的身心，以求心内安闲。这也是诗人不得志于时的反映。

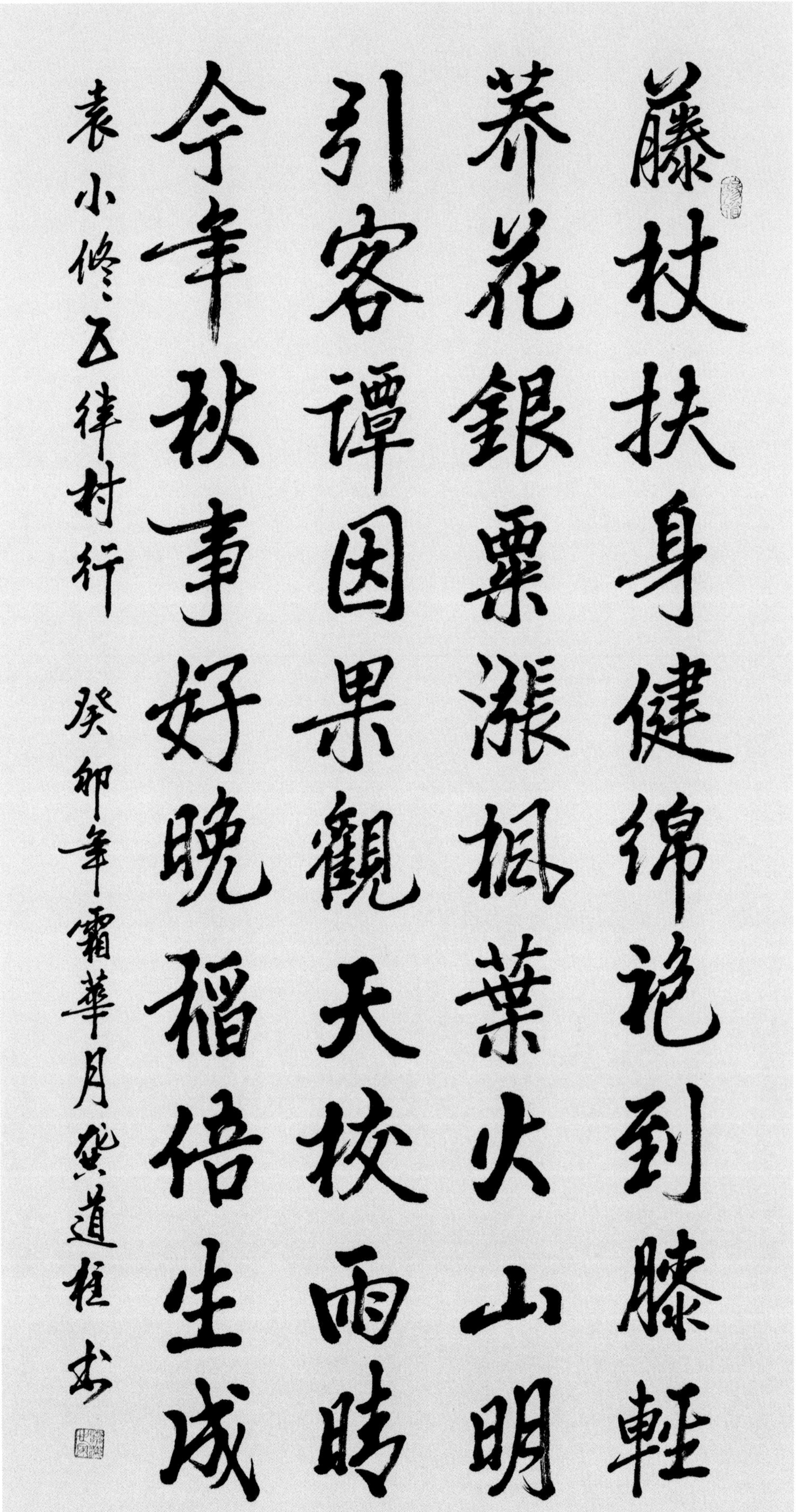
藤杖扶身健绵袍到膝輕
荞花銀粟漲楓葉火山明
引客譚因果觀天校雨晴
今年秋事好晚稻倍生成
袁小修五律村行
癸卯年霜華月樊道桂书

村　　行

藤杖扶身健，　　绵袍到膝轻。

荞花银粟涨[①]，　　枫叶火山明。

引客谭因果[②]，　　观天校雨晴。

今年秋事好，　　晚稻倍生成。

【注释】

①银粟：喻雪。杨万里诗“独往独来银粟地”也是把“银粟”喻白雪。本句意谓荞花铺满田野如雪铺大地一样。②谭：通“谈”。因果：此指佛家所谓“因缘”与“果报”。谓善因得善果，恶因得恶果。《南史·范缜传》：“君不信因果，何得富贵贫贱？”

【评析】

这时诗人已归田园，倍感轻松。首联“藤杖扶身健，绵袍到膝轻”，就是当时这种心情的反映。用藤杖扶身，比骑马、坐轿有人前呼后拥更为自在，着一“健”字，大有心情畅快之意。着绵袍虽不如着锦袍华贵，短袍也不如长袍阔绰，但着绵袍短袍一身轻松。这里的“轻”字，岂只是指绵袍的重量？二联“荞花银粟涨，枫叶火山明”，写村行时所见。荞花如雪铺满大地，这还只是静态。用“涨”字，就由静变动，活了起来，使人如见风吹荞花卷起银色波涛，一浪高过一浪，不断在往上涨，多么喜人。再看那山岗上枫叶红如火，把山岗烧得通明，写出了村野的醉人景色，充满了喜悦之情。三联“引客谭因果，观天校雨晴”，写诗人与村民的交往，同他们谈善恶，讲因果，观天气，测雨晴，关系是何等亲密，诗人自己又是何等惬意。尾联“今年秋事好，晚稻倍生成”，金秋是农民的收获季节，秋事的好坏决定了农民一年的命运。诗人关心秋事，喜晚稻丰收，说明他在情感上发生了巨大变化，已与村民融为一体，再不是“布袍芒履混村民”了。

本诗给人的感觉是具体的、深刻的，我们从诗中似乎看见诗人扶藤杖、着短袍、观荞花、望枫林，与村民谈天说地，关心农事，并为丰收在望而喜形于色。诗人也似乎在告诉人们，他已乐居田园，与村民休戚与共。

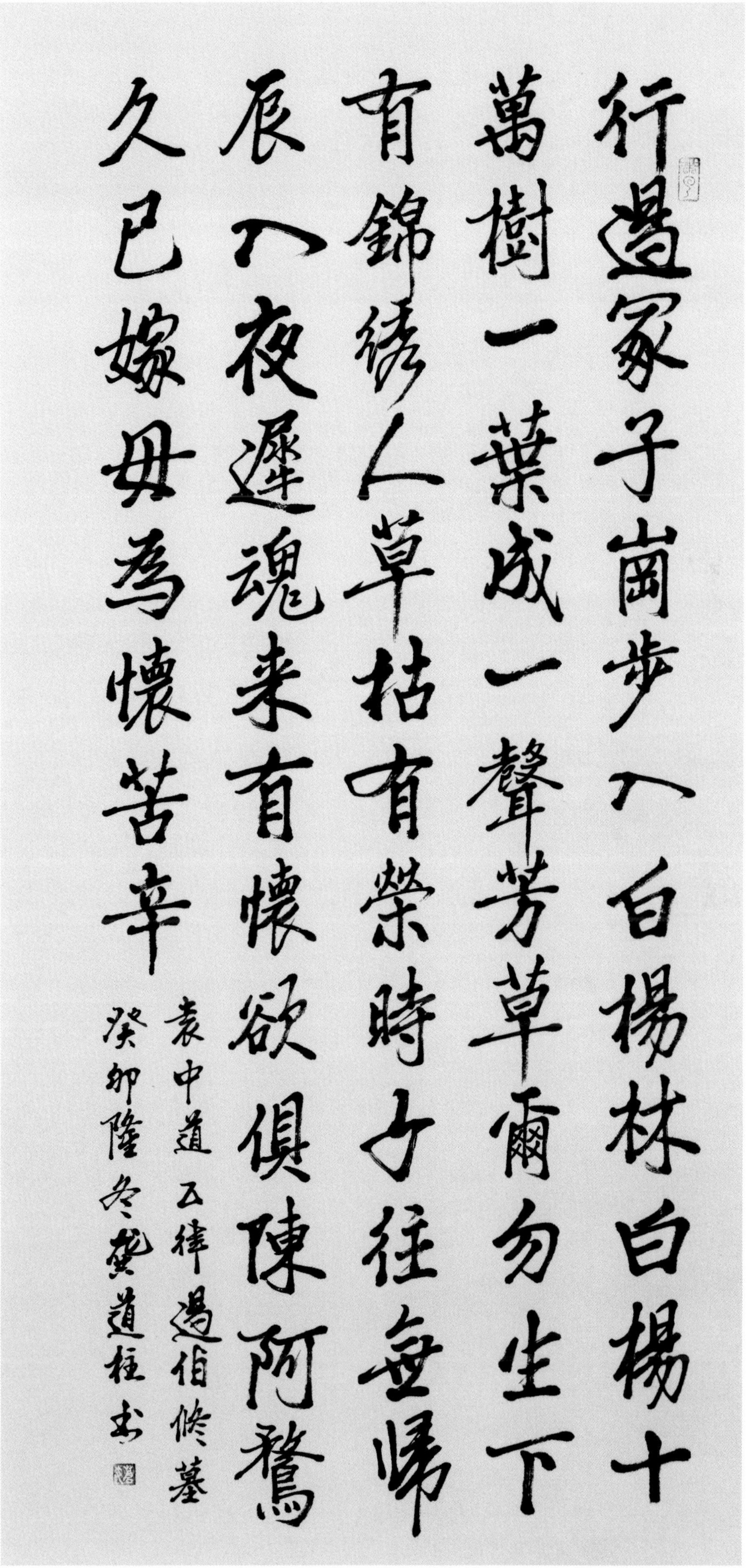
行過冢子崗步入白楊林白楊十
萬樹一葉成一聲芳草爾勿生下
有錦繡人草枯有榮時人往無歸
辰入夜遲魂來有懷欲俱陳阿鶯
久已嫁母為懷苦辛
袁中道五律過伯修墓
癸卯隆冬龚道桂书

过伯修墓①

行过冢子岗，　　步入白杨林。
白杨十万树，　　一叶成一声。
芳草尔勿生，　　下有锦绣人。
草枯有荣时，　　子往无归辰。
入夜迟魂来，　　有怀欲俱陈。
阿鹜久已嫁②，　毋为怀苦辛。

【注释】

①伯修（宗道）墓：在其故居桂花台（村）荷叶山，今属公安县孟家溪镇。②阿鹜：伯修妾。

【评析】

伯修英年早逝，中道犹如剜心，常为之痛哭流涕。过伯修墓当然更触发了这种悲痛。

一至四句，写其过冢子岗入白杨林，来到伯修墓地。白杨林里有树十万株（虚指），这十万树的千千万万片叶子似乎每一叶都成一声在为伯修哭泣，都痛哭他的早逝。墓地的树叶尚且如此，何况死者的胞弟来到墓地，不言悲而悲已切。五至八句，写芳草，叫它不要生长，不要掩盖了下面埋葬的锦绣之人。草枯还有荣时，为什么兄长一去就无归期？这一部分委婉地表达了诗人对兄长的崇敬、思念和悲恸之情。

九至十二句，“入夜迟魂来，有怀欲俱陈”，由于真诚地期盼长兄还能归来，入夜似觉长兄来了，并像有很多话要向他倾吐。写这一幻觉，进一步表达了诗人怀念长兄的深情。“阿鹜久已嫁，毋为怀苦辛”，似觉见到了长兄，但又怎样安慰长兄呢？想长兄辞世最为牵挂的莫过于爱妾阿鹜，因她年少，长兄辞世未留什么遗产，她怎能生活？所以告诉他“阿鹜久已嫁”，不必为之牵挂了。用阿鹜改嫁来告慰他，这是多么伤心和沉痛，真令人肠断。

诗人过伯修墓的心情是沉痛的。诗人先写到墓地入白杨林，写千千万万的杨叶呜呜咽咽来渲染气氛；再写坟上的芳草，并劝它不要生长，不掩盖下面的锦绣之人，曲折地表达了他对兄长过世的难舍之情；最后以“阿鹜久已嫁”来告兄长，实是诗人为长兄死后，不仅后继无人，连他的爱妾也无法生活，只得改嫁，而感到无比的悲痛。这些家常话，凝聚了深情，感人肺腑，也催人泪下。

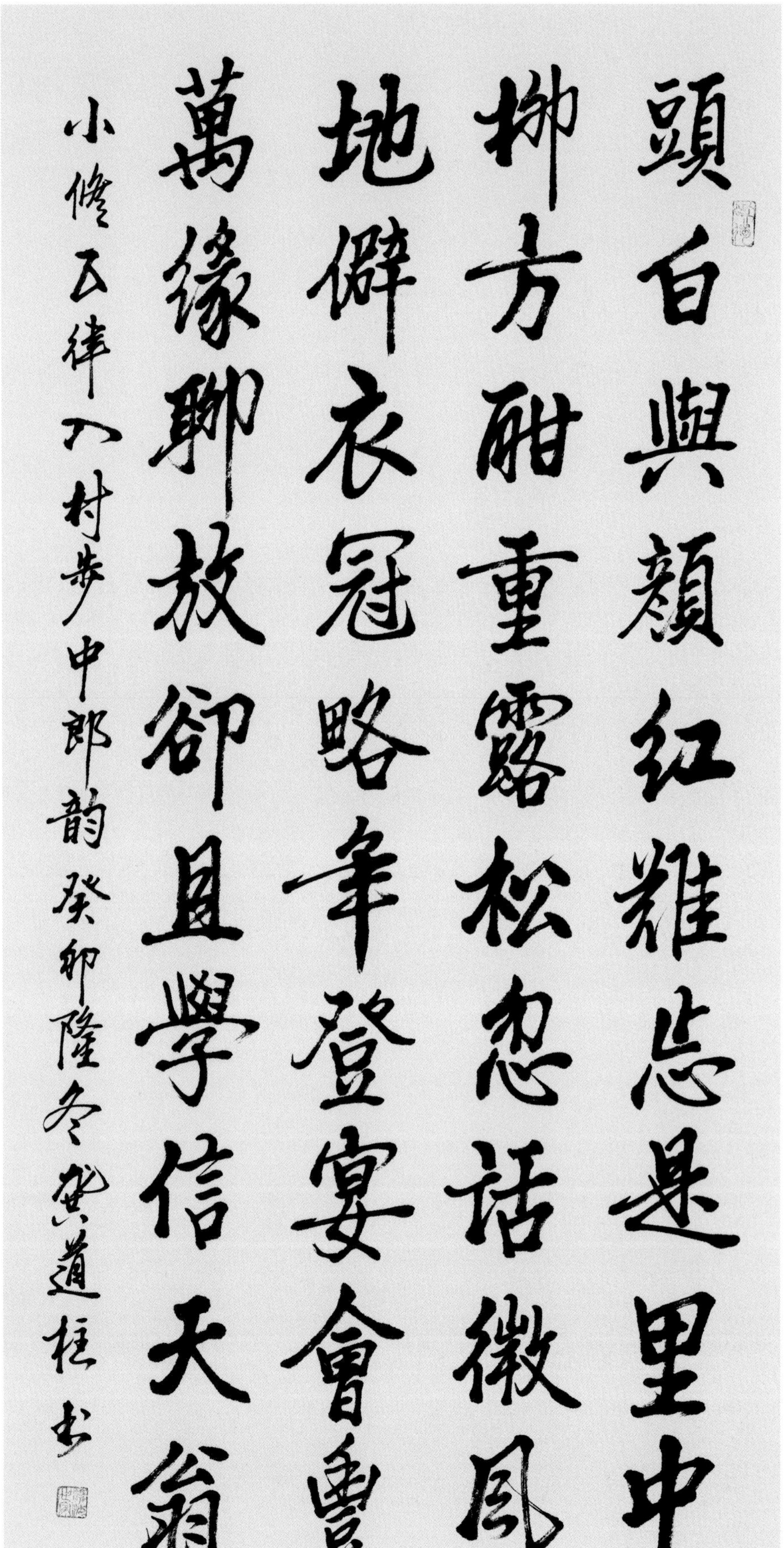
頭白與顏紅雜忘是里中
柳方酣重露松忽話微風
地僻衣冠略年登宴會豐
萬緣聊放卻且學信天翁
小修五律入村步中郎韻 癸卯隆冬 樊道桂書

入村步中郎韵（三首选其二）

头白与颜红[①]**，　难忘是里中。**
柳方酣重露[②]**，　松忽话微风。**
地僻衣冠略[③]**，　年登宴会丰。**
万缘聊放却，　且学信天翁[④]**。**

【注释】

①头白、颜红：即白头、红颜，分别指老年、少年。②酣：饮酒尽兴，泛指尽兴畅快。③略：指粗略，简朴。④信天翁：亦称“信天公”“信天缘”，大型海鸟。古人见其静立水际，或谓其不能捕鱼，常用以比喻呆立或留居原地少活动。宋楼钥《书〈张武子诗集〉后》：“或谓君不为岁晚计。君曰：‘水禽有名信天翁者，食鱼而不能捕，兀立沙上，俟他禽偶坠鱼于前，乃拾之，然未闻有饿死者。’其夷澹雅谑类此，诗不必赞也。”

【评析】

《入村步中郎韵》的第一首，开头两句是“林碧间溪红，梦魂爱此中”，这便告诉人们诗人已深深地爱上了这个乡村。

本诗的首联“头白与颜红，难忘是里中”是倒装，即难忘这里的所有村民。“头白”“颜红”都用作借代，以部分来代全体。次联“柳方酣重露，松忽话微风”，既是写乡村景象，也是用作比兴。诗人在村里如柳枝正酣畅地承受重露，意为受到村民多方面的关心。三联“地僻衣冠略，年登宴会丰”，写乡村僻野人们的衣冠都很简朴，但在五谷丰登时，人们庆贺丰收的宴会都很丰盛。尾联“万缘聊放却，且学信天翁”，这里的村民淳朴好客，使他难忘，因此诗人说不管有怎样的机缘都暂且不管它，就且学信天翁吧。表明自己已淡泊名利，一切顺其自然。

这首《入村步中郎韵》侧重写村里人，但我们也可看出中道此时心理上的矛盾状态。乡村好，是否就愿老死林下？多次应试落选，虽已心灰意冷，但是否就不再应试？

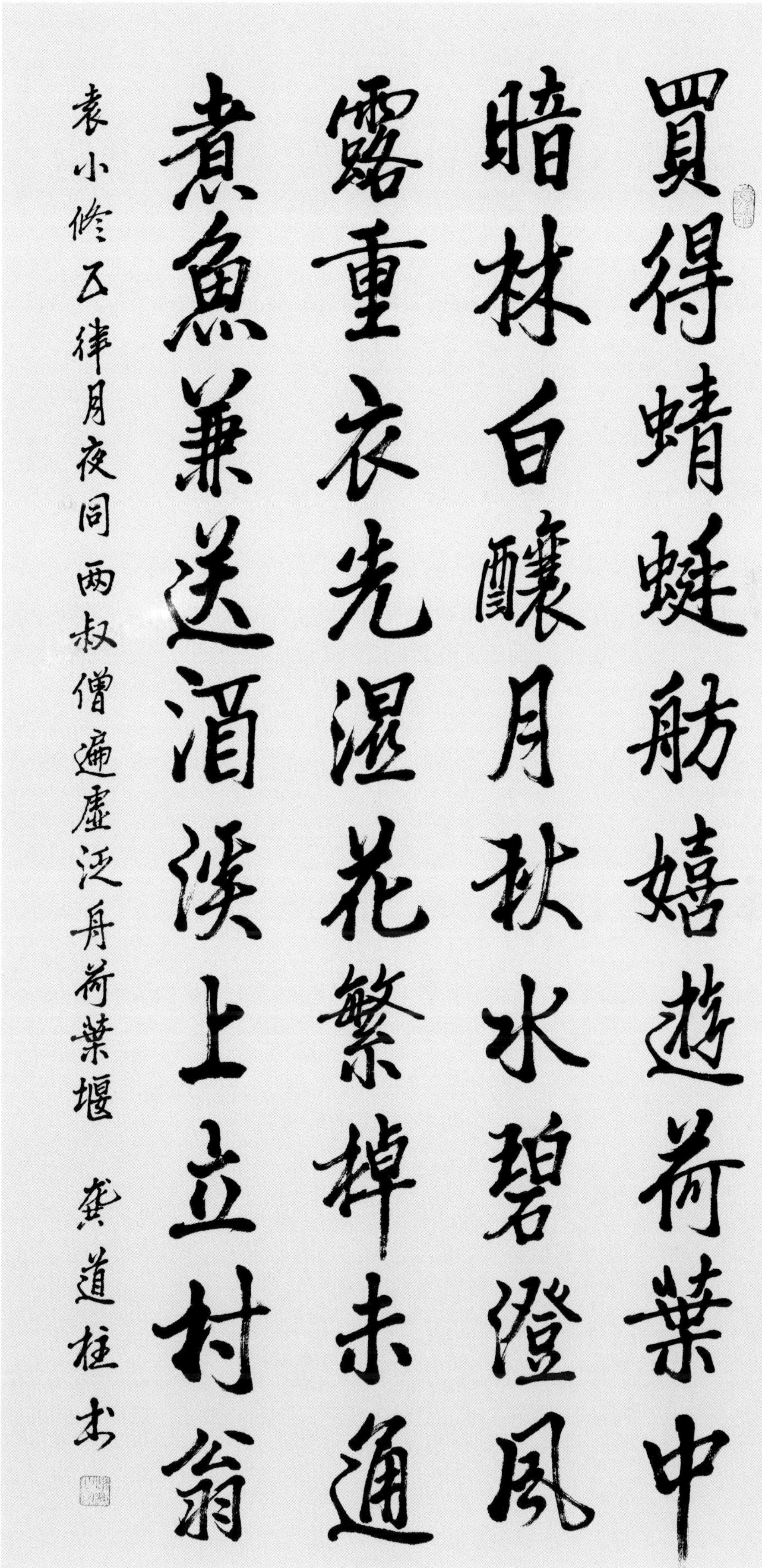
買得蜻蜓舫
嬉遊荷葉中
暗林白釀月
秋水碧澄風
露重衣先濕
花繁棹未通
煮魚兼送酒
溪上立村翁
袁小修五律月夜同兩叔僧遍虛泛舟荷葉堰
龔道桂書

月夜同两叔、僧遍虚泛舟荷叶堰[①]（二首选其一）

买得蜻蜓舫[②]，　嬉游荷叶中。
暗林白酿月，　秋水碧澄风。
露重衣先湿，　花繁棹未通。
煮鱼兼送酒，　溪上立村翁。

【注释】

①荷叶堰：荷池名，在“三袁”故居桂花台（村）荷叶山前。时山后“三袁”又建有“荷叶庵”，又名“珊瑚庵”。

②蜻蜓舫：形似蜻蜓的游船。

【评析】

月夜在荷叶丛里泛舟，就是一幅很好的水墨丹青画，更何况还有诗人在其中咏风弄月。

首联“买得蜻蜓舫，嬉游荷叶中”，荡着形同蜻蜓的轻舟，在荷叶丛中嬉游，俨似蜻蜓落在荷叶上。“小荷才露尖尖角，早有蜻蜓立上头”。看来蜻蜓与荷叶似有不解之缘。诗人买蜻蜓舫，游荷叶堰，是有意还是无心？诗人在这一联里即点出诗题中的“泛舟荷叶堰”。次联“暗林白酿月，秋水碧澄风”，点出诗题中的“月夜”，既交代了泛舟是在秋风送爽的宜人季节，同时也勾画了荷叶丛里的奇妙景色和秋水澄碧的美好画面。三联“露重衣先湿，花繁棹未通”，露重已湿衣，表明泛舟时间较长，为什么诗人这样流连忘返？满堰荷花把船包裹，船几乎无法前行，诗人就在花丛里饮酒赋诗，哪还管夜深露重。尾联“煮鱼兼送酒，溪上立村翁”，溪上村翁为了诗人们月夜泛舟，送茶送酒，让诗人们尽情地饱览这湖光景色。

诗人家乡的荷叶堰自然不是什么名胜风景区，也无法同著名风景区比拟，但诗人热爱家乡，就算在荷叶堰里月夜泛舟，也大有情趣。这首诗就反映了诗人这种热爱家乡山水的乡情。

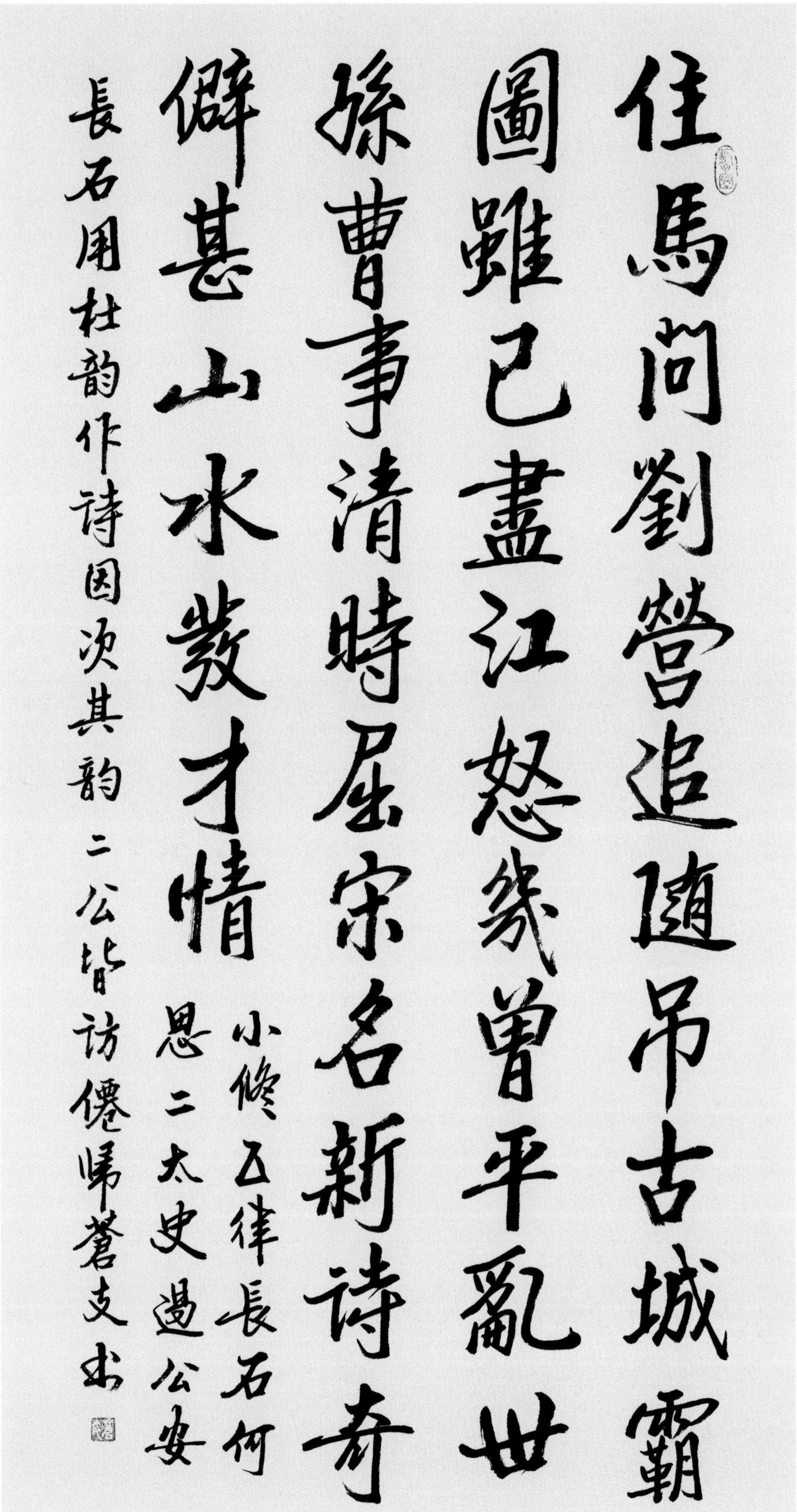
住馬問劉營追隨吊古城霸
圖雖已盡江怒幾曾平亂世
孫曹事清時屈宋名新詩奇
僻甚山水發才情
小脩五律長石何
思二太史過公安
長石用杜韻作詩因次其韻 二公皆訪僊歸蒼支書

长石、何思二太史过公安，长石用杜韵作诗，因次其韵[①]。二公皆访仙归（二首选其二）

住马问刘营[②]，　追随吊古城[③]。
霸图虽已尽，　江怒几曾平。
乱世孙曹事[④]，　清时屈宋名[⑤]。
新诗奇僻甚，　山水发才情。

【注释】

①长石、何思二太史：长石，即曾可前，石首人，万历二十九年（1601）进士及第，授编修，“公安派”文学家；何思，即雷思霈，夷陵（今湖北省宜昌市）人，万历二十九年（1601）进士，改庶吉士，授检讨，亦为“公安派”文学家。二人均为史官，故称“二太史”。杜韵：指杜甫《公安县怀古》诗韵。②刘营：即刘备营。汉建安十四年（209）刘备以左将军领荆州牧，治公安，立营于油江口。③古城：指公安城。④孙曹事：即孙权与曹操争霸事，实际是指魏、蜀、吴三国争战之事。⑤屈宋名：指屈原和宋玉的诗名。二人均为战国时期楚国诗人。《文心雕龙·辩骚》：“屈、宋逸步，莫之能追。”屈原是骚体的开创者，宋玉略后于屈原，也是有名的辞赋家。

【评析】

这一诗题共作诗两首，第一首点诗题“访仙归”，本诗点诗题“过公安”。

本诗首联“住马问刘营，追随吊古城”，公安在历史上最有名的事迹是刘备在公安设营之事，二太史过公安很自然地就问到这些，诗人除回答客人的问话外，还随同客人到古城凭吊。二联“霸图虽已尽，江怒几曾平”，昔日孙刘在此争霸，他们的霸业已尽，遗迹也荡然无存。“江怒几曾平”有多重含义：①“不废江河万古流”，江河不管孙刘霸业怎样而依然怒涛奔涌；②孙、刘最终都被他人吞灭，其恨可知，江河亦为此忿怒难平；③孙刘于此争霸虽已过去，但孙刘之后又该有多少争霸事，世界几曾太平……三联“乱世孙曹事，清时屈宋名”，上下句看似平列，一指“乱世”，一指“清时”，实际上是侧重下句，上句只是承上照应而已，下句才是诗人要说的本意。因二太史都是文职官员，又都是“公安派”文学家，当时国家也少战争，堪称“清时”。诗人意在用“屈宋”来共勉，使“公安派”重放光彩。尾联“新诗奇僻甚，山水发才情”，新诗指长石用杜韵作的诗，用“奇僻甚”来赞美诗的新奇和不同凡响，在结句里并赞该诗对山水发抒了自己的性灵。

本诗的章法可谓环环相扣，层次井然，由客问刘营到随客吊古城，由凭吊古城寻找刘营到刘营遗踪已尽，只看到当时用以争霸的天堑长江，再用乱世的“孙曹”引出清时的“屈宋”。尾联又承“屈宋”落到本诗的主旨，一气呵成，天衣无缝。

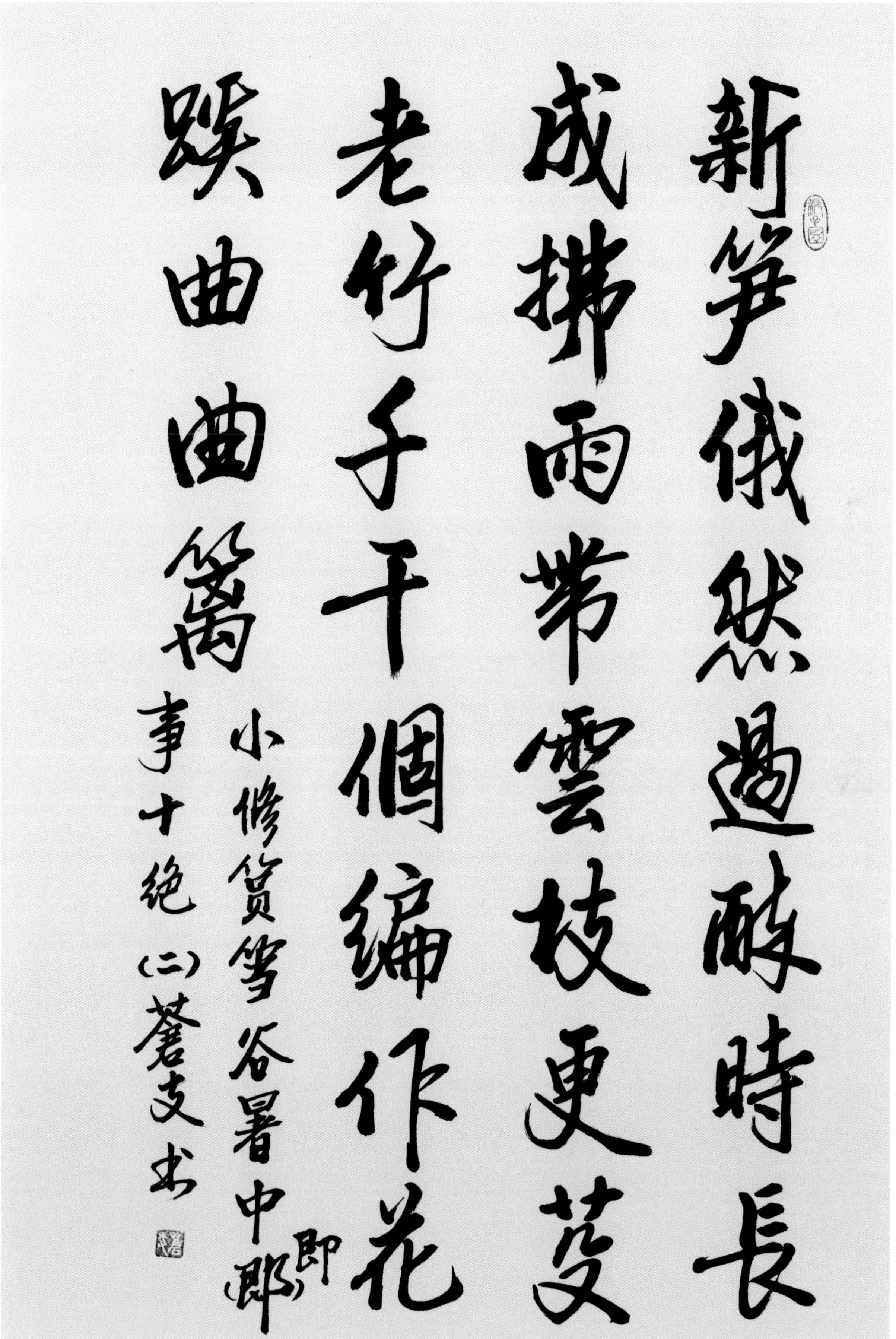
新笋俄然過酥時長
成拂雨帶雲枝更芟
老竹千個編作花
蹊曲曲籬
小修賞雪谷暑中（郎）即
事十绝（二）蒼文书

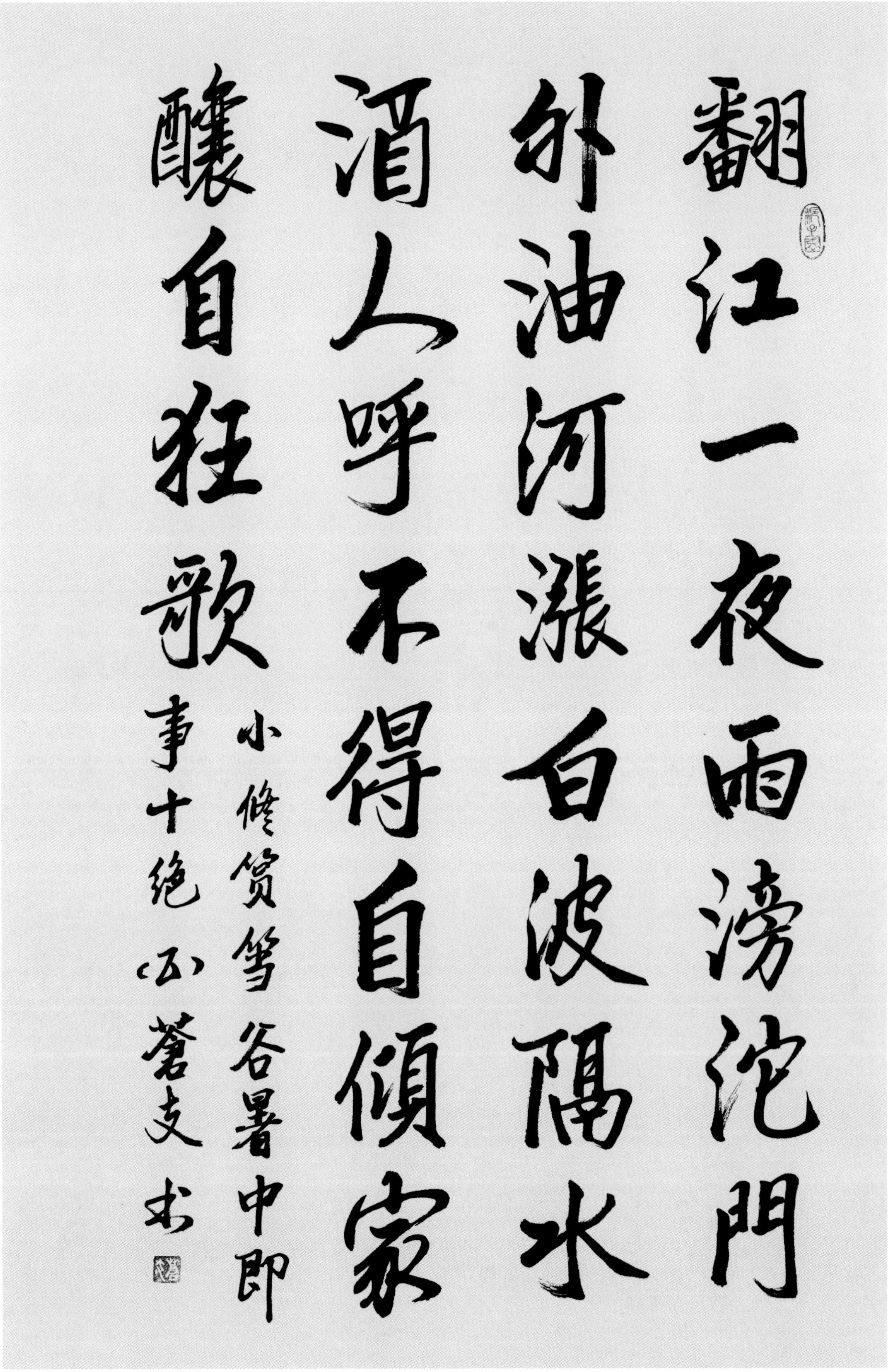
翻江一夜雨滂沱門
外油河漲白波隔水
酒人呼不得自傾家
釀自狂歌
小修篔筜谷暑中即
事十绝（五） 蒼支書

筼筜谷暑中即事十绝[1]（十首选其二、其五）

其二

新笋俄然过醉时，　长成拂雨带云枝。
更芟老竹千千个[2]，　编作花蹊曲曲篱。

其五

翻江一夜雨滂沱，　门外油河涨白波。
隔水酒人呼不得，　自倾家酿自狂歌。

【注释】

①筼筜（yúndāng）谷：在柳浪馆后，中道别业。②芟（shān）：割除。

【评析】

《筼筜谷暑中即事十绝》每一首侧重一个方面。其二侧重写竹。暑中新竹已渐长大，“新笋俄然过醉时”，写新笋很快就成了新竹。用人“醉时”的懵懂状态，来形容新笋被笋壳包裹时的懵懵懂懂。“长成拂雨带云枝”，写新竹枝叶伸展，秀丽多姿。新竹长成了，对老竹应当怎样呢？“更芟老竹千千个，编作花蹊曲曲篱”，那就把老竹都砍了去编花蹊的篱笆，让新竹更好地成长。事物就是这样不断地新陈代谢向前发展的。

其五，语言明白如话。但我们从这首诗中可以看到诗人那种洒脱不羁、纵情诗酒、豪放旷达的风姿。“公安派”主张发抒性灵，主张诗文要有自己的真面目，并说“诗以趣为主”。从这首小诗来看，诗人是用自己的创作理论来指导自己的创作实践的。

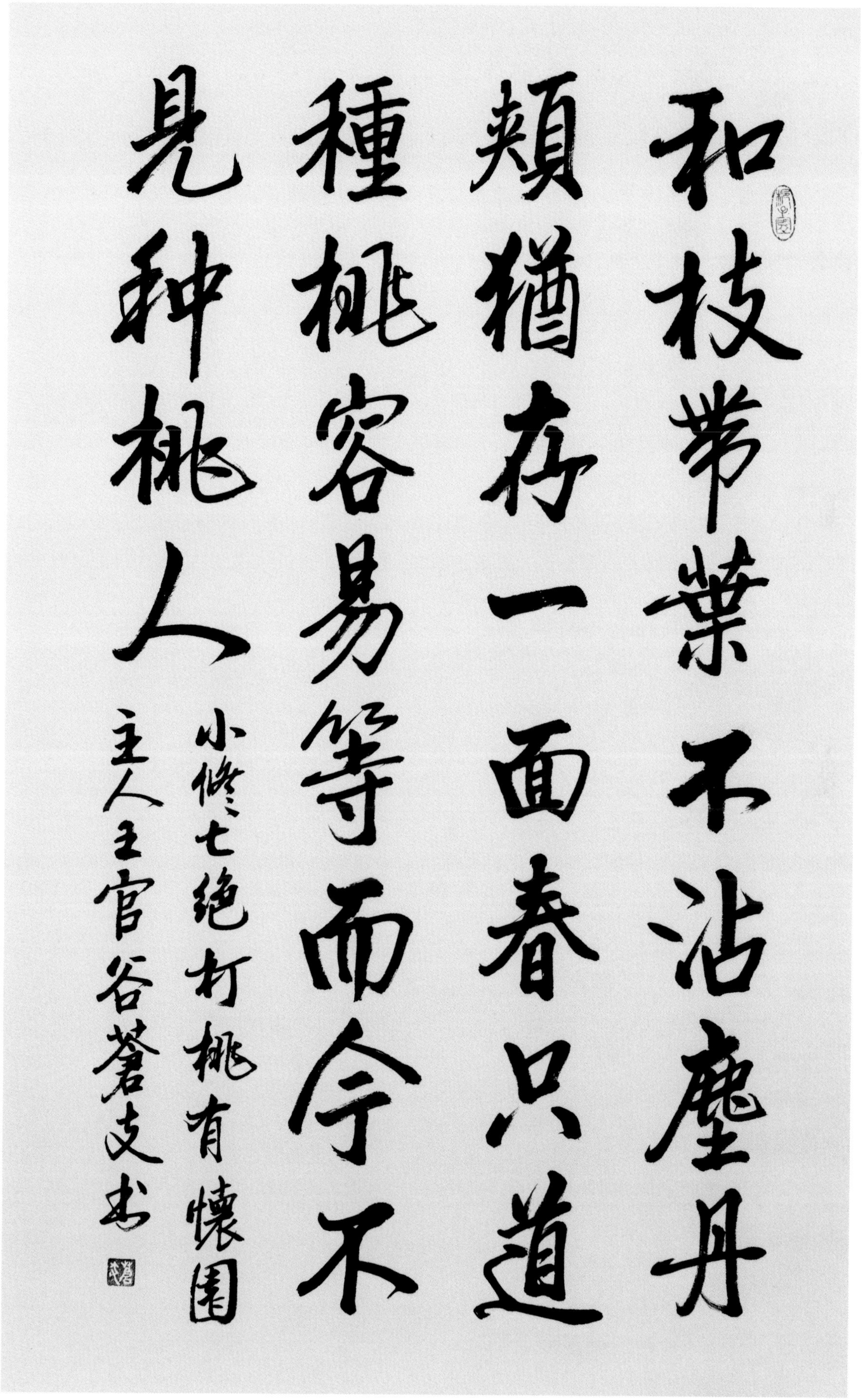
和枝带葉不沾塵丹
頰猶存一面春只道
種桃容易等而今不
見种桃人
小修七绝打桃有懷園
主人王官谷蒼支书

打桃有怀园主人王官谷（二首选其一）

和枝带叶不沾尘，　丹颊犹存一面春，
只道种桃容易等，　而今不见种桃人。

【评析】

诗人很善于抓住生活中常发生的一些小事入诗，同那些颇有造诣的摄影师一样，常能攫取某些瞬间，把有意义的东西摄下来。

“和枝带叶不沾尘”，诗人是打桃，而不是在树上摘桃。由于是打，把桃子连枝带叶都打了下来，也可能一打下来，就用手接住了，“不沾尘”可能指此。“丹颊犹存一面春”，成熟了的桃子皮色粉红，颇似人的两颊泛起一片春色。而今打桃、食桃的，并不是这种桃的主人。想主人当年种桃之时，“只道种桃容易等”，是的，种桃一般 3 年就可以吃到桃子了，是容易等的，谁知人有旦夕祸福，“而今不见种桃人”。是怀念还是感慨？二者兼而有之，诗人选取了这样的题材来发感慨，从诗题看是以怀念为主，从诗的第三句看又侧重在感慨上。

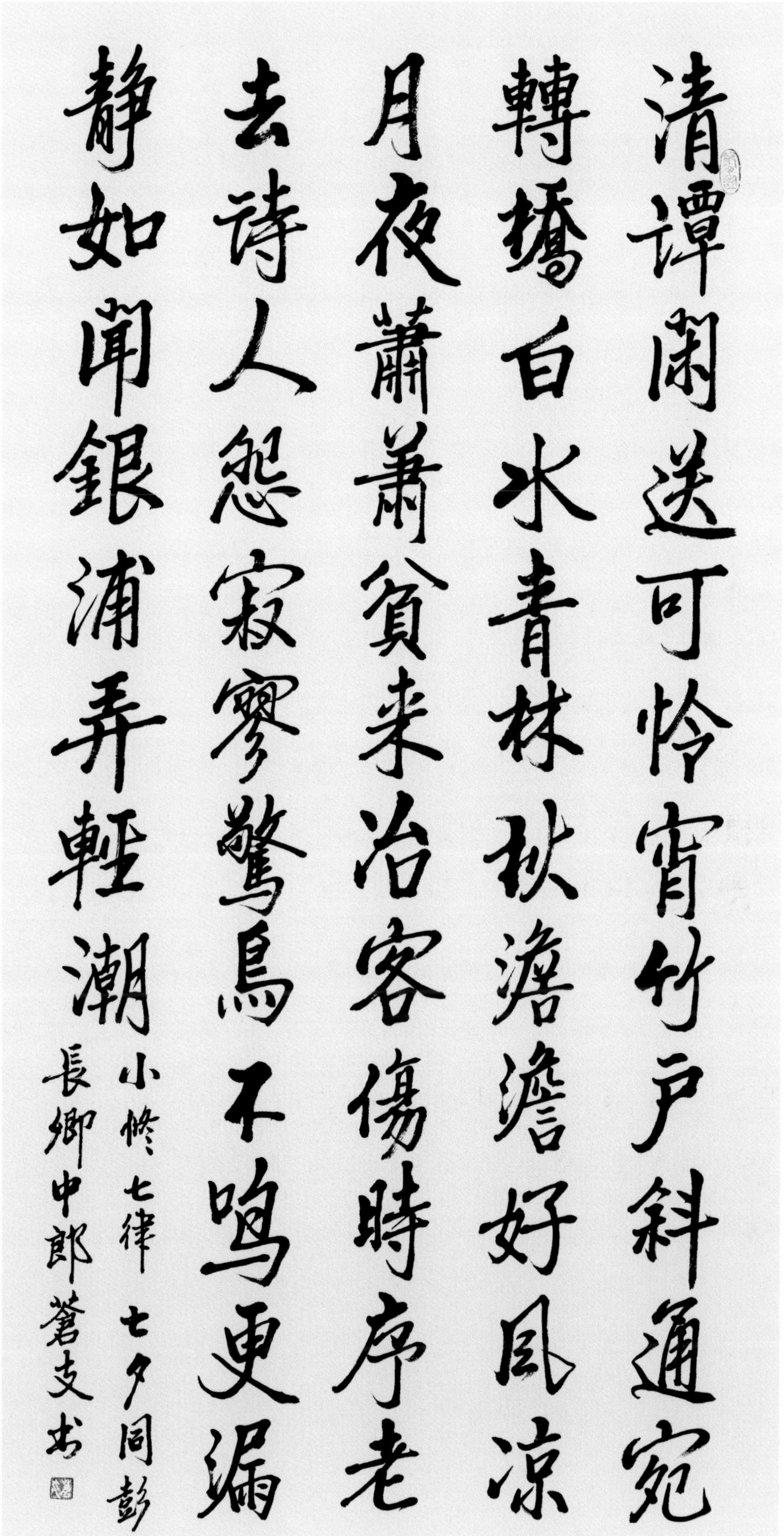
清潭閑送可憐宵竹戶斜通宛
轉橋白水青林秋潞潞好風涼
月夜蕭蕭貧來冶客傷時序老
去詩人怨寂寥驚鳥不鳴更漏
靜如聞銀浦弄輕潮
小修七律 七夕同彭
長卿中郎 簪支书

七夕同彭长卿、中郎[①]

清谭闲送可怜宵[②]，　竹户斜通宛转桥。
白水青林秋澹澹[③]，　好风凉月夜萧萧[④]。
贫来冶客伤时序[⑤]，　老去诗人怨寂寥[⑥]。
惊鸟不鸣更漏静，　如闻银浦弄轻潮[⑦]。

【注释】

①彭长卿：长寿县（今重庆市长寿区）人，时寓居荆州，与袁宏道、袁中道交游甚密。②谭：通“谈”。可怜：此处作可爱解。③澹澹：水波动貌。④萧萧：象声词。此处指风声。⑤冶客：冶，通“野”。指村野之人，多借指隐逸者。⑥寂寥：寂静清冷之意。⑦银浦：即银河。

【评析】

这首诗写诗人在七夕夜与兄及友闲谈以遣良宵。

首联“清谭闲送可怜宵，竹户斜通宛转桥”，七夕，相传是牛郎、织女二星相会之期，“可怜宵”即指此，同时点了诗题“七夕”二字。下句写他们的住处“竹户”，他们从竹户出来，通过曲折的长桥，欣赏着良宵的景色。次联“白水青林秋澹澹，好风凉月夜萧萧”，上句写白水澹澹，长林青青，满目秋色；下句写好风萧潇，新月清凉，夜色朦胧。这些景物虽好，但毕竟带有萧瑟、清凉的色彩。这是诗人缘情布景。诗人的情怎样，下联就作了表达。三联“贫来冶客伤时序，老去诗人怨寂寥”，时序的变化，节日的来临，最易引起游子的伤感。这一句切友人，切七夕。诗人到了老年，大多有寂寥之怨。这是诗人在直抒胸臆。尾联“惊鸟不鸣更漏静，如闻银浦弄轻潮”，诗人们边游边谈，已至更深，夜静得连惊鸟也不鸣。由于夜特别寂静，诗人似乎听到银河里轻微的弄潮之声，再次点了诗题“七夕”。

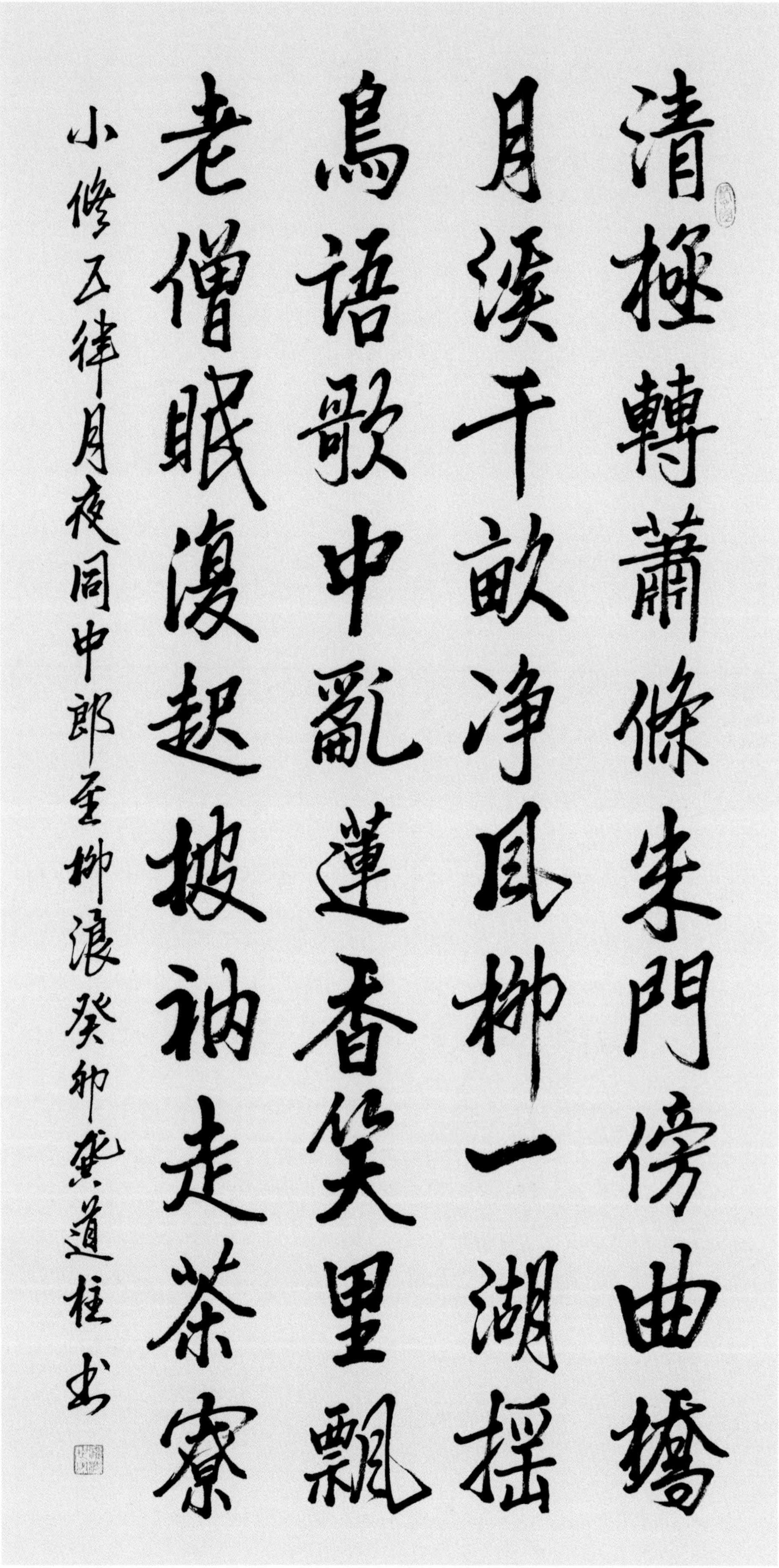
清極轉蕭條朱門傍曲橋
月溪千畝净風柳一湖摇
鳥語歌中亂蓮香笑里飄
老僧眠復起披衲走茶寮
小修五律月夜同中郎至柳浪 癸卯樊道桂書

月夜同中郎至柳浪

清极转萧条，　朱门傍曲桥。
月溪千亩净，　风柳一湖摇。
鸟语歌中乱，　莲香笑里飘。
老僧眠复起，　披衲走茶寮[1]。

【注释】

①衲：僧人穿的衣服。茶寮：寺中品茶小斋。

【评析】

这首诗写了夏秋之间柳浪湖的夜色。

首联“清极转萧条，朱门傍曲桥”，上句写柳浪湖的主人常在外，柳浪馆也就少有人来往，故显得萧条，下句写柳浪馆的建筑，只“朱门傍曲桥”五字就勾勒出了这一建筑物的幽韵。次联“月溪千亩净，风柳一湖摇”，兄弟月夜归来，明月照临溪上，只觉四野都是一片净土，柳浪湖堤上种柳万株，杨柳环湖，倒影映入湖中，风拂柳条，只觉一湖在摇。这一“摇”字，不仅变静为动，而且用得奇妙——柳能摇，湖怎能摇？这里暗写了“月”，无月即无“倒影”，没有满湖倒影，任风狂吹也不会“一湖摇”的。三联“鸟语歌中乱，莲香笑里飘”，这里有鸟语，有歌声，有满湖莲花的清香，有人群欢乐的嬉笑，主人归来，柳浪湖顿时生色，活了起来。尾联“老僧眠复起，披衲走茶寮”，老僧听到主人归来，睡而复起，忙披衲衣去茶房烹茶。

这首诗写月夜至柳浪的一个片段，这一片段展示了柳浪湖如诗如画的景色。我们从这幅画里也可想见当时柳浪湖主人的风采和神韵。

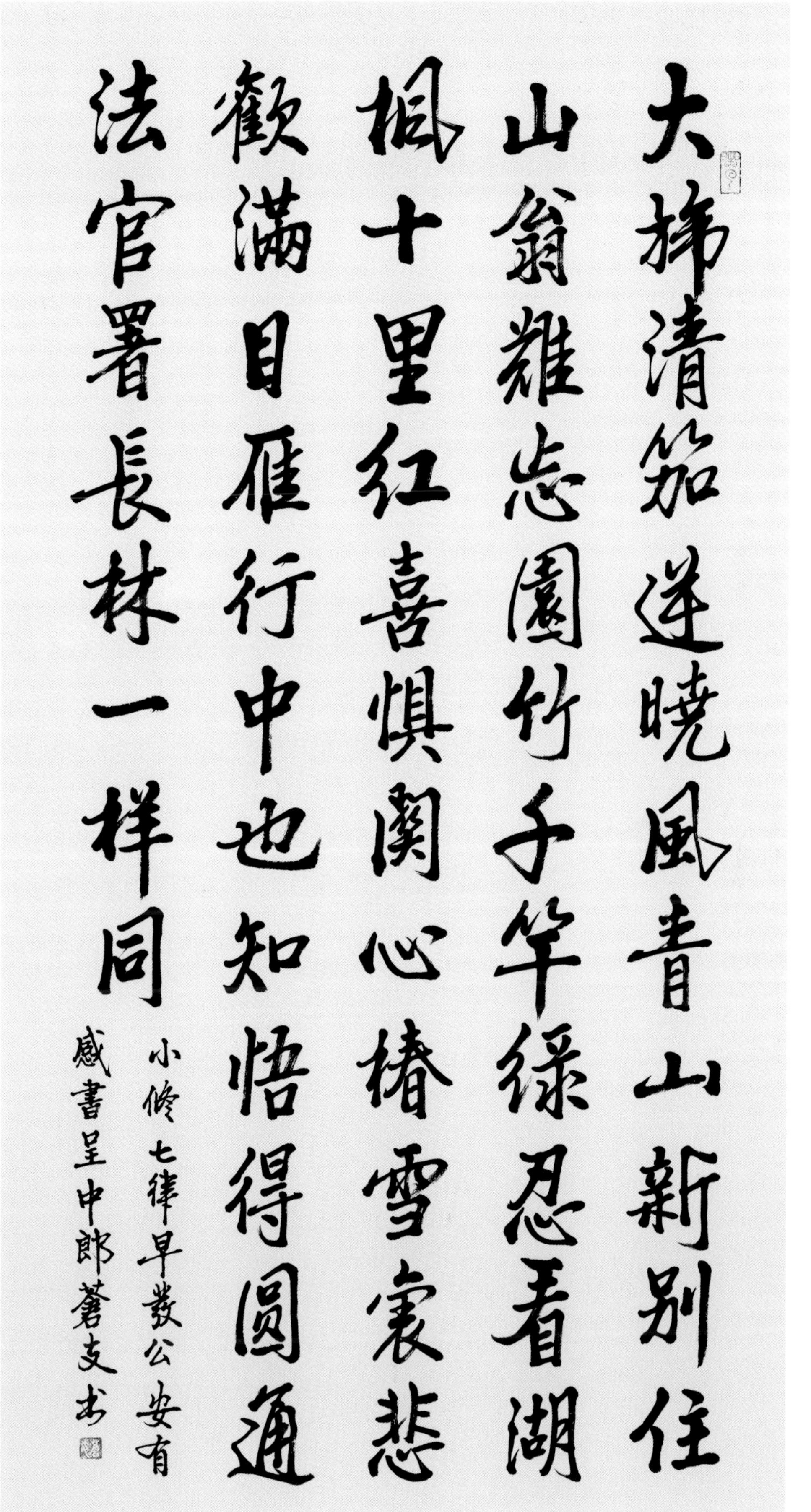
大拂清笳送曉風青山新別住
山翁難忘園竹千竿綠忍看湖
楓十里紅喜懼關心椿雪衰悲
歡滿目雁行中也知悟得圓通
法官署長林一樣同
小修七律早發公安有
感書呈中郎蒼支书

早发公安有感，书呈中郎[1]

大旆清笳逆晓风[2]，　青山新别住山翁。

难忘园竹千竿绿，　忍看湖枫十里红。

喜惧关心椿雪里[3]，　悲欢满目雁行中。

也知悟得圆通法[4]，　官署长林一样同[5]。

【注释】

①此诗大概是万历三十五年（1607）三月诗人去京城应礼部会试，从公安出发前作。②旆（pèi）：泛指旌旗。笳：即胡笳。③椿：古称父为椿，因椿有寿考之征。庄子《逍遥游》："上古有大椿者，以八千岁为春，八千岁为秋。"④圆通：佛家语，谓觉慧周圆，通入法性。《楞严经》卷二十二："阿难及诸大众蒙佛开示，慧觉圆通，得无疑惑。"本句意为对人生事理已有所领悟。⑤长林：喻隐逸者的居处。高启《松隐居为戴叔能赋》："我今身似浮云闲，正合著在长林间。"

【评析】

在这首诗里，诗人写了早发公安的情景和离别公安的感受，并将它呈送中郎。

首联"大旆清笳逆晓风，青山新别住山翁"，中道此时虽非官吏，却也是一举人，出门时也可能有一些排场。"大旆清笳"当指此。"逆晓风"中的"晓"字点了诗题"早发"。

自称“住山翁”，又说与“青山新别”，都说明了诗人与家乡有深厚情谊。二联“难忘园竹千竿绿，忍看湖枫十里红”，具体地表达了诗人难舍家乡的深情。“园竹千竿绿”“湖枫十里红”，家乡是多么美丽如画，“忍看”即不忍看，依依之情已溢于言表。三联“喜惧关心椿雪里，悲欢满目雁行中”，对老父现还健在是喜，毕竟老父高龄如树木之在寒冬。是关心，是畏惧？下句的“雁行”指兄弟，两位兄长都是有为之士是欢，宗道早逝是悲。上句侧重在惧，下句侧重在悲，这里点了诗题中的“有感”。尾联“也知悟得圆通法，官署长林一样同”，经过几十年的人生历程，诗人已悟得了怎样对待人生，富贵于我已如浮云，无论在朝在野都一样。

从本诗看来，中道此时即使是去应试，也对是否进入官场而感到犹疑，并充满了对家乡的依恋之情。

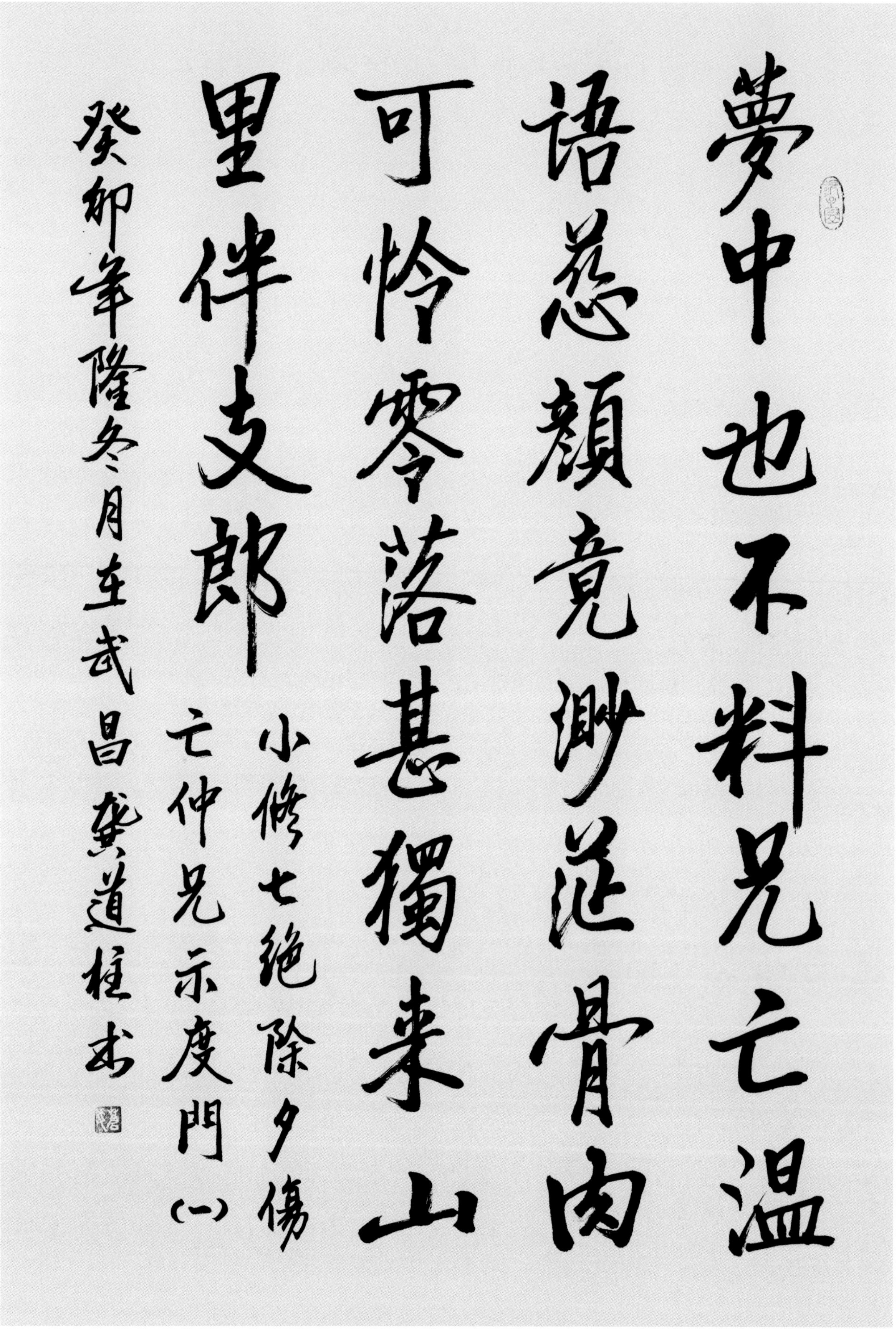
夢中也不料兄亡温
語慈顔竟渺茫骨肉
可憐零落甚獨來山
里伴支郎
小修七绝除夕傷
亡仲兄示度門（一）
癸卯年隆冬月在武昌龚道桂书

除夕伤亡仲兄[1]，示度门（二首）

其一

梦中也不料兄亡，　温语慈颜竟渺茫。
骨肉可怜零落甚，　独来山里伴支郎[2]。

【注释】

①仲兄：即指宏道，万历三十八年（1610）病逝。此诗写于这年的除夕之夜。②支郎：指支谶（chèn），全名支娄迦谶，东汉末佛教翻译家。月氏人，博通经藏，永康元年（167）来洛阳，从事佛经翻译，着重传布大圣佛教般若学理论，对中国佛教思想影响很大。此处泛指僧人。

【评析】

除夕夜是全家团圆的日子，可宏道继宗道之后又过早逝世，致使中道痛不欲生，在佳节里他更加思念，痛彻心脾，于是写诗给度门（僧人）表示愿来山中与之做伴。

“梦中也不料兄亡，温语慈颜竟渺茫”，仲兄的去世，真如晴天霹雳，诗人真是做梦也未想到。他曾说：“本朝数百年来，出两异人，识力胆力，迥超世外，龙湖、中郎非欤？”现中郎亡去，一切都“竟渺茫”，怎使他不悲恸！

“骨肉可怜零落甚，独来山里伴支郎”，其意谓两个兄长已零落殆尽，我在尘世还有何意义？只有独来山里与支郎作伴。字字是血，凄切之至。

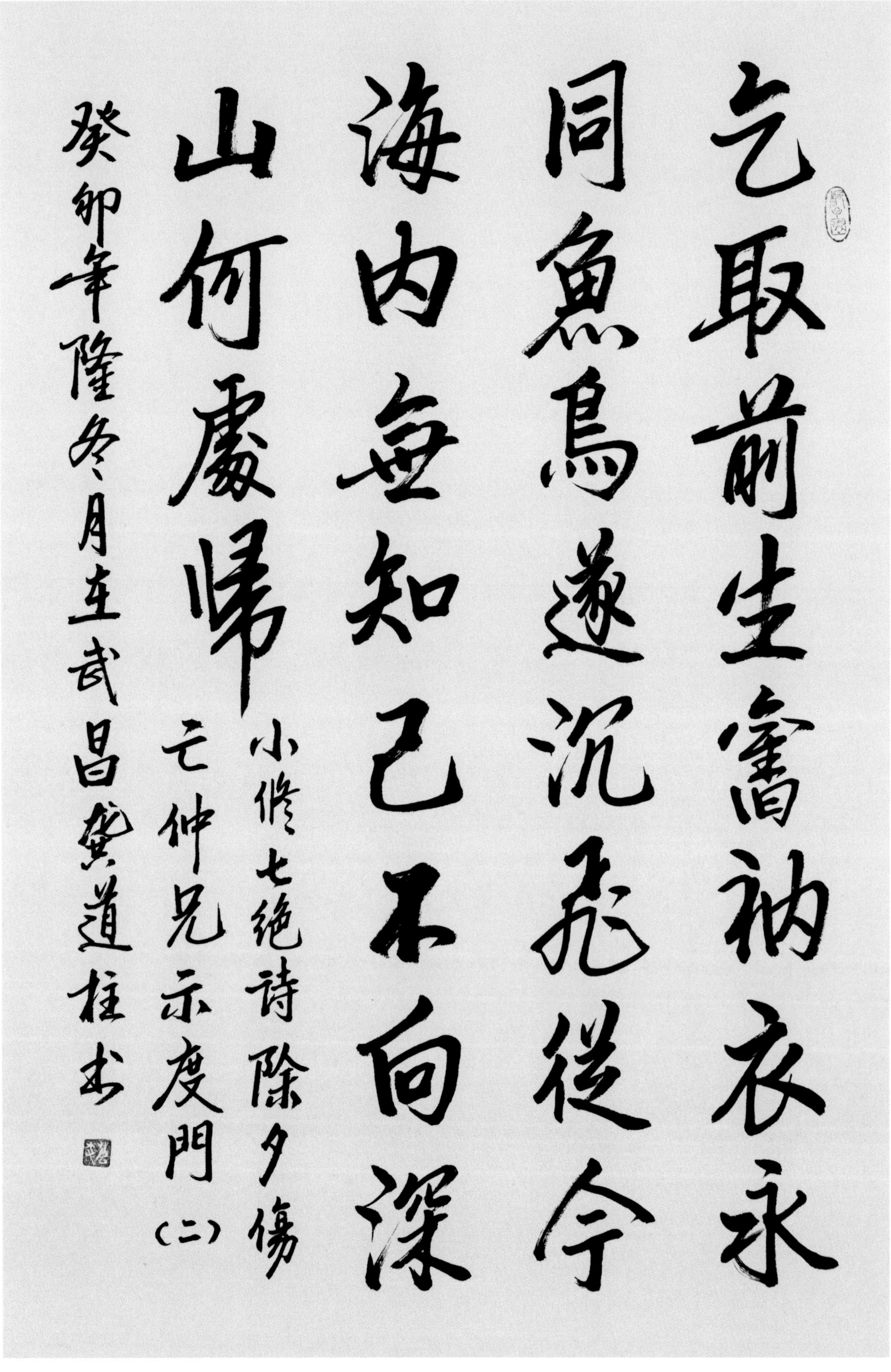
乞取前生舊衲衣永
同魚鳥遂沉飛從今
海內無知己不向深
山何處歸
小修七绝诗除夕傷
亡仲兄示度門（二）
癸卯年隆冬月在武昌黄道柱書

其二

乞取前生旧衲衣，　永同鱼鸟遂沉飞。
从今海内无知己，　不向深山何处归。

【评析】

“乞取前生旧衲衣，永同鱼鸟遂沉飞”，这里的“前生”是指度门僧人的前生，意为你这位有道的高僧，前生也一定是一个僧人，我现请求你把前生穿的旧衲衣给我；也就是说我现在要来山上做僧人，与你永远朝夕相伴，就像鱼同游水底，像鸟一起高飞。一个豪杰之士现在居然想当和尚，可见宏道的死对他的打击之大，其痛失骨肉的悲伤之情，至真至切。“从今海内无知己，不向深山何处归”，他与仲兄同为“公安派”领袖，同是抨击前后“七子”的战士，他无比崇敬仲兄，而仲兄对这位小弟也最为了解，从宏道《叙小修诗》即可看出，他们既是兄弟，又是知己。仲兄逝去，“从今海内无知己”是至诚之言；既然海内已无知己，不向深山又向何处去呢？这一反问不容人置喙。如果说前首诗是从情的方面来写要来山里伴支郎，这里就是从理的方面来写要来山里伴支郎了。中道中年之后，诗文中的失意自伤情绪相当浓厚，两位兄长的早逝也是他产生这种情绪的一个重要原因。

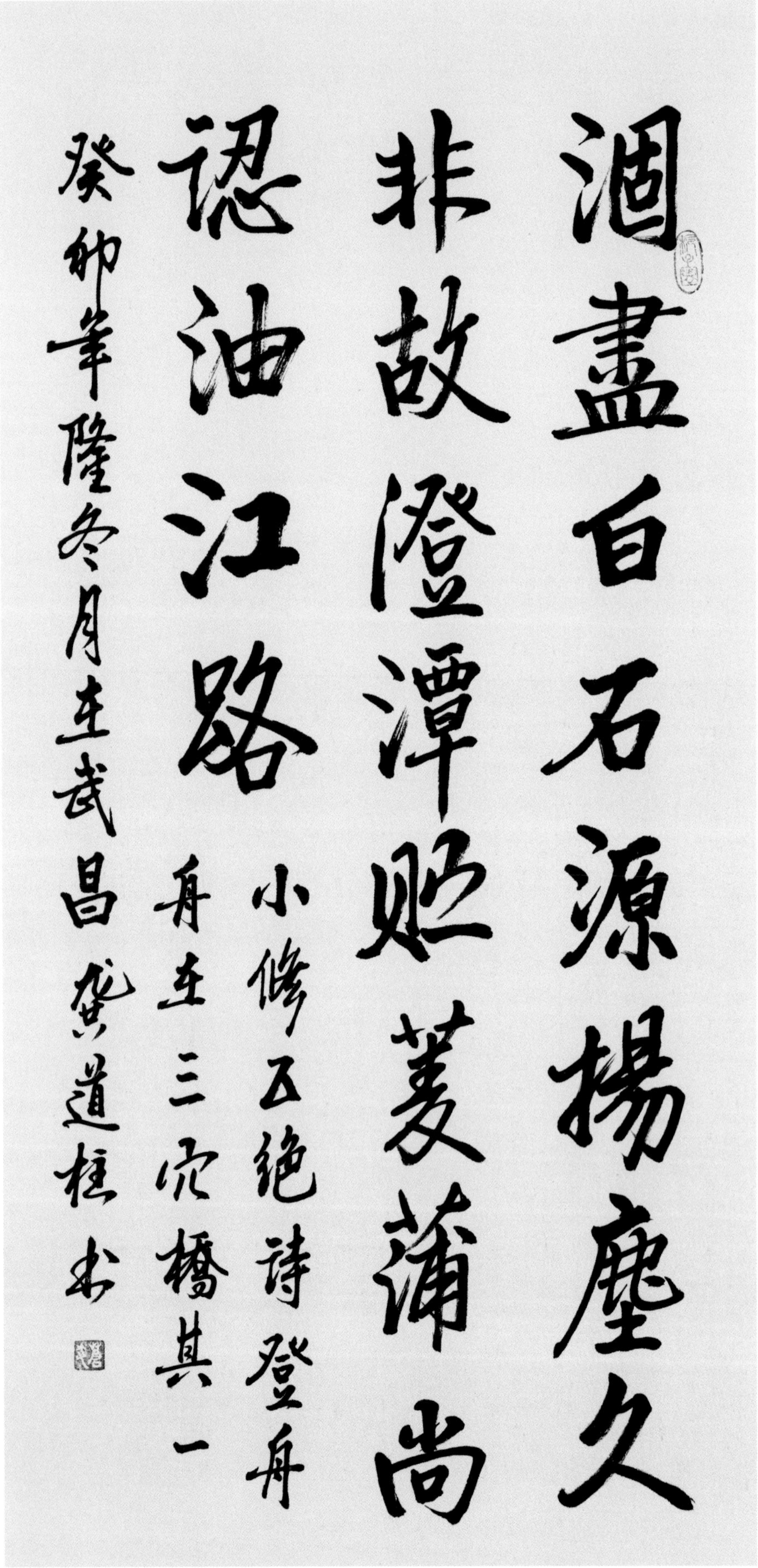
涸盡白石源
揚塵久非故
澄潭照菱蒲
尚認油江路
小修五绝詩登舟
舟至三穴橋其一
癸卯年隆冬月于武昌盤道桂書

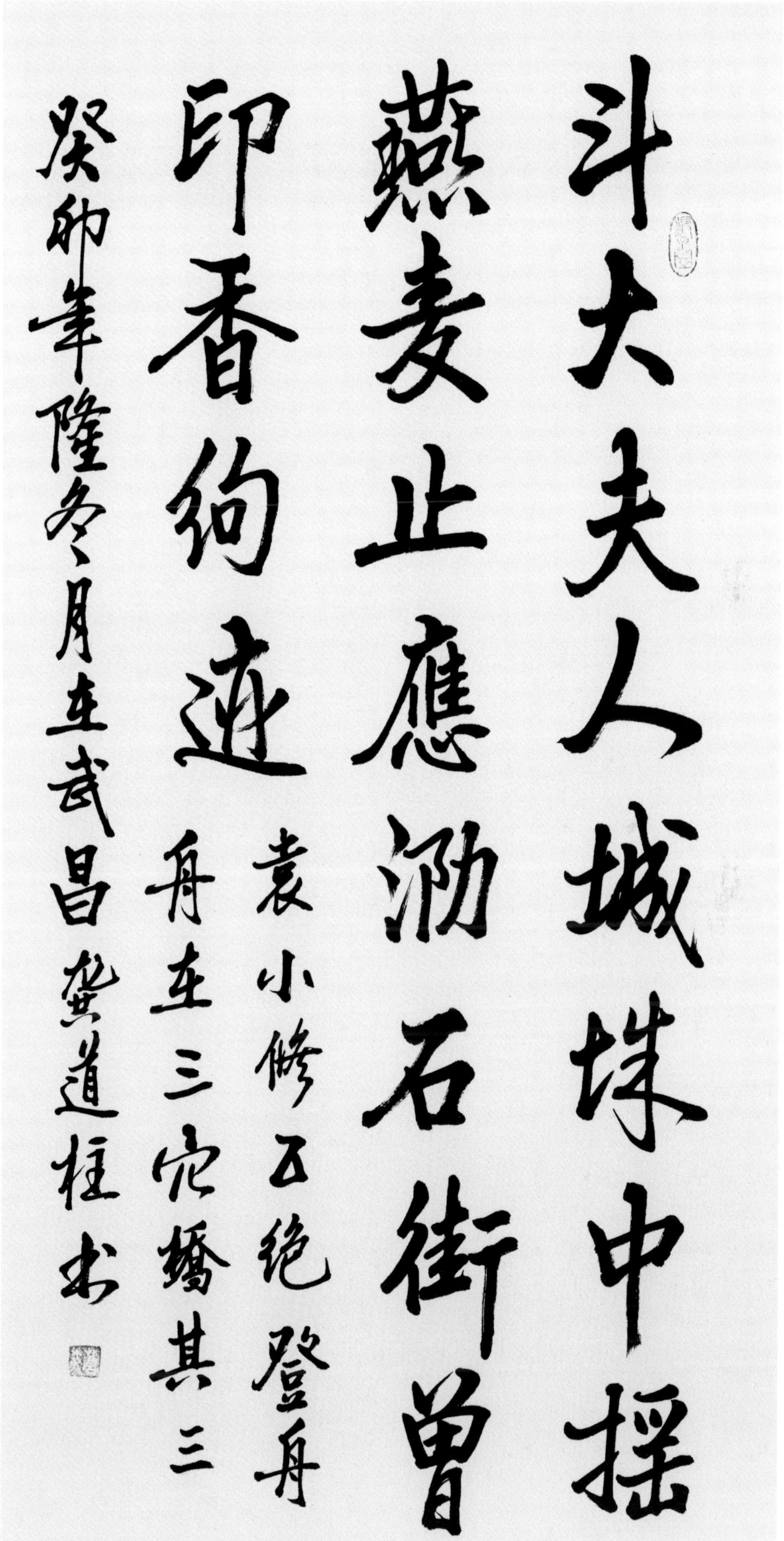
斗大夫人城堞中摇
燕麦止應泐石曾
印香絢迹
袁小修五绝登舟
舟在三穴桥其三
癸卯年隆冬月在武昌盘道桂书

登舟，舟在三穴桥[1]（五首选其一、其三）

其一

涸尽白石源[2]，扬尘久非故。
澄潭贮菱蒲，尚认油江路。

其三

斗大夫人城[3]，城中摇燕麦。
止应泐石街[4]，曾印香絢迹[5]。

【注释】

①三穴桥：又名太平桥。明正统年间，一为大道通行，二为锁住虎渡口分江之水不致取捷径下洞庭，乃在今黄金口北之虎渡河上架此石桥。桥下七门，雄伟为当时公安桥梁之最，早已毁。②白石源：指已干涸淤塞的流经三穴桥的油河，发源于武陵白石山。③夫人城：指刘备孙夫人所筑之城。《元和郡县图志阙卷逸文》载："孙夫人城在孱陵城东五里。汉昭烈夫人，权妹也，与昭烈相疑，别筑此城居之。"④泐（lè）：凝合。⑤香絢（qú）：香，古时用作女子的代称；絢，鞋头上的装饰，此指鞋、脚。

【评析】

这一诗题，共成诗五首。每首各写一个侧面，主要是写三穴桥附近的景物及事迹。

其一，诗中上联“涸尽白石源，扬尘久非故”，油江的源头早已干涸，原来流经的河道，有的地方现已尘土飞扬，大非昔日的光景了。下联“澄潭贮菱蒲，尚认油江路”，由于水源干涸，有些河段成了一个一个的死水潭，里面长满了菱角、菖蒲等各种水草，只是使人尚能辨认油河这条水道，但已不能通船，点诗题“登舟，舟在三穴桥”。这首诗言近旨远，有沧桑之慨。

其三，诗中诗人看到孙夫人城荒芜不堪，不胜感慨。上联“斗大夫人城，城中摇燕麦”，斗大的“夫人城”三个字，是何等显赫，孙夫人镇此城时，又是何等威严。今天呢，城中却摇动着野麦荒草，一片凄凉。“止应泐石街，曾印香絇迹。”诗人认为应该保护好这样的名胜古迹，只应把坏了的石街凝合起来，修理好，因为在这石街上印有孙夫人的足迹。诗人是公安人，对公安的名胜古迹受到损坏不胜惋惜，也进一步反映了他对沧桑变化的感慨。

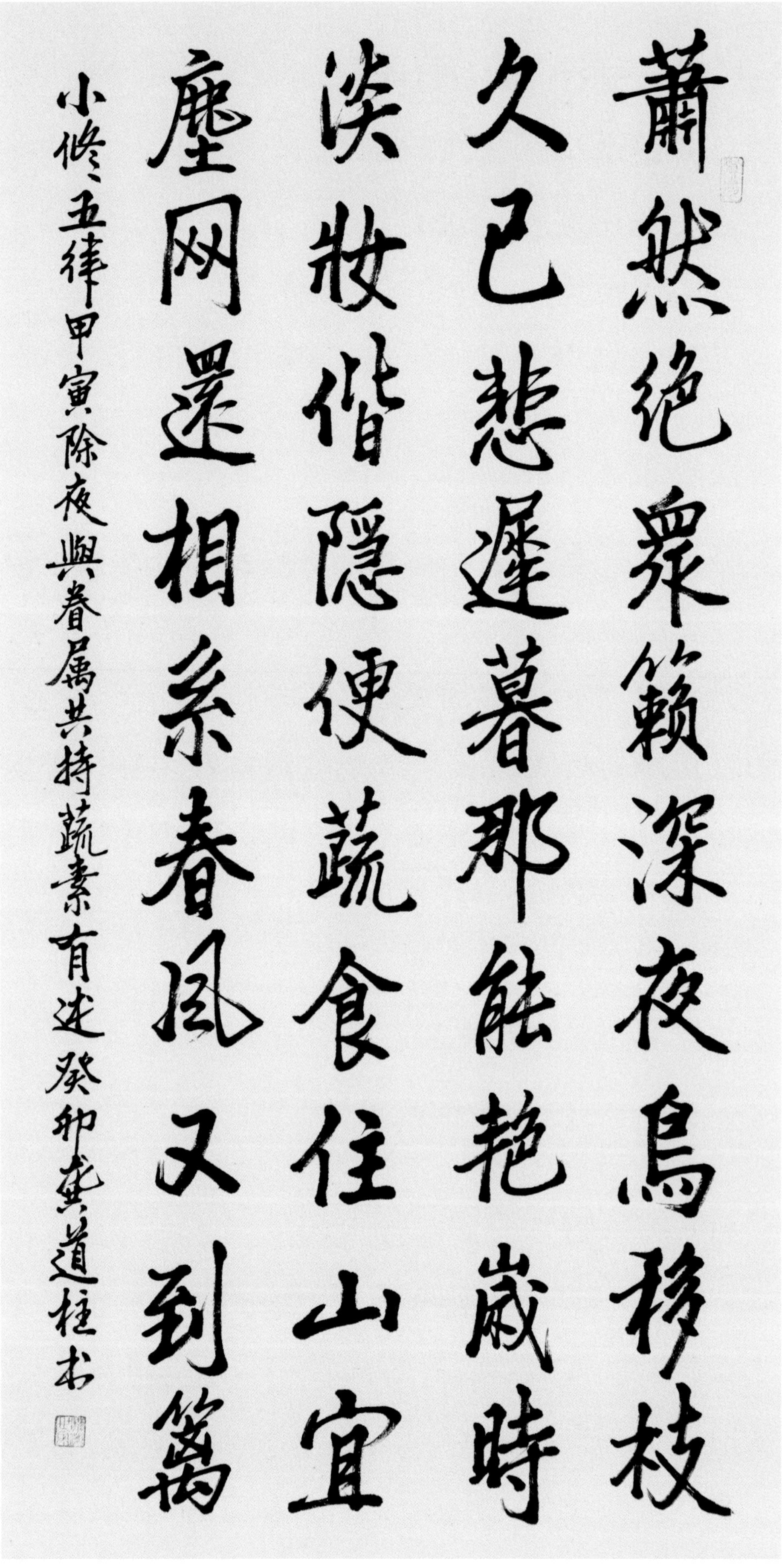
蕭然絕衆籟深夜鳥移枝
久已悲遲暮那能艷歲時
淡妝偕隱便蔬食住山宜
塵网還相系春風又到籬
小修五律甲寅除夜與眷屬共持蔬素有述 癸卯龔道桂书

甲寅除夜与眷属共持蔬素有述[①]（二首选其二）

萧然绝众籁[②]，　深夜鸟移枝。
久已悲迟暮，　那能艳岁时[③]。
淡妆偕隐便，　蔬食住山宜。
尘网还相系[④]，　春风又到篱。

【注释】

①甲寅：即万历四十二年（1614）。是年，中道隐居当阳玉泉山。此诗可能是在玉泉山所作。②绝众籁：籁，即古箫，此泛指声音。绝众籁，即万籁俱寂意。③艳：丰满、光彩。这里用作使动。句意谓哪还能使年节的生活丰富多彩。④尘网：犹尘世，把现实世界看作束缚人的罗网。陶潜《归田园居》（其一）："误落尘网中，一去三十年。"

【评析】

甲寅除夕，诗人居当阳玉泉寺右柴紫庵，自号柴紫居士，并与眷属共持蔬素。首联"萧然绝众籁，深夜鸟移枝"，除夕夜应是欢腾的，可诗人与家属共居庵中，非常萧寂清静；下句是作比，除夕偕眷属来庵，如夜鸟移枝。次联"久已悲迟暮，那能艳岁时"，诗人早已为年岁日益老大而悲，哪还管得了过年过节饮食的丰富多彩？点诗题"与眷属共持蔬素"。三联"淡妆偕隐便，蔬食住山宜"，这一联似是对眷属之语，谓淡妆便于一道隐居，蔬食适宜于在庵居住，进一步说明为什么“共持蔬素”。尾联“尘网还相系，春风又到篱”，尘网还是紧紧相系，那多情的春风又撩人地来到了篱边。

诗人住玉泉山主要是养病，虽对仕途心灰意冷，但还未绝尘网，并非到了“朝朝不见日，岁岁不知春”的境界，故于尾联就形象地反映了他当时的思想状况。

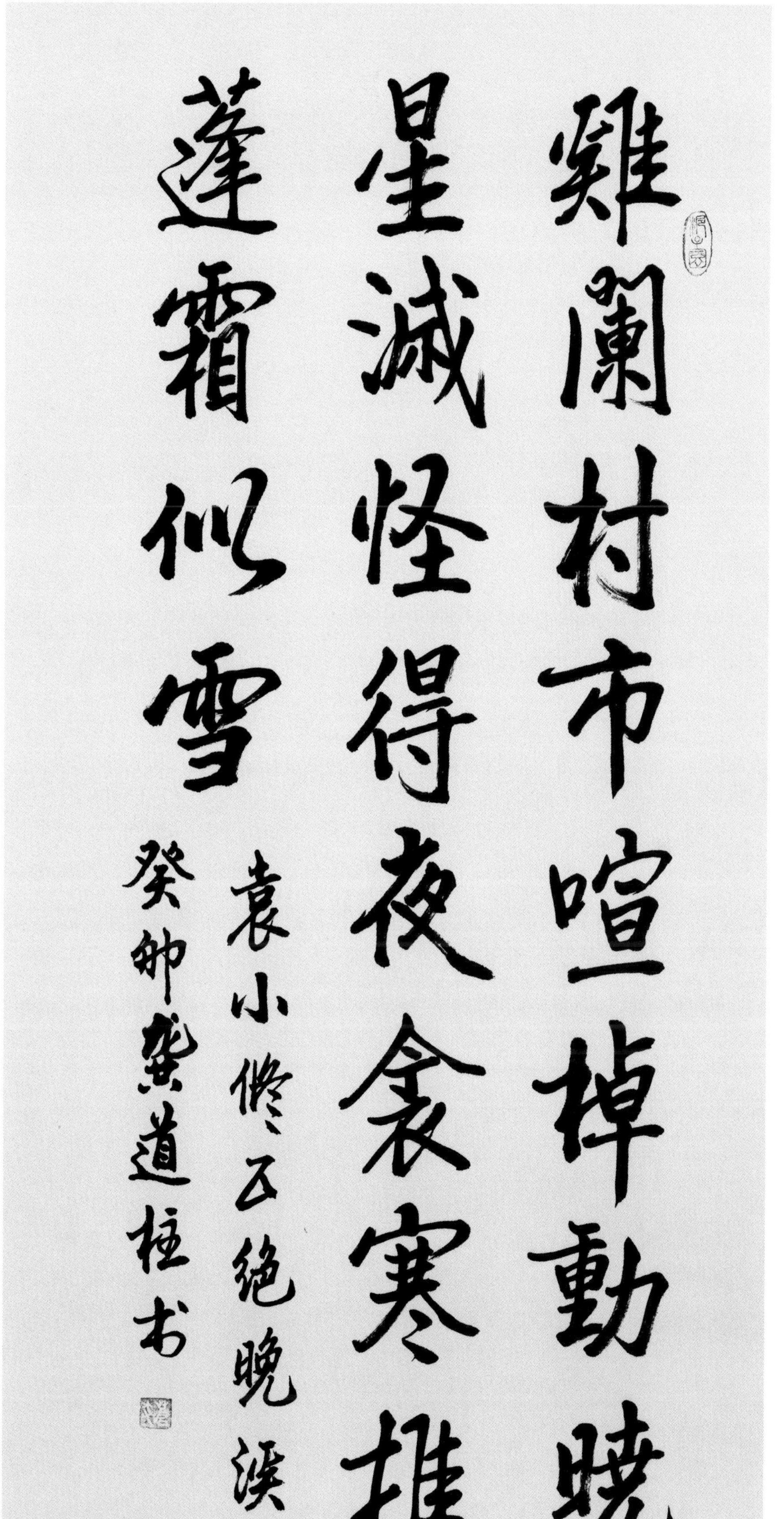
雞闌村市喧棹動曉
星滅怪得夜衾寒推
蓬霜似雪
袁小修五绝晚溪
癸卯

晚　溪

鸡阑村市喧[1]，　棹动晓星灭。
怪得夜衾寒[2]，　推蓬霜似雪。

【注释】

①阑：将尽。②衾（qīn）：被子。

【评析】

这首诗写晚溪，摄取的是天将曙还未曙时溪畔一霎时的景物。

“鸡阑村市喧，棹动晓星灭。”鸡鸣夜尽天将曙，乡村、城市渐渐喧闹起来，船动水摇，倒映水中的晓星霎时不见了。在这两句里有鸡鸣，有乡村、城市的喧闹，有清澈见底的晓溪，有扁舟，有倒映水中的星星，还有高挂空中的明月，有人在划船，有船在前行，有水波在荡漾，还有水中晓星的明灭，有静态美，更有动态美。仅十个字却包容如此之多的内涵，勾画出如此美好的意境，给人以美的享受。

“怪得夜衾寒，推蓬霜似雪。”“怪得”，即“怪不得”。这两句写夜寒、霜重，进一步勾画了晚溪宁静和四野寒霜覆盖如雪的画面。这首小诗可谓“诗中有画，画中有诗”，生意盎然，颇富情趣。

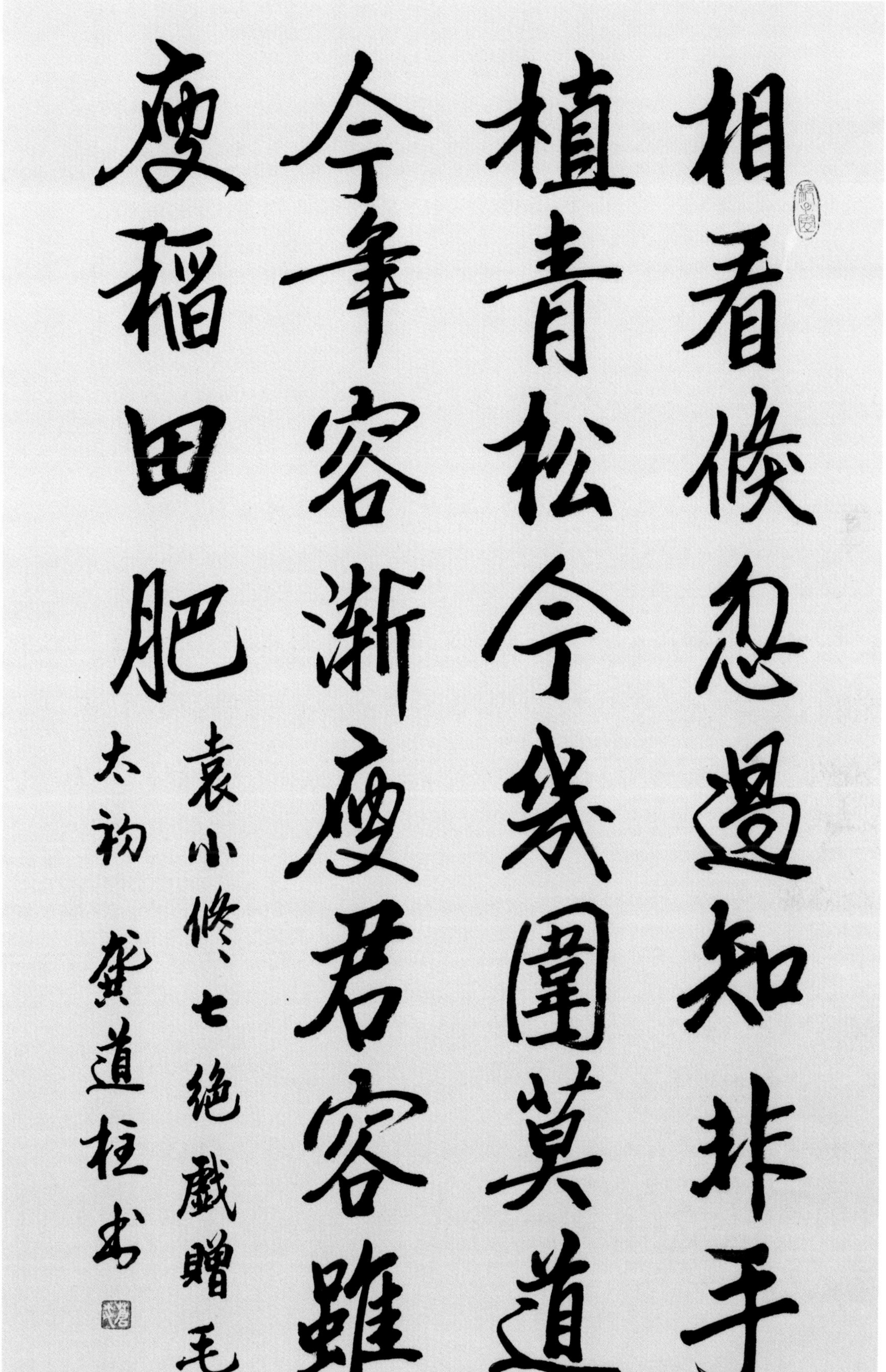
相看倏忽過知非手
植青松今幾圍莫道
今年容漸瘦君容雖
瘦稻田肥
袁小修七绝戲贈毛
太初 龚道桓书

戏赠毛太初[1]

相看倏忽过知非[2]，　手植青松今几围。
莫道今年容渐瘦，　君容虽瘦稻田肥。

【注释】

①毛太初：公安县农民，中道之姐夫。②倏忽：忽然，很快地。过知非：指年过五十。《淮南子·原道训》：“故蘧伯玉年五十，而有四十九年非。”

【评析】

毛太初是诗人的姐夫，“戏赠”就含有亲切之意。

“相看倏忽过知非”，写两人相见之后，都深感岁月流逝迅疾，不知不觉都过了“知非”之年。“手植青松今几围”，可能是诗人曾在姐夫家植过树，问他所植的树现已长多大。问树只是一个具有代表性的方面，亲戚见面所问必多，诗人不可能把所问一一列出，所问皆是细事，体现了他们彼此间的亲密和相互的关心。

“莫道今年容渐瘦，君容虽瘦稻田肥”，语言明白如话，自然流畅，似不加选择随口道来，实是经过认真提炼的。这两句饱含一定哲理：只有付出艰辛的劳动，才能有一定的收获。同时语言里也含有关心和安慰。同亲戚问冷暖谈家常，把这些家常话写得有诗情、有诗趣，这是诗人善于选材、善于捕捉有意义的瞬间、善于引用口头语入诗的结果。

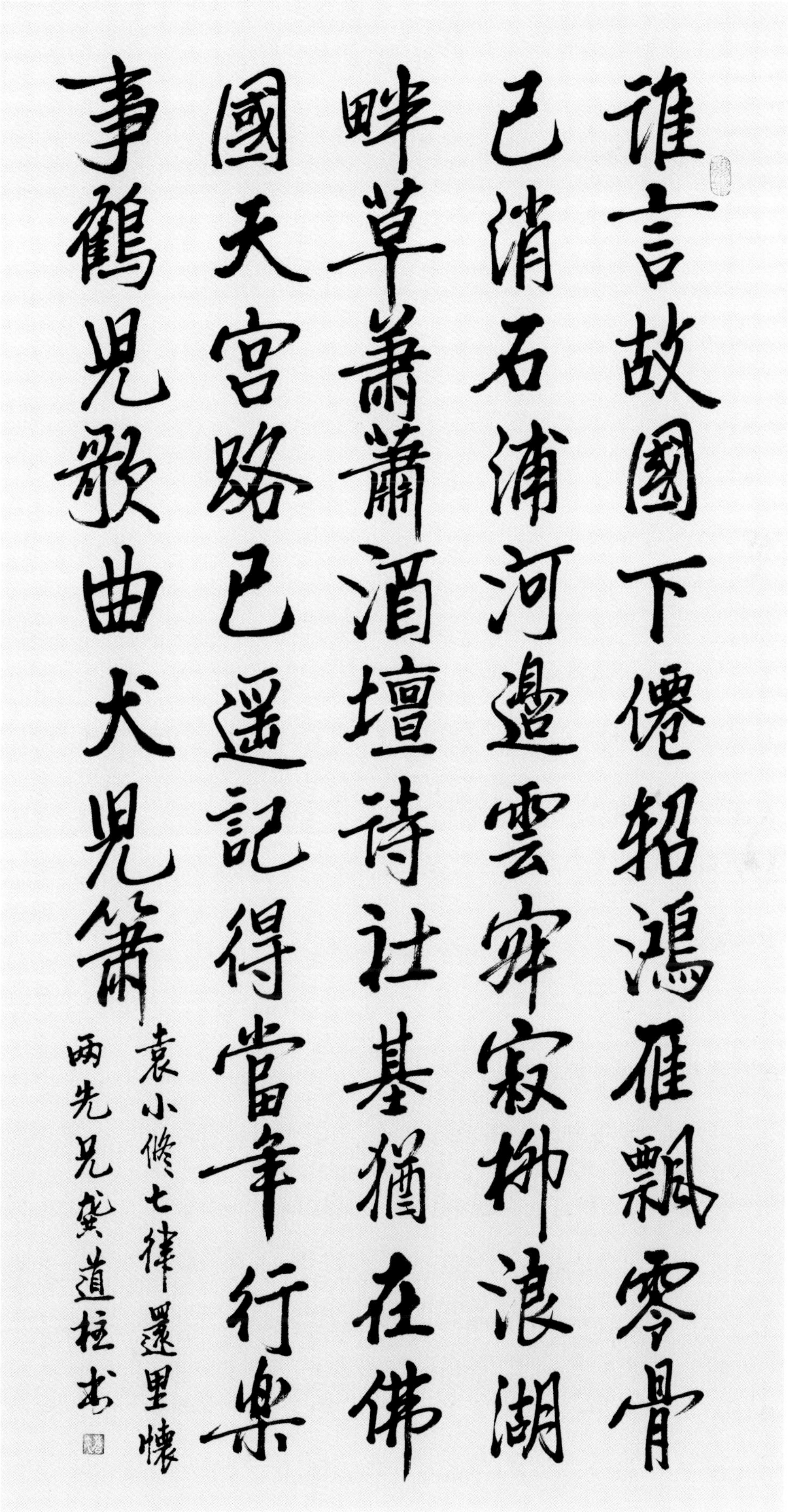
誰言故國下僊貂鴻雁飄零骨
已消石浦河邊雲窣寂柳浪湖
畔草蕭蕭酒壇詩社基猶在佛
國天宮路已遥記得當年行樂
事鶴兒歌曲犬兒簫
袁小修七律罷還里懷
丙先兄兄正道桓書

还里怀两先兄①

谁言故国下仙轺②，　　鸿雁飘零骨已消。
石浦河边云寂寂③，　　柳浪湖畔草萧萧④。
酒坛诗社基犹在，　　佛国天宫路已遥。
记得当年行乐事，　　鹤儿歌曲犬儿箫⑤。

【注释】

①两先兄：指逝世的宗道、宏道。②轺（yáo）：古时的一种轻便车。③石浦河：流经县城的河（已淤塞），宗道曾居于河滨。④柳浪湖：指柳浪湖畔的宏道别业。⑤鹤儿歌曲：指鹤舞。《韩非子·十过》："平公曰：'寡人之所好者音也，愿试听之。'师旷不得已，援琴而鼓。一奏之，有玄鹤二八道南方来，集于郎门之垝；再奏之，而列；三奏之，延颈而鸣，舒翼而舞，音中宫商之声，声闻于天。"后即以"鹤舞"形容优美的舞姿。犬儿箫：即犬儿吹箫。犬儿，犹言小奴才。明王衡《郁轮袍》第四折："自家赵履温是也，九公主门下做一个有心的犬儿。"

【评析】

中道还里怀念两位仙逝的兄长是很自然的，这首诗就反映了这种情思。首联"谁言故国下仙轺，鸿雁飘零骨已消"中，故国指故乡，仙轺指仙人坐的车，鸿雁喻兄弟。这联是说，谁遣仙车来到故乡把我两位兄长接走了？我们骨肉分离，我已憔悴不堪。次联“石浦河边云寂寂，柳浪湖畔草萧萧”，“石浦河边”“柳浪湖畔”，一指宗道住处，一指宏道别业，由于他们的仙逝，云也寂寂，草也萧萧。云和草本是无情的，但为他们的仙逝也动情，何况于人，又何况是亲兄弟？通过这一烘托，进一步表达了诗人怀念先兄的情思。三联“酒坛诗社基犹在，佛国天宫路已遥”，是说他们当年饮酒赋诗结社的遗迹犹存，只是他们已进入佛国天宫与人间相隔遥远，不可能再来主持诗社，与社友一道狂饮豪吟了。尾联“记得当年行乐事，鹤儿歌曲犬儿箫”，曾记当年兄弟们一起行乐，一家人欢乐的聚会该是多么幸福。越忆起昔日的欢聚，越增加今日的悲痛，通过这一反衬进一步表达了中道思念先兄的痛楚之情。

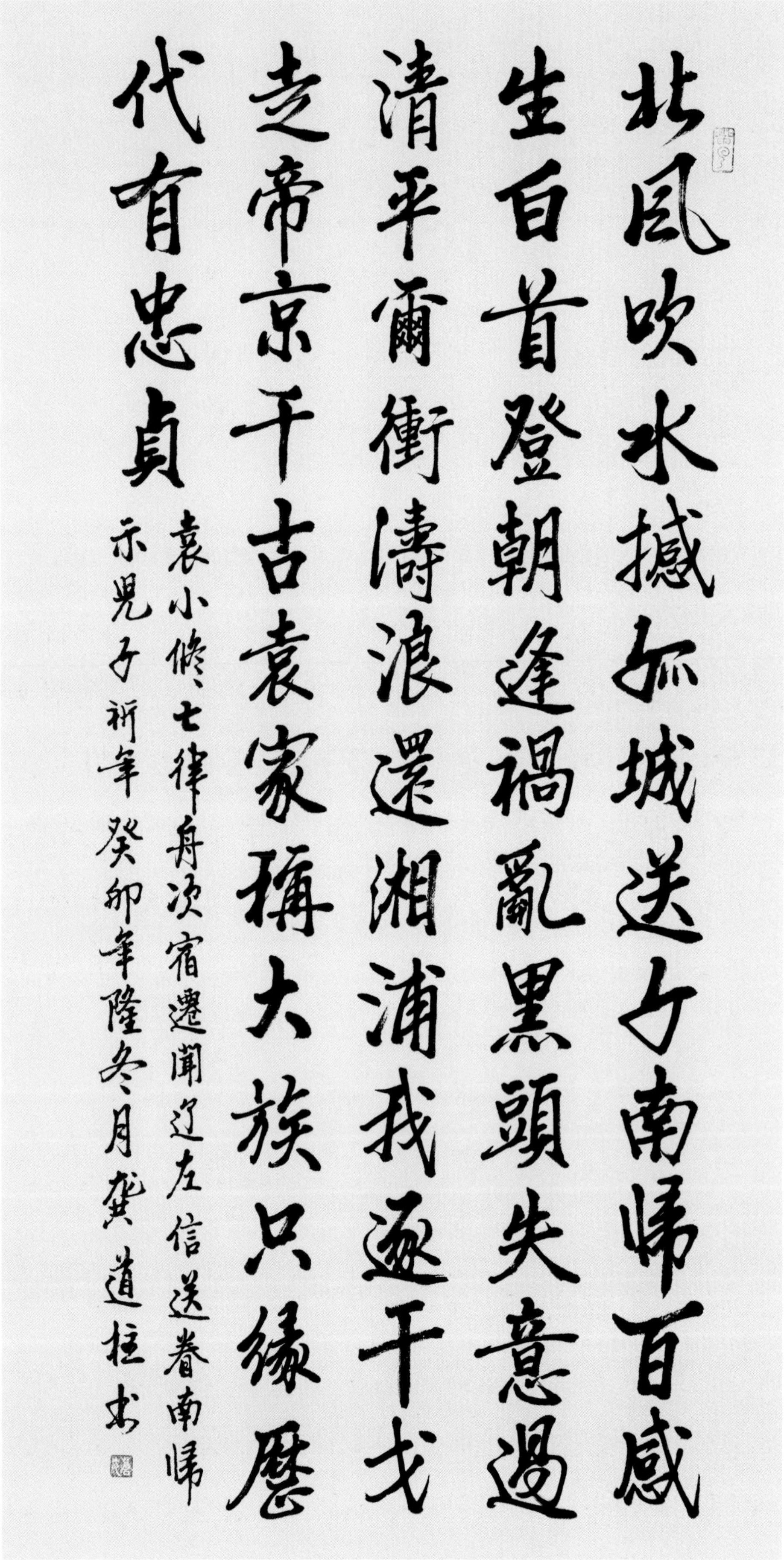
北風吹水撼孤城送子南歸百感
生白首登朝逢禍亂黑頭失意遇
清平爾衡濤浪還湘浦我逐干戈
走帝京千古袁家稱大族只緣歷
代有忠貞
袁小修七律舟次宿遷聞遼左信送眷南歸
示兒子祈年 癸卯年隆冬月龔道柱書

舟次宿迁，闻辽左信，送眷属南归，示儿子祈年[①]二首（二首选其一）

北风吹水撼孤城[②]，　送子南归百感生。
白首登朝逢祸乱，　黑头失意过清平。
尔冲涛浪还湘浦[③]，　我逐干戈走帝京[④]。
千古袁家称大族，　只缘历代有忠贞。

【注释】

①此诗写于天启二年（1622）。据《明史》载，天启二年，清兵犯辽阳，京师戒严。先一年，清兵攻沈阳，官军大败。宿迁：明代县名，在今江苏省淮安市西北。②孤城：此指南京。句意谓北方边境发生战争，南京大为震撼。③湘浦：湘江滨。此泛指诗人家乡荆楚之地。④帝京：皇帝居住地——京师。明制两京：京师（北京）、南京。时中道任南京礼部主事。

【评析】

写这首诗时，中道在南京礼部任职，由于战乱，送眷属回公安。

首联“北风吹水撼孤城，送子南归百感生”，诗人用“北风吹水撼孤城”来比喻北方的战火已使南京震撼。由于战乱，只得送眷属归里，并用“百感生”引起下文。次联“白首登朝逢祸乱，黑头失意过清平”承“百感生”。中道47

岁时才考取进士，写这首诗时已 52 岁。白首才登朝，一登朝就逢祸乱；在中青年时世道清平偏又失意（屡试不中），真是不幸之至。三联“尔冲涛浪还湘浦，我逐干戈走帝京”，上句承“送子南归”，下句承“逢祸乱”。身为朝廷官吏，自当效忠朝廷，迎着干戈（战火）上帝京。尾联“千古袁家称大族，只缘历代有忠贞”，这一联是示儿，教育后代要成为忠贞之士。

这首诗写了当时的战祸、自己对待战祸的姿态，以及教育后代要做忠贞之士的拳拳之心。

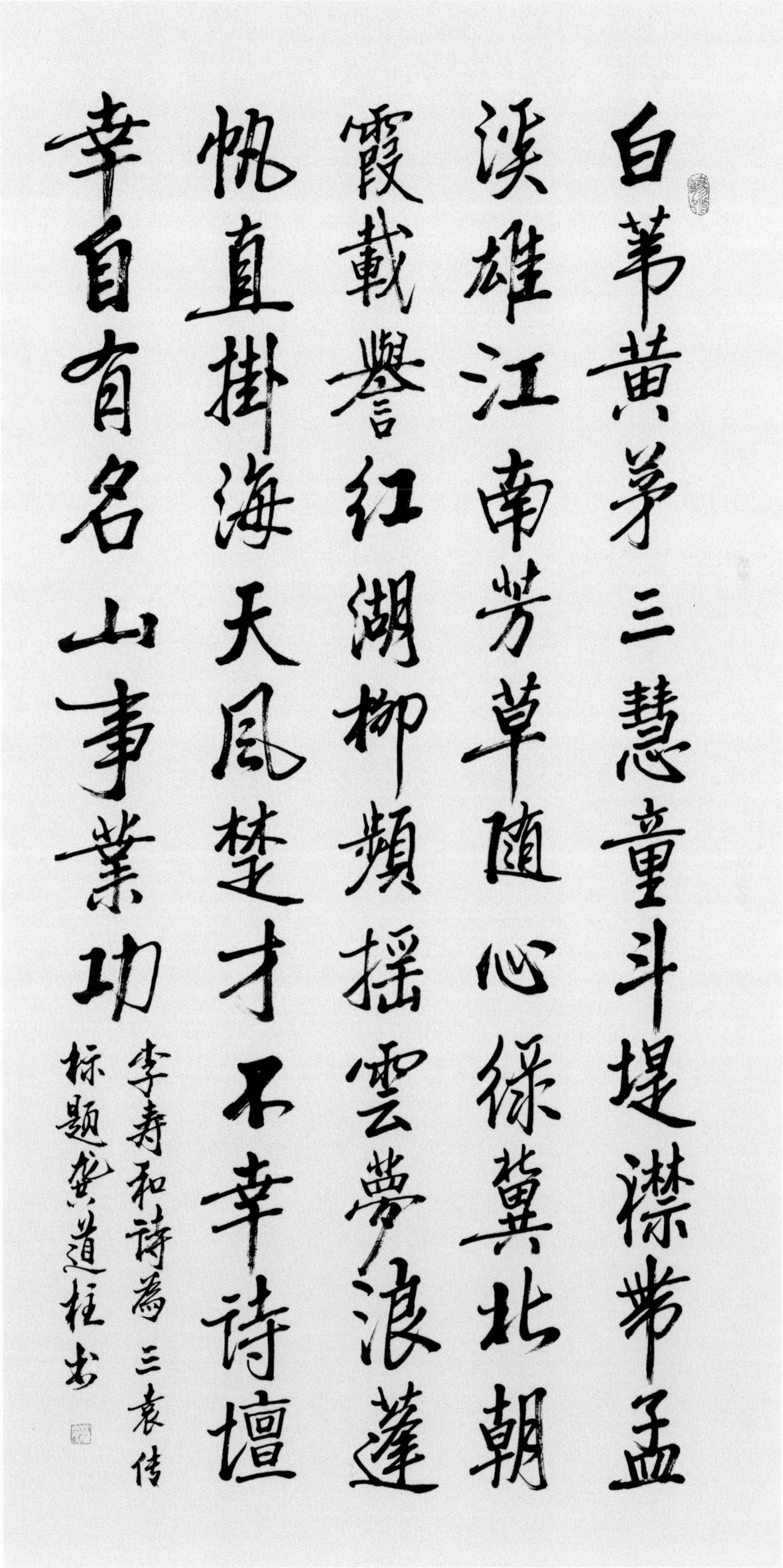
白苐黄茅三慧童斗堤襟帶孟
溪雄江南芳草隨心綠冀北朝
霞載譽紅湖柳頻摇雲夢浪蓬
帆直掛海天風楚才不幸詩壇
幸自有名山事業功
李寿和詩為三袁传
标题龚道桂书

附：李寿和七律为《三袁传》点题

白苇黄茅三慧童，　斗堤襟带孟溪雄。
江南芳草随心绿，　冀北朝霞载誉红。
湖柳频摇云梦浪，　蓬帆直挂海天风。
楚才不幸诗坛幸，　自有名山事业功。

出版说明

《公安三袁咏公安》诗歌精选专集是龚道柱先生三年心血之作。他取公安乡贤张世昌先生主编的《历代诗人咏公安》一书的注评，书写了该书所收录的98首三袁诗词。

编辑以《历代诗人咏公安》为蓝本，参照明刻本《白苏斋类集》《锦帆集》《瓶花斋集》《敝箧集》《潇碧堂集》《珂雪斋集选》，以及钱伯城点校的《白苏斋类集》《袁宏道集笺校》《珂雪斋集》，对诗文用字进行校订，如将“博闻夙世定张华”的“夙”改为“宿”，将“吾欲学为圃”的“圃”改为“稼”等。注释方面，更新已经改制的地名，如将“北流县”更改为“北流市”，并检查注释中的典故、引文。在注释修订过程中，在钱伯城点校本的基础上，还参照了《汉语大词典》（第二版）、《辞海》（第七版）等综合类辞书，以及《小修诗注》（崇文书局2014年版）等其他三袁诗集的注评。

在图书编排上，应龚道柱先生的强烈要求，正文字体选取三号字，并全部加粗，注释、评析也同样采用三号字，不加粗以与正文相区别，版式则务以简洁、大方为旨，从而方便读者，特别是老年读者阅读。

衷心希望这本书可以成为读者了解三袁、了解公安派文

学的起点，让大家有所感触、有所收获。

书中可能尚存疏漏，恳请广大读者和各位方家批评指正，提出宝贵意见。

武汉理工大学出版社

2024 年 12 月

后　记

拙编《公安三袁咏公安》诗歌精选专集终于付梓了，我完成了人生旅途上唯一的一部作品，实现了最后的一桩心愿。感谢中国书法家协会会员、湖北省书法家协会学术委员、南京随园书社社长、性灵书画院院长田耕之先生为拙编审稿作序。感谢中国书法家协会会员、第七届中国书法兰亭奖金奖得主崔寒柏先生为拙编题写书名。特别感谢著名作家，鲁迅文学奖获得者，公安三袁研究院名誉院长，曾任湖北省作家协会副主席、文学院院长，湖北省政协文化文史和学习委员会副主任的陈应松先生为拙编题词，他在题词中对我的辛勤付出给予褒扬与肯定，让我激动不已！

在拙编的谋划出版过程中，中共公安县委常委、县委宣传部部长万治红女士给予我热情的支持与鼓励，我铭记于心。中国作家协会会员，荆州市作家协会副主席，公安县文联党组书记、主席侯丽女士与公安县文联副主席熊峰先生一道，在该书的谋篇布白、审稿纠错环节中一丝不苟，指出多处瑕疵，提出精益求精的要求，令我十分感激。公安县书法家协会主席龙礼春先生，秘书长陈伟峰先生等书协领导、老师，

亦对该书出版提供过热心帮助。在这里，我向以上所有关心和帮助过我的人士致以衷心感谢！

本书有国画作品插图3幅，每幅规格为138cm×69cm。有书法作品插图100幅，包括五言律诗、七言律诗、五长律、七长律等，均为四尺整张，即138cm×69cm；五言、七言绝句规格为三尺整张，即100cm×50cm，也有部分七言绝句用四尺整张书写，那属于少数。在这里一并说明。

因本人学识水平有限，在选编这本诗歌专集的过程中，在书写百幅三袁诗歌书法作品的篇章里，难免会出现许多错字误笔，敬请各位方家、袁粉、读者勿吝赐教！

编者

2024年12月